Touchdown
Heal Me

T.C. Daniels

T.C. DANIELS

Touchdown

HEAL ME

1. Auflage

Covergestaltung: Catrin Sommer / rausch-gold.com

T.C. Daniels
c/o Autorenservices
Birkenallee 24
36037 Fulda

Für alle Mutigen, die es wagen, auszubrechen.

24 Monate vorher

Boston

Eins

West

Hätte er gewusst, dass ein Ehemaligentreffen derart nervig sein konnte, und dass er sich so sehr ärgern würde, er wäre ganz sicher nicht mitten durch einen Schneesturm gefahren, um nach Harvard zu kommen. Mit diesem Gedanken betrat West das Hotel, dass er extra für dieses Treffen gebucht hatte. Es war noch nicht mal Mitternacht, und er sollte noch nicht hier sein. Er sollte sich amüsieren, sich mit ehemaligen Kommilitonen und Professoren austauschen und in Erinnerungen schwelgen. Stattdessen war ihm das Treffen wie ein einziger, langweiliger Schwanzvergleich vorgekommen.

Er stapfte durch die Hotellobby und zog sich seine Lederhandschuhe von den Händen. Hier drinnen war es warm und gemütlich. Leise Klaviermusik erklang, als er die Hotelbar betrat und sich an die Theke setzte.

Ein Barkeeper in einem eng sitzenden Anzug beriet einen Gast gerade zu den Weinsorten des Hauses, eine Kellnerin servierte Getränke an den Tischen. Die Beleuchtung war gedimmt und wenn statt der Klaviermusik das Spiel der Boston Bruins gezeigt worden wäre, hätte dieser Abend doch noch perfekt enden können.

»Scotch«, brummte West, als der Barkeeper in seine Richtung kam. Für Höflichkeit hatte er heute keine Nerven mehr. Der Barkeeper schien eine feine Antenne dafür zu haben, wann ein Gast seine Ruhe haben wollte, und drehte ab, um sein Getränk zuzubereiten.

West wandte seinen Kopf und betrachtete die anderen Gäste. Geschäftspartner, vielleicht Freunde, eine Frauenrunde. Sie schienen sich alle wunderbar zu amüsieren, und er kam sich noch viel mehr wie ein Verlierer vor.

In seinem Augenwinkel bemerkte er eine Bewegung und betrachtete die beiden Männer, die einander die Schultern klopften und sich jetzt voneinander verabschiedeten. Dann kam der Mann, der geblieben war, zielstrebig in seine Richtung. Nein! Geh weg!

Der Mann schien seine abweisende Haltung nicht zu bemerken, denn er setzte sich auf den Barhocker ausgerechnet direkt neben West. Er roch nach guter Laune und nebenbei auch noch nach einem unaufdringlichen, aber herben Parfüm.

»Hi«, sagte der Mann.

West wandte ihm das Gesicht zu, und betrachtete den Störenfried, der ihn jetzt angrinste. Der Barkeeper brachte in diesem Moment seinen Scotch und der Mann sagte: »Ich nehme auch nochmal einen.« Er begann mit seinen Fingerspitzen auf das dunkle Holz der Theke zu trommeln. Nicht aufdringlich, aber es nervte trotzdem.

West schnaubte, nahm das Glas und trank einen großen Schluck.

»Schlechten Tag gehabt?«, fragte der Fremde. Wie schön, dass er in Plauderlaune war.

»Kann man so sagen«, brummte West.

»Tut mir leid. Was ist passiert?«

West trank noch einen Schluck, dann stellte er das Glas wieder ab. »Ich bin hier, weil ich trinken will und nicht reden.«

»Oh. Okay. Verstehe. Bin schon ruhig.« Der Fremde richtete seinen Blick auf die Ausstellung der alkoholischen

Getränke an der Rückwand der Bar, und West trank weiter.

Als der Barkeeper den Scotch für seinen Sitznachbarn brachte, bestellte West gleich den Nächsten.

»Harvard?«, fragte der Mann neben ihm und nippte an seinem Scotch.

West schnaubte wieder. »Woher wissen Sie das?«

»Sie sehen einfach so aus.« Der Mann zuckte mit den Schultern.

»Ach ja? Wie sieht man denn aus, wenn man von Harvard kommt?«

»Zielstrebig, ein bisschen enttäuscht. Verwirrt.«

»So sehe ich ganz sicher nicht aus.«

Der Mann schmunzelte. »Doch. Irgendwie schon.«

»Ach ja? Und was haben Sie dort gemacht?« West konnte nicht verhindern, dass sein Tonfall patzig wurde.

»Einen Lehrvertrag unterschrieben. An meiner ehemaligen Universität. Ziemlich genial. Deshalb sehe ich auch zielstrebig und zufrieden aus.«

West schnaubte wieder, betrachtete seinen Nachbarn aber mit neuem Interesse. Er war älter als er selbst und sie waren somit ganz sicher nicht im selben Jahrgang gewesen. Er hatte ihn aber auch sonst noch nie gesehen. Und jetzt lehrte er dort.

»Welches Gebiet?«

»Medizin.«

West lachte leise, weil das einfach so klar gewesen war. Ausgerechnet ein frischgebackener Dozent der Medizin ließ sich neben ihm nieder.

»Was ist so komisch?«, erkundigte sich der andere Mann.

»Ich habe in Harvard Medizin studiert«, klärte West ihn auf. Er nahm den nächsten Schluck von seinem Drink und beobachtete, wie sich das Gesicht des Mannes zu einem Lächeln verzog. »Zufälle gibt es.«

»Oh ja. Ich bin West.« Er streckte ihm seine Hand entgegen und der ergriff sie. »Mason.«

Sie stießen mit ihren Gläsern an und tranken den nächsten Schluck.

»Was hat Ihnen so die Laune verhagelt?«

»Dass den ganzen Abend nur über Finanzen und Status gesprochen wurde«, murmelte West. Er leerte auch Glas zwei und es brauchte nur eine Fingerbewegung seinerseits, um das nächste zu bestellen.

Mason lachte neben ihm. Ganz nebenbei hatte auch er sein Glas geleert und hob es leicht in die Höhe, um dem Barkeeper zu signalisieren, dass auch er Nachschub brauchte. Dann wandte er West wieder seine Aufmerksamkeit zu. »Entweder sind Sie nicht der Typ, der sich gern über diese Dinge unterhält, oder Sie sind ein arbeitsloser Arzt.«

West sah ihn einen langen Moment an. »Ersteres.«

»Dachte ich mir schon.«

West schnaubte. »Ich arbeite in einem kleinen städtischen Krankenhaus in der Nähe meiner Heimatstadt. Ich bin Arzt. Ich habe keine private Praxis und auch nicht vor, eine zu gründen. Ich habe keine Führungsposition inne, und keine speziellen Weiterbildungen. Ich heile einfach nur Menschen.«

»Sie sind sowas von falsch an einem Ehemaligentreffen von Harvard. Falscher gehts gar nicht.« Mason gluckste.

»Das ist mir jetzt auch klar. Das Beste an dem Abend waren die Krabbenbrötchen, von denen ich hoffentlich keine Lebensmittelvergiftung bekommen werde.«

»Das wage ich zu bezweifeln«, erwiderte Mason grinsend. »Haben Sie denn wirklich keine Weiterbildungen gemacht? Nie?«

»Ich wollte nicht ewig studieren, sondern auch irgendwann mal in dem Beruf arbeiten.«

»Keine Pläne in dieser Richtung?«

West stöhnte auf. »Lassen Sie mich in Ruhe.« Er leerte sein Glas und bestellte für Mason und sich ein neues.

»Wir sollten das Tempo ein bisschen drosseln«, sagte Mason.

»Ich sollte nicht mal hier sein. Ich sollte Spaß haben, stattdessen sitze ich mit einem Fremden in einer Bar und betrinke mich.«

»Autsch.«

»Nichts für ungut.« West grinste. »Pädiatrie«, sagte er dann. »Ich habe mich schon immer für Kinderheilkunde interessiert, aber irgendwie ist es halt dabei geblieben. Also wenn ich nochmal anfangen würde, dann vermutlich damit.«

»Das klingt gut. Sie sollten darüber nachdenken. Es ist nichts Falsches daran, sich neue Ziele zu stecken.«

»Es ist aber auch nichts falsch daran, sich damit wohlzufühlen, was man gerade tut.«

»Trinken? Spätestens morgen werden Sie – und auch ich - sich überhaupt nicht mehr wohlfühlen, das versichere ich Ihnen.« Mason leerte seinen Scotch, griff in sein dunkelblaues Sakko und legte ein paar Geldscheine auf den Tresen. Er erhob sich und betrachtete West lächelnd. Dann nickte er. »Komm Sie mit. Ich habe eine bessere Idee.«

»Was?« West sah Mason hinterher, der bereits im Begriff war, die Bar zu verlassen. Er blickte nicht mal zurück, um sich zu vergewissern, dass West ihm auch folgte. So arrogant war er.

West leerte seinen Scotch mit einem großen Schluck und betrachtete die Dollarnoten, die Mason hingeworfen hatte. Von dem Geld hätten sie sich noch einige Drinks genehmigen können.

Er winkte dem Barkeeper knapp zu, dann eilte er, so schnell es ging, hinter Mason her, der bereits bei den Aufzügen stand. Als West neben ihn trat, verstaute er gerade sein Handy in der Innentasche seines Anzugs. »Lust auf ein Abenteuer?«

West stützte sich an der Wand ab, weil er ein bisschen wacklig auf den Beinen war. »Was denn für eines?«

»Überraschung«, erwiderte Mason. Er sah hinauf zu der Anzeige, gerade in dem Moment, in dem sich die Türen des Aufzugs öffneten. Er trat ein und West folgte ihm. Dann fuhren sie in den Keller des Hotels.

»Was tun Sie? Was sollen wir hier unten?«

»Warten Sie es ab.«

Die Türen öffneten sich, und vor ihnen lag ein dunkler Gang, der nur von vereinzelten Notlichtern erhellt wurde. »Das ist keine gute Idee«, murmelte West, trotzdem taumelte er hinter Mason her, der bereits den Gang hinunterging. Auch seine Schritte waren etwas unregelmäßig, aber er schien sich noch immer besser im Griff zu haben als West.

»Planen Sie, mich zu ermorden?«

»Das wäre auf jeden Fall der perfekte Ort dafür, aber man hat uns zusammen gesehen, deshalb ist es keine gute Idee.«

»Sehr beruhigend.«

»Finde ich auch.«

West gluckste und lief prompt gegen Mason, der plötzlich stehengeblieben war.

»Leuchten Sie mir mal bitte kurz mit Ihrem Handy?«

Umständlich fummelte West sein Handy hervor. Unglaublich, was die paar Gläser Scotch mit ihm gemacht hatten. Er war echt richtig betrunken. Gut, dass Mason ihn weggelockt hatte, denn er hätte definitiv noch weitergetrunken und diesen Abend spätestens morgen früh bitter bereut.

Nun, vermutlich würde er ihn trotzdem bereuen.

»Hören Sie auf, so zu wackeln«, murmelte Mason, während er sich vorbeugte und irgendetwas tat. West wollte sehen, was so abging und lehnte sich ebenfalls vor, dabei knallte er mit der Stirn gegen Masons Schulter. Der sah kurz zu ihm zurück und schmunzelte. »Sie sollten nicht trinken, wenn Sie frustriert sind.«

»Warum? Ich bin jetzt viel besser drauf. Moment mal, knacken Sie hier gerade ein Schloss?«

»Ich versuche es«, murmelte Mason. Er hantierte mit seiner Kreditkarte herum und drehte immer wieder am Türknauf. Dann kicherte er ein bisschen albern, und das Geräusch brachte West dazu, ebenfalls zu kichern.

»Hat Ihnen noch nie jemand gesagt, dass dieser Trick nicht funktioniert? Der wurde nur fürs Fernsehen erfunden.« West kicherte weiter und bekam einen Schluckauf.

Im nächsten Moment sprang die Tür auf. Masons Gesicht wurde unversehens von einem blauen Schimmer erhellt, als er sich zu ihm umdrehte und ihn angrinste. »Ach ja?«

Er betrat den Raum und West folgte ihm einen weiteren Gang hinunter. Und plötzlich lag vor ihnen ein Swimmingpool. West hob die Augenbrauen und sah Mason an. »Ernsthaft?«

»Ich hab Lust, ein paar Bahnen zu schwimmen. Kommen Sie mit?«

»Ich bin betrunken, ich kann nicht schwimmen«, entgegnete West, folgte Mason jedoch trotzdem an den Beckenrand. Er beobachtete, wie der sich ohne Schamgefühle seiner Kleidung entledigte. Achtlos ließ er die Kleidungsstücke zu Boden fallen.

West betrachtete seinen Körper. Er war groß, hatte breite Schultern und eine schmale Taille. Er war schlank, ohne übermäßig trainiert zu sein. Er war einfach ein attraktiver Mann, dessen Körper gut in Schuss war.

West schluckte, als er Masons - nun nackten - Hintern erblickte.

Wow.

West schluckte nochmal und sah schnell in Masons Gesicht, als der sich zu ihm umdrehte. »Kommen Sie?«, fragte er, dann drehte er sich um und sprang mit einem eleganten Köpfer ins Wasser.

West blinzelte und beobachtete, wie Mason eine Bahn unter Wasser schwamm, ehe er am Ende des Beckens wieder auftauchte. Mit einer schnellen Bewegung seines Kopfes ließ er seine Haare zur Seite schnellen, dann lachte er. »Komm schon!«

West dachte nicht weiter nach. Er zog sich aus, wobei er schrecklich unbeholfen aussehen musste, weil er zuerst mit dem Hosenknopf, danach mit dem Reißverschluss, und am Ende auch noch mit den Schuhen rang. Seine Koordinationsfähigkeit hatte er vorhin wohl mit dem Scotch heruntergespült.

Er brauchte ewig dafür, sich auszuziehen und jeden Moment war er sich Masons Blicke gewahr. Das machte es nicht gerade einfacher.

Auf unsicheren Beinen trat er an den Beckenrand, ließ sich einfach so ins Wasser gleiten, und tauchte unter. Die Kälte des Wassers versetzte ihm einen kleinen Schock und er keuchte, als er wieder auftauchte.

Mason war in der Zwischenzeit zu ihm geschwommen und trat jetzt neben ihm Wasser. In seinen Wimpern hingen Wassertröpfchen und um seinen Mund lag ein verschmitztes Grinsen. Am meisten zog West aber das kleine Grübchen am Kinn an, das einfach unwiderstehlich war.

Es zog ihn an?

Hier sprach der Alkohol aus ihm, Himmel nochmal! Nie wieder würde er etwas trinken! Wenn er das nächste Mal dabei war, die Grübchen eines Mannes zu studieren, wusste er: Das war mindestens ein Drink zu viel gewesen.

»Woran denkst du?«, fragte Mason und legte sich auf den Rücken. Er schien dabei überhaupt keine Scham wegen seiner Nacktheit zu verspüren. West fühlte sich auf einmal prüde.

»Daran, dass ich nicht schwimmen sollte, wenn ich betrunken bin.«

Mason lachte und tauchte unter. »Es gibt keinen besseren Weg, als wieder nüchtern zu werden«, erwiderte er, nachdem er wieder aufgetaucht war und sich das Wasser aus dem Gesicht wischte. »Komm schon. Eine Bahn, frustrierter Doktor.«

West schnaubte und beobachtete, wie Mason mit kraftvollen Zügen durch das Wasser pflügte, ehe er ihm langsamer hinterherschwamm. Es war nicht fair, dass Mason trotz seines Alkoholkonsums so gut unterwegs war, während er sich wirklich ziemlich betrunken fühlte.

Mason wartete am anderen Ende des Beckens und wackelte mit den Augenbrauen. »Meister wirst du heute nicht mehr.«

»Ist auch nie meine Absicht gewesen«, murmelte West.

»Noch eine Bahn?«

»Nein.«

Mason lachte, streckte seine Hand aus und im nächsten Moment wurde West unter Wasser gedrückt. Er wehrte sich gegen den Druck von oben und tauchte irgendwann wieder auf. Hustend und prustend funkelte er Mason an. »Spinnst du?«

»Bist du jetzt wach?«

»Leck mich!«, knurrte West, als Mason an ihm vorbeischwamm, dann folgte er ihm. Als er das andere Ende des Beckens erreichte, verließ Mason gerade den Pool. Er drehte sich zu ihm um und West konnte nicht anders. Er starrte unverhohlen auf Masons Schwanz, der leicht erigiert war, ziemlich lang und dabei auch noch ziemlich schön aussah.

»Gefällt dir, was du siehst?«

»Du kannst mich mal.« West verließ hinter Mason das Wasser. Sofort ergriff die Kälte des Schwimmbads Besitz von ihm. Er schnappte sich ein Handtuch, das in einem Regal bereitlag, und trocknete sich ab. Dabei musste er sich darauf konzentrieren, nicht umzufallen. Das war vermutlich auch der einzige Grund, warum er nicht mitbekam, dass Mason nähergetreten war. West hob den Kopf und genau in diesem Moment legten sich Masons Lippen auf seine.

West gab einen undefinierbaren Laut von sich und taumelte leicht nach hinten. Mason griff nach seinem Arm, stabilisierte ihn, und verringerte gleichzeitig den Abstand zwischen ihnen.

West spürte, wie Mason mit der Zungenspitze über seine Lippen fuhr und ein Schauer breitete sich in ihm aus. Er spürte Masons Bartstoppeln, seine Lippen waren fest und sein Geruch irgendwie besonders. Er schmeckte nach Scotch und nach etwas Anderem.

West legte den Kopf zurück, als ihm klar wurde, dass er sich soeben von einem Mann hatte küssen lassen, und sich nicht mal ansatzweise dagegen gewehrt hatte.

»Hör auf«, sagte er, hörte aber selbst den rauen Unterton seiner Stimme. »Was soll das?«

»Ich habe dich geküsst.«

»Das habe ich gemerkt.«

Mason grinste. »Soll ich es nochmal tun?«, fragte er, seine Stimme sinnlich und dunkel.

»Auf keinen Fall. Ich bin nicht … du hast da etwas missverstanden.«

»Ich habe gar nichts missverstanden. Ich wollte dich einfach küssen.«

»Ich küsse keine Männer, sorry.«

»Dafür war der Kuss aber eben ziemlich lang.« Mason trat noch näher zu ihm und West spürte die Berührung seines Schwanzes, der inzwischen aufrecht stand. Genau wie sein eigener und das war das wirklich Problematische an der ganzen Sache. Warum nochmal bekam er einen Ständer, wenn ein Kerl ihn küsste, den er gar nicht küssen wollte, weil er keine Kerle küsste? West schluckte und sah in Masons grün schimmernde Augen, die jetzt dunkel und geheimnisvoll aussahen. »Ich bin nur …«

»Betrunken?«, flüsterte Mason und strich mit seiner Nasenspitze über Wests Wange. »Das macht nichts. Ich bin auch betrunken. Willst du mich nochmal küssen?«

»Ich … äh …«

Mason liebkoste Wests Wange weiter mit der Nasenspitze und ein heilloses Kribbeln breitete sich in seinem ganzen übererregten, trunkenen Körper aus. Er wandte seinen Kopf, ohne weiter darüber nachzudenken, und fing Masons Lippen ein. Sie waren noch immer weich und nachgiebig und warm, und dieses Mal erkundete West sie mit seiner Zungenspitze.

Mason zog sich immer wieder spielerisch zurück, sodass West sich vorbeugen musste. Schließlich öffnete Mason seinen Mund und West drang mit seiner Zunge in ihn ein.

Er hatte absolut keine Vorstellung davon gehabt, dass es so heiß sein konnte, einen Mann zu küssen. Keine. Er stöhnte leise auf und trat noch näher auf Mason zu, weil er vielleicht ein klein wenig süchtig geworden war, und noch mehr haben wollte.

Masons Atem vermischte sich mit seinem und dann berührten sich ihre Zungen und es glich einer verdammten Explosion. Masons Zunge war fest und gleichzeitig nachgiebig. Er gab ihm einen Moment der Kontrolle, ehe er sich revanchierte und Wests Zunge liebkoste.

Bevor West reagieren konnte, legte Mason die Hände an seine Schultern und schob ihn rückwärts. West taumelte gegen eine Wand, die vorhin noch nicht dagewesen sein konnte. Vielleicht war aber auch sein räumliches Orientierungsvermögen in sich zusammengeschrumpft, und konzentrierte sich gerade nur noch auf den einen Fixpunkt vor sich.

Er unterbrach den Kuss und entdeckte, dass er an der Tür der finnischen Sauna lehnte. Ohne weiter darüber nachzudenken, öffnete er sie und Mason schob ihn hinein, als hätte er seine Gedanken gelesen.

West ließ sich auf einer der hölzernen Bänke nieder, und Mason platzierte seine Hände auf der nächsthöheren Bank, rechts und links neben Masons Kopf.

Er gab ihm mehrere hungrige Küsse, zog sich aber jedes Mal zurück, wenn West diese erwidern wollte. Irgendwann gab er einen ungehaltenen Laut von sich und umfasste Masons Gesicht.

»Hör auf damit«, zischte er.

»Willst du etwa einen Kuss haben?«

West funkelte Mason verärgert an. Er war geil. Und inzwischen war es ihm völlig egal, ob das vor ihm ein Kerl, oder die Königin von England war. Sein Schwanz schrie nach mehr und er wollte jetzt nicht reden, denn dann würde er denken und dann … Mason küsste ihn. Und dieses Mal verschwendete er keine Zeit mit dummen Spielchen, sondern gab ihm alles, was er in dem Moment so dringend brauchte. Es war ein langer Kuss, fordernd, verlangend und heiß.

West rutschte unruhig auf der Bank herum und seine Augen weiteten sich, als Mason auf die Knie ging und sich zwischen seine Beine schob. »Was …«

»Was denkst du?«, fragte Mason grinsend.

»Ich …«

»Dein Schwanz spricht zu mir. Er sagt: Blas mich.«

»Bist du ein Schwanzflüsterer?«, ächzte West, als Masons Zunge auch schon über seine Eichel glitt.

»So würde ich das nicht nennen«, erwiderte Mason und leckte wieder über Wests Eichel. Ein Stromschlag schoss durch seinen Körper und ein heftiges Sirren breitete sich in seinem Unterleib aus, das ihn unruhig hin und her rutschen ließ.

»Halt still, damit ich dich verwöhnen kann«, raunte Mason und legte seine Hand auf Wests Oberschenkel. »Du schmeckst verdammt gut.«

»Ich …«, wiederholte West und fand selbst, dass er ziemlich kläglich klang. Masons Lippen legten sich in dem Moment um seine Erektion und West schnappte nach Luft und lehnte sich zurück.

Das. War. Geil.

Masons Griff und die Liebkosungen seines Mundes waren fester und zielstrebiger, als er es von Frauen gewöhnt war, aber das hieß nicht, dass es nicht trotzdem heiß war. Es war sogar ziemlich heiß. Der Druck brachte West dazu, seine Zehen zusammenzurollen und seinen Unterleib vorzustrecken.

»Mehr?«, fragte Mason und löste seine Lippen von Wests Schwanz.

»Oh ja«, keuchte er und nickte, ehe sich seine Augen flatternd schlossen. Mason nahm ihn wieder in seine feuchte, warme Mundhöhle auf und West fürchtete einen Moment, den Verstand zu verlieren.

Masons Zähne glitten seinen Schaft entlang. Es schmerzte gerade so sehr, dass ein neuerlicher Stromstoß seinen Körper durchzuckte und seinen Schwanz zum Vibrieren brachte.

»So schnell?«, fragte Mason neckend und saugte an Wests geschwollener Eichel, ehe er seine Zunge einsetzte, um das pulsierende Fleisch zu besänftigen.

West krallte seine Finger um die Holzlatten der Bank und atmete schwer, als der Orgasmus sich in ihm aufbaute, der sich aus Scotch, Geilheit und einer findigen Zunge zusammensetzte. Als Mason auch noch seine Hand während des Blowjobs einsetzte, konnte West sich nicht mehr zurückhalten. Sein Sperma spritzte aus ihm heraus und Mason nahm es stöhnend in sich auf und schluckte es, ehe er seinen Schwanz mit ebenjener Zunge sauberleckte, die West gerade noch um den Verstand gebracht hatte.

Als er fertig war, lehnte Mason sich zurück, seine Hände glitten über Wests Oberschenkel und er grinste. »Und jetzt sag mir bitte, dass du schwul bist.«

West stöhnte auf. Genauso schnell, wie der Orgasmus ihn gerade überfallen hatte, ergriff nun Übelkeit Besitz von ihm. Er konnte sich gerade noch zur Seite lehnen, ehe er sich erbrach.

12 Monate vorher

Crystal Lake

Zwei

Mason

Die Ehe seiner Eltern hatte zehn Jahre gehalten. Dann war sie zerbrochen an zu vielen einsamen Abenden, Notoperationen und der Faszination seines Vaters für die Neurochirurgie. Mason hatte damals die Wahl gehabt, bei welchem Elternteil er leben wollte, und er wusste, dass er seine Mutter zutiefst verletzt hatte, als er sich für seinen Vater entschieden hatte. Für den Mann, der ihn so viel gelehrt hatte, der ihn mit in den OP genommen, und seine Leidenschaft für die Medizin geweckt hatte. Er war ein wundervoller Vater gewesen, und Mason bereute keine Sekunde seine damalige Entscheidung. Die hatte jedoch dazu geführt, dass seine Mutter und er sich nach und nach, über Wochen und Monate voneinander entfernt hatten. Ganz langsam und leise. Anfänglich sah er sie noch häufig, weil sie weiterhin in New York gelebt hatte. Aber dann zog sie weg. Sie telefonierten, schrieben sich Briefe und E-Mails. Und dann passierte das Leben, und eine Kluft tat sich zwischen ihnen auf.

Manchmal fragte sich Mason, wie sein Leben verlaufen wäre, wenn er bei seiner Mutter aufgewachsen wäre. Wäre er dann jetzt auch ein erfolgreicher Neurochirurg mit einer eigenen Klinik?

Er würde es wohl nie erfahren. Aber je älter er wurde, umso mehr sehnte er sich nach Zugehörigkeit und Familie.

Sein Vater lebte seit einigen Jahren in London und war in der Krebsforschung tätig. Seine Mutter war seine einzige lebende Verwandte, und er wollte sie neu kennenlernen. Ihre bevorstehende Hochzeit mit einem Mann, den er noch nie gesehen hatte, schien ihm ein guter Zeitpunkt zu sein.

Soweit er wusste, hatte sie sich nach der Scheidung von seinem Vater geschworen, nie wieder zu heiraten. Jetzt wollte sie aber doch heiraten. Ausgerechnet einen Arzt. Hatte sie denn gar nichts gelernt?

Er hatte bis vor Kurzem nicht mal gewusst, dass sie überhaupt einen Mann kennengelernt hatte. Sie war vor zwei Jahren nach Crystal Lake gezogen, weil sie eine Veränderung im Leben brauchte. Er wusste, dass sie in einem Kindergarten arbeitete, und hatte sie auch seither einige Male getroffen – in Boston oder Chicago – aber nie war auch nur die Rede von einem Mann in ihrem Leben gewesen.

Und jetzt heiratete sie. Das war irgendwie verrückt, und er war gespannt auf den Mann, der ihr Herz erobert hatte. Er stieg aus seinem Mietwagen und war froh, dass er schadlos in Crystal Lake angekommen war. Glatte Straßen und stetes Schneetreiben hatten seine Fahrt von Boston hierher begleitet. Er musterte das große Haus, in dem seine Mutter nun offenbar wohnte. Es lag etwas außerhalb von Crystal Lake, verborgen von nun kahlen Sträuchern und Bäumen. Die graue Fassade, die weißen Stützpfeiler, die mehrfach unterteilten Fenster und nicht zuletzt der Balkon, mit dem schmiedeisernen Geländer, gaben dem Haus einen einzigartigen Charme.

Es standen schon eine Menge anderer Autos in der Auffahrt und er seufzte. Er hatte nicht damit gerechnet, dass seine Mutter so ein Spektakel aus dieser Hochzeit machen würde. Er hatte auf eine kleine, intime Feier gehofft. Nur ein paar Freunde und *der Stiefsohn.* Sein zukünftiger Stiefbruder.

Seine Mutter hatte Mason ein bisschen von ihm erzählt. Offenbar war er ebenfalls Arzt und hatte die Praxis seines Vaters vor Kurzem übernommen. Als sie seinen Namen genannt hatte, war sein Herz kurz ins Stolpern geraten. Dann hatte er über sich selbst geschmunzelt. *West*. Es gab mehr als einen West auf dieser Welt, und nur weil Chandlers Sohn ebenfalls ein Arzt war, hieß das noch gar nichts. Es zeigte ihm nur, dass er die heißeste Begegnung seines Lebens, noch immer nicht ganz vergessen hatte. Er dachte häufiger, als gut für ihn war, an den Abend im Schwimmbad zurück. An den frustrierten Mann, den sein Blowjob zum Kotzen gebracht hatte. Mason grinste debil vor sich hin und betätigte die Türglocke.

Die Tür öffnete sich und seine Mutter kam ihm entgegengeschwebt. Sie hatte schon immer eine besondere Art besessen, sich zu bewegen. Als würde sie auf Wolken laufen. Und dabei lächelte sie immer.

Vielleicht wäre ihr Anblick nicht so besonders für ihn, wenn er sie in den letzten Jahren öfter gesehen hätte. Aber sein eigenes Leben in Chicago, der Aufbau der Klinik, seine Lehrtätigkeit in Boston, all das hatte ihn sehr beschäftigt und ausgelastet. Er würde nicht gerade der Sohn des Jahres werden, das wusste er selbst.

»Hallo Liebling«, begrüßte seine Mutter ihn und nahm ihn fest in ihre Arme. Sie vergrub ihr Gesicht an seinem Hals und drückte ihn an sich. Mason erwiderte ihre Umarmung. Als sie sich wieder von ihm löste, sah er Tränen in ihren Augen schimmern. »Du siehst so gut aus«, sagte sie und rüttelte leicht an seinem Krawattenknoten.

»Du aber auch«, entgegnete er und lächelte. Sie trug noch ihre Alltagsklamotten, aber ihre Haare waren bereits perfekt frisiert und das Make-Up aufgetragen.

Rose winkte verlegen ab. »Hör auf. Chandler und ich wollten eigentlich gar keine große Sache draus machen.«

Mason drehte sich zur Auffahrt um und deutete auf die ganzen Autos, die eine andere Geschichte erzählten. Er hörte das Stimmengewirr der Gäste bis nach hier draußen. »Wirklich?«, hakte er nach. Seine Mutter lachte und gab ihm einen Klaps auf die Schulter.

»Vielleicht ist es ein bisschen außer Kontrolle geraten, ich gebe es zu. Aber eine Hochzeit zu planen, macht einfach so viel Spaß.«

Mason verzog das Gesicht. »Aha.«

Rose lachte wieder und zog ihn mit sich ins Innere des Hauses. Mason hatte recht gehabt mit seiner Einschätzung. Das Innere des Hauses war ebenso großzügig gehalten, wie das Äußere. Er fand sich in einem hohen Raum wieder, der fast schon einer Empfangshalle glich. Eine breite Treppe führte in einem weiten Bogen in das obere Stockwerk. Von der Empfangshalle aus zweigten einige Türen ab.

»Komm mit. Ich stelle dir Chandler vor.«

»Ist das klug? Du bist schon halb fertig, oder? Es bringt Unglück, wenn dein zukünftiger Ehemann dich so sieht.«

Rose runzelte die Stirn, dann lachte sie. »Seit wann kennst du dich denn so gut mit Hochzeitsbräuchen aus?«

»Hab darüber gelesen«, murmelte Mason. Hatte er nicht. Hochzeit war in seinem Leben noch nie ein Thema gewesen. Selbst wenn er den passenden Partner an seiner Seite gehabt hätte.

»Gut, dann geh einfach in den Salon, dort hält sich der Großteil der anwesenden Gäste bereits auf und dort wird auch die Trauung stattfinden. Ich mach mich kurz fertig.«

»Lass dir Zeit«, sagte Mason und gab seiner Mutter einen Kuss auf die Wange. Er sah ihr hinterher, wie sie die geschwungene Treppe hocheilte, dann öffnete er die Tür, auf die sie gezeigt hatte und erblickte die anderen Gäste.

Sie hielten Champagnerflöten in den Händen, während Kellner durch die Menge gingen, leere Gläser gegen volle austauschten, und Häppchen verteilten.

Mason grinste. Kleine Hochzeit also. So, so.

Er nahm ein Champagnerglas entgegen und schlenderte durch den Raum, als er hörte, wie sein Name gerufen wurde. Er wandte sich um und sah einen Herrn Mitte sechzig auf sich zukommen. Er trug bereits einen schwarzen Smoking und eine silberne Fliege, und sah einfach fantastisch aus. Er war einer der Männer, die immer besser aussahen, je älter sie wurden.

Chandler Cunninghams dunkle Augen leuchteten, als sie sich die Hände schüttelten. Mason wurde unerwartet in eine feste Umarmung gezogen.

»Rose freut sich so sehr, dass du am heutigen Tag dabei bist. Schön, dass du dir die Zeit nehmen konntest«, sagte Chandler und klopfte ihm auf die Schulter. Es hörte sich nicht wie ein Vorwurf an, trotzdem fühlte Mason sich etwas unwohl. Vermutlich hätte er schon längst mal herkommen und seine Mutter besuchen sollen. Immerhin lebte sie seit mehr als zwei Jahren hier. Es wäre ihm kein Zacken aus der Krone gefallen, wenn er mal ein Wochenende geopfert hätte, um ihr neues Leben kennenzulernen.

»West!«, rief Chandler und winkte einen Mann zu sich her.

Masons Herzschlag verdreifachte sich in dem Moment, in dem er den Mann erblickte. Das hier war fucking sexy West. *Er.* Der Mann, an den er im vergangenen Jahr mehr als einmal gedacht hatte. Ein paar Küsse und ein Blowjob waren alles, was sie verband. Trotzdem dröhnte sein Puls in schwindelerregenden Höhen, als West auf ihn zutrat. Dass der ihn ebenfalls erkannt hatte, bemerkte Mason an der Röte, die sich über sein Gesicht zog.

»West, das ist Mason Hall, Roses Sohn.«

Mason streckte seine Hand aus und konnte nicht verhindern, dass sich ein breites Grinsen auf sein Gesicht legte. Wenn das mal nicht ein glücklicher Zufall war. Diese Hochzeit war ein Wink des Schicksals! Und wie!

Wann immer er in Boston gewesen war, hatte er unbewusst Ausschau nach ihm gehalten, obwohl er wusste, dass er in irgendeiner Kleinstadt als Arzt in einem Krankenhaus arbeitete. Dass sein West sich mit dem West aus den Erzählungen seiner Mutter deckte, hätte er nie für möglich gehalten. Niemals.

»Freut mich, dich kennenzulernen, West«, sagte Mason und sein Grinsen wurde noch breiter, wenn das überhaupt möglich war. Diese Hochzeit entpuppte sich gerade als kleines Lebenshighlight für ihn. Sie eröffnete völlig neue Möglichkeiten. Obwohl ... verdammt. Wenn seine Mutter Chandler Cunningham geheiratet hatte, dann waren West und er ... Stiefbrüder.

Mason blinzelte und unterdrückte ein Stöhnen. Ernsthaft? Er hatte seinem Stiefbruder in spe einen geblasen? Natürlich hatte er damals nichts davon gewusst, aber irgendwie machte die Vorstellung den ganzen heißen Akt im Nachhinein kaputt.

»Mich auch«, erwiderte West, und entzog ihm schnell seine Hand. Er sah alles andere als erfreut aus.

»West, führ Mason doch ein bisschen rum, bis die Zeremonie beginnt, er war schließlich noch nie hier.«

West zog ein säuerliches Gesicht, während Chandler sich mit einem Lächeln dem nächsten Gast zuwandte. Mason betrachtete West, musterte seine dunklen Haare und die dunkelbraunen Augen, die ihn an geschmolzene Schokolade erinnerten. Um seinen Mund hatte sich ein harter Zug gebildet und er starrte ihn finster an. So ganz anders, als an jenem Abend, in jener Sauna.

Normalerweise hielt Mason sich von heterosexuellen Männern fern, und es war ihm vom ersten Moment an klar gewesen, dass West hetero war. Aber gleichzeitig hatte er sich unwiderstehlich zu ihm hingezogen gefühlt. Und West war weich wie Butter unter ihm gewesen. Wäre ein rein heterosexueller Mann so offen auf seine Annäherungen eingegangen?

»Dass wir uns unter diesen Umständen wieder begegnen würden, hätte ich nicht erwartet«, sagte Mason, lächelte, und schob eine Hand in die Hosentasche seiner Anzughose.

»Wusstest du, dass ich …« West sah sich um, dann griff er nach seinem Ärmel und zog ihn hinter sich her. Sie verließen den überfüllten Salon, durchquerten die Empfangshalle und betraten ein anderes Zimmer. Es schien eine Art Bibliothek zu sein, mit Bücherregalen, einem Kamin, und zwei altmodischen Sesseln mit Löwenfüßen.

»Wie kann das sein?«, stieß West hervor. Er fuhr sich durch seine sorgfältig frisierten Haare und verstrubbelte sie dadurch.

»Na ja. Zufälle gibt's eben«, sagte Mason und zuckte mit den Schultern.

»Aber nicht solche!«, zischte West. »Wusstest du, wer ich bin?«

Mason lachte leise. »Woher hätte ich das wissen sollen? Ich war noch nie hier und meine Mutter hat mir immer nur von dir erzählt, aber nie ein Foto gezeigt.«

»Sie hat meinen Namen genannt?«

Mason lachte wieder. Über die groteske Situation, über Wests Wut, über diesen unglaublichen Zufall. »Hast du eine Ahnung, wie viele *Wests* es in Amerika gibt? Ich will dir ja deine Illusionen nicht nehmen, aber du bist nicht der Einzige.«

»Ha, ha!«, gab West zurück. Er schluckte und entfernte sich ein paar Meter von Mason. Er trug, wie er selbst, einen dunkelblauen Anzug, der seinen Körper eng umschmiegte, und einfach fantastisch an ihm aussah. In seiner Brusttasche steckte eine rote Rose, die Mason erst jetzt bemerkte.

»Wenn du auch nur ein Wort sagst, dann …«

»Du willst also nicht, dass ich der kompletten Hochzeitsgesellschaft verrate, dass ich dir in Boston einen geblasen habe? In einer Sauna? Wirklich? Das ist zu schade. Was ist mit deinem Kotzanfall danach? Darf ich den wenigstens erwähnen? Auch wenn dann möglicherweise Fragen aufkommen, warum wir mitten in der Nacht zusammen in einer Sauna waren.« Mason gab sich keine Mühe, den Sarkasmus aus seiner Stimme zu verbannen. Was hatte der Idiot eigentlich für Vorstellungen? »Ob du es glaubst, oder nicht, aber ich muss nicht überall mit meinem Sexleben hausieren gehen.«

»Ich war betrunken! Das hatte rein gar nichts zu bedeuten! Ich hatte keine Kontrolle über mich und du hast das ausgenutzt«, fauchte West. Er lief unruhig vom einen Ende des Raumes zum anderen und schüttelte aufgebracht den Kopf. »Wenn Alkohol im Spiel ist, dann verliert man seine Hemmungen und das ist bei mir wohl passiert. Ich bin deshalb noch lange nicht …«

Mason lachte und seufzte gleichzeitig. Das konnte doch alles nicht wahr sein. Er hob seine Hand und brachte West damit zum Schweigen. »Nein. Stop. Ich will das nicht hören. Wenn du ein Problem mit deiner Sexualität hast, ist das deins und nicht meins, okay? *Du* hast dir von *mir* einen blasen lassen. *Du* hast mir deinen Schwanz in die Kehle geschoben, weil du nicht genug bekommen konntest. Und wir haben es beide genossen. Und danach ist dir klargeworden, dass du alles bereust. Ich habe das verstanden.«

»Ich stehe auf Frauen«, sagte West mit leiser Stimme.

»In Ordnung. Aber das ändert nichts an dem, was vorgefallen ist und auch nicht daran, dass es dir gefallen hat. Es ist nie gut, wenn man sich als schwuler Mann auf einen Hetero einlässt. Ich sollte das inzwischen wissen. Aber bei dir haben wohl noch andere Faktoren eine Rolle gespielt.«

West verzog seine Augen zu schmalen Schlitzen. »Was für Faktoren?«

»Gegenseitige Anziehung? Geilheit? Neugierde? Attraktivität? Keine Ahnung. Frag mich das nicht. Du hattest jetzt ein Jahr lang Zeit, darüber nachzudenken. Also: Was denkst du?«

»Ich denke überhaupt nichts! Die ganze Sache war für mich abgehakt. Sie war nicht mehr wichtig, also mach sie jetzt nicht bedeutender, als sie ist. Es war ein Blowjob, mehr nicht.«

Mason schmunzelte und machte drei schnelle Schritte auf West zu. Sein Geruch drang ihm in die Nase. Sauber, nach Seife und Tanne. Mason mochte das. Sehr.

Er kesselte West ein, indem er die Hände links und rechts von seinem Kopf an die Wand legte. »Es war ein fantastischer Blowjob und du hast ihn sehr genossen.«

»Das spielt absolut keine Rolle.«

»Offenbar aber doch, wenn man deinen gehetzten Gesichtsausdruck so sieht. Zu deiner Beruhigung: Ich werde nicht zu unseren Eltern gehen und sie über unsere *besondere* Beziehung aufklären. Und ich werde meine Zeit auch nicht damit verschwenden, dich davon überzeugen zu wollen, dass du den Sex mit mir genossen hast. Du weißt es selbst. Ich habe dich geschmeckt, als du in meinem Mund gekommen bist. Ich habe dein Stöhnen gehört. Und deine wirren Flüche. Du hast es genossen. Das ist alles, was zählt.«

Mason fuhr mit den Fingerspitzen über Wests Lippen, ehe er sich abwandte und den Raum verließ.

Als er die Empfangshalle durchquerte, lief er beinahe in zwei Männer hinein, die gerade das Haus betreten hatten. Er hielt abrupt inne und erkannte im nächsten Moment Ethan Leland, den ehemaligen Wide Receiver der Seattle Pirates.

»Whoah«, sagte der und lächelte ihn an. »Du bist zackig unterwegs. Hat die Hochzeit schon angefangen?«

»Nein, ich glaube nicht«, erwiderte Mason. »Sie sind Ethan Leland«, sagte er, wie um sich nochmal zu vergewissern.

»Der bin ich.« Er grinste und stieß den Mann neben sich an. »Siehst du? Ich bin noch immer berühmt.«

»Halt die Klappe«, erwiderte der andere gutmütig. »Ich bin Jake Emerson. Kein Footballspieler und deshalb auch nicht berühmt.«

Ethan grinste und sie gaben sich die Hände. Mason hatte den Skandal um Ethan und seine Verletzung sehr genau mitverfolgt. Als Neurochirurg war er sehr interessiert an den Geschehnissen gewesen.

»Ich hätte Sie zu gern operiert«, sagte Mason daher.

Ethan lachte. »Wow, das ist mal ein nettes Kennenlernen. Wer sind Sie denn?«

»Mason Hall. Roses Sohn.«

»Oh. Der verlorene Sohn.« Ethan grinste.

Jake gab einen undefinierbaren Ton von sich. »Halt die Klappe.«

Mason verzog das Gesicht. Ein Geräusch ließ sie aufsehen. Sie drehten alle den Kopf in Wests Richtung, als der den Raum verließ, in dem sie noch wenige Minuten zuvor miteinander gestritten hatten. Schweigend sah er zwischen ihnen hin und her, seine Miene ein finsteres Tal, seine Haare noch immer verstrubbelt.

»West, wenn du die Trauung vollziehen willst, solltest du anständig aussehen«, sagte Jake tadelnd und trat auf ihn zu. Mit wenigen Handgriffen richtete er Wests Frisur, dann nickte er zufrieden.

»Du vollziehst die Trauung?«, erkundigte sich Mason erstaunt.

»Was dagegen?«, blaffte West zurück. Jake und Ethan sahen ihn stirnrunzelnd an, dann legten sich ihre Blicke auf Mason, als hätte er irgendetwas getan.

»Nicht das Geringste«, erwiderte Mason. »Wir sehen uns«, sagte er dann, weil er nicht länger der Mittelpunkt der Aufmerksamkeit der drei Männer sein wollte.

Drei

West

Er hatte damals das Online-Zertifikat eigentlich nur für Lionels und Donnas Trauung geholt. Dass er jetzt auch noch seinen Vater und Rose trauen würde, das war nicht sein Plan gewesen. Und ein Paar zu trauen war die eine Sache. Das war okay. Was die ganze Angelegenheit so komisch machte, war Mason Hall, der sich nun unter den Gästen befand. Auch ohne hinzusehen, wusste West ganz genau, wo er saß und wie er aussah.

Viel zu gut.

Sexy.

Groß.

Wissend.

West fühlte sich, als würde er vor seiner eigenen Exekution stehen. Mason hatte die Macht, sein Leben mit nur wenigen Worten, komplett zu zerstören.

Es war nicht ein Tag vergangen, an dem West bereut hatte, was er Mason erlaubt hatte, zu tun. Viele Wochen hatte er vollkommen neben sich gestanden, weil er immer und immer wieder hinterfragt hatte, was dieser Blowjob denn jetzt für ihn bedeutete.

War er schwul? War er bisexuell? Warum wusste er nichts davon? Und warum tauchte immer wieder Masons Gesicht vor seinem inneren Auge auf. Warum bekam er zu den unpassendsten Zeitpunkten einen Ständer, wenn er sich an Masons Lippen um seinen Schwanz zurückerinnerte, daran, wie gut und frei er sich an jenem Abend gefühlt hatte.

Irgendwann hatte West für sich entschieden, dass er loslassen musste. Dieses eine Mal hatte nichts zu bedeuten. Es definierte seine Identität nicht neu. Er war ein Mann, der gern Sex hatte, und an jenem Abend war er betrunken genug gewesen, dass es ihm gleichgültig gewesen war, mit wem er rummachte, hauptsache, er kam zu einem Orgasmus.

Diese Erklärung durfte das Einzige sein, was von diesem Abend übrigblieb.

Und jetzt war Mason hier und bedrohte seinen Seelenfrieden. West konnte nichts dagegen tun, aber er *musste* ihn immer wieder ansehen. Er war noch immer ein attraktiver Mistkerl, groß, nicht übermäßig muskulös, aber doch irgendwie trainiert.

Und er hatte die schönsten Lippen der Welt.

Innerlich stöhnte West auf und versuchte sich auf die Traurede zu konzentrieren, an der er wochenlang gefeilt hatte. Jetzt würde er lieber im Publikum sitzen, und sich vor Masons Blicken verstecken, anstatt hier auf dem Präsentierteller zu sitzen.

Er betrachtete Rose und seinen Vater, die sich glücklich ansahen, und fuhr fort. Sie tauschten ihre Ringe, sie küssten sich und über all dem begegneten sich Masons und seine Blicke.

Wenn das Leben einem gerade ans Bein pisste, dann gab es nichts Besseres, als sich im *Middlewood* zu verkriechen. Die Bar lag zwischen Crystal Lake und Lakeview, mitten im

Wald, und war ein Ort der Sünde für die meisten Bewohner, der beiden Städte. West kam immer dann hierher, wenn er allein sein wollte. Mit sich, mit seinen Gedanken, mit seinem liebsten Bourbon.

Die Bar war meist nicht großartig besucht und West hatte sich schon mehr als einmal gefragt, wie sich Davis, der Besitzer, über Wasser halten konnte.

Heute fragte er sich das allerdings nicht. Heute betrat er die Bar mit nur einem Ziel: Ruhe finden nach dem unseligen Treffen mit West.

Die Hochzeit war vorbei und Rose und sein Vater waren in die Flitterwochen gefahren, sie würden die Weihnachtsfeiertage in Mexiko verbringen.

Als West jedoch die Bar betrat, erblickte er einen Rücken, den er nie wieder hatte erblicken wollen. Was machte der noch hier? Rose war weg, es gab keinen Grund für ihn, noch in Crystal Lake zu sein.

»Ah. Wenn das mal kein Zufall ist«, sagte Davis. Er grinste breit und verhinderte damit, dass West verschwinden konnte, bevor Mason ihn entdeckt hatte. Der drehte sich jetzt auf dem Barhocker zu ihm um und grinste ebenfalls.

West war in seinem persönlichen Albtraum gefangen. Er wollte sich aber nichts anmerken lassen und ging zur Bar. »Machst du mir einen Bourbon?«

»Wie immer«, erwiderte Davis.

»Was tust du hier?«, fragte West an Mason gewandt.

»Was man halt so in einer Bar tut«, erwiderte Mason schulterzuckend. »Im Hotelzimmer ist mir die Decke auf den Kopf gefallen, und ich hatte keine Lust, schon ins Bett zu gehen.«

»Aha.«

Davis stellt seinen Bourbon vor ihm auf der Theke ab. »Ihr seid jetzt Brüder, oder? Ziemlich cool«, sagte der Barbesitzer und lachte.

Wests Laune sank immer weiter in Richtung Nullpunkt, weshalb er wortlos nach dem Glas griff und sich auf den Weg ins Hinterzimmer der Bar machte. Manchmal fanden hier illegale Pokerrunden statt, aber im Grunde handelte es sich nur um einen Raum, in dem sich ein alter Billardtisch befand, der seine besten Zeiten längst hinter sich hatte. Der Filz löste sich schon an mehreren Stellen, die Queues waren stumpf, und man musste aufpassen, dass man sich beim Gebrauch keinen Splitter einfing. Die Billardkugeln lagen glanzlos auf dem Tisch, waren vermutlich schon lange nicht mehr bespielt worden. Aber all das war West egal, denn hier konnte er allein sein und das war alles, was im Moment zählte.

Er schichtete die Kugeln auf und begann das erste Spiel. Er versuchte Masons Anwesenheit zu vergessen und ließ seine Gedanken zurückschweifen zu der Hochzeit. Jake und Ethan hatten ihn gefragt, ob es ihm gut ging, und er hatte sie angelacht und ihnen versichert, dass es ihm wunderbar ging. Rose hatte sich nach seinem Befinden erkundet, und er hatte ihre Besorgnis weggelächelt. Und Mason hatte ihn die ganze Zeit über mit seinen Blicken verfolgt. Das war nicht nur unglaublich ärgerlich gewesen, nein, es hatte seinen Körper zum Leben erweckt. Es hatte ein Kribbeln in ihm entfacht, dass er so noch nie gespürt hatte. Es war aufregend und gleichzeitig absolut unerwünscht. Er wollte sich nicht gut unter Masons Blicken fühlen, er wollte nicht davon erregt werden, sodass er sich letztendlich sogar auf die Toilette flüchten musste.

Er wollte einfach nur West sein, der Frauen gern mochte und sich seiner Identität sicher gewesen war. Immer und jederzeit. Zumindest, bis *er* kam.

Als Ethan und Jake ihm damals von ihrer Homosexualität erzählt hatten, war er schockiert gewesen. Es wollte ihm nicht in den Kopf gehen, wie sie einander lieben konnten, wenn es doch so viele, schöne Frauen gab. Er hatte wirklich ein bisschen Zeit gebraucht, um sich an den

Gedanken zu gewöhnen, dass sie gedachten, ihr Leben miteinander zu verbringen.

Und dann tat er *so etwas* mit Mason. Er hatte sich dazu hinreißen lassen und es beschäftigte ihn mehr, als es sollte. Entweder sagte das viel über seine Moral aus, oder – und er hoffte, dass dem nicht so war – er hatte mit Mason etwas kennengelernt, dass einer genaueren Betrachtung bedurfte.

Nein. So war es ganz sicher nicht. Es war einfach nur ein verdammt guter Blowjob gewesen, den man nicht so schnell vergaß. Zu dieser Erkenntnis kam er, als er die Hälfte des Bourbons getrunken hatte, und Mason das Hinterzimmer betrat.

Er betrachtete den Mann, der locker und selbstbewusst auf ihn zugeschlendert kam. Er trug keinen Anzug mehr, sondern Jeans und einen schwarzen Wollpullover. Auf seinem Gesicht zeigten sich schon die ersten Bartstoppeln.

»Was willst du?«, brummte West.

»Ich dachte, wir spielen eine Runde. Trinken auf unsere Bruderschaft. Heute sind große Dinge passiert.« Mason lachte leise und stellte sein Bierglas auf den Rand des Billardtischs.

»Heute ist große Scheiße passiert«, erwiderte West und stieß die rote Kugel an. Er versaute den Stoß und traf nicht. Ob es am Alkohol oder an Masons Anwesenheit lag, wusste er nicht. Vielleicht an beidem.

»Na.« Mason schnalzte mit der Zunge, und griff nach einem Queue, der an der Wand hing. »So würde ich das nicht sagen. Unsere Eltern haben geheiratet. Sie haben glücklich ausgesehen. Sind sie immer so?«

»Ob sie sich immer verliebt ansehen und ständig küssen? Ja. Das wüsstest du, wenn du deine Mutter hin und wieder besuchen würdest.« West versuchte die grüne Kugel über Bande gespielt einzulochen, und es gelang ihm überraschenderweise.

»Ich arbeite viel«, sagte Mason. Er kreidete die Spitze seines Queues an, dann platzierte er seinen Stock auf dem Billardtisch und lochte eine gelbe Halbe ein.

»Ich war dran«, blaffte West.

»Ups«, sagte Mason nur und lochte auch die halbe Grüne ein. »Du kommst mir vor, wie ein in die Ecke getriebenes Tier. Du fängst an zu beißen und zu kratzen, damit man dir ja nicht zu nahe kommt. Wie kommt es, dass du nicht schon vorher herausgefunden hast, wer ich bin? Hat meine Mom nie mit mir geprahlt?«

West schnaubte. Und ob sie das hatte. Immerhin war ihr Sohn ein erfolgreicher Neurochirurg. Er hatte mehrere wegweisende Operationsmethoden entwickelt, eine davon war sogar nach ihm benannt worden. Die *Hall-Exzision*.

»Ich habe dich ganz am Anfang mal gegoogelt, aber die Bilder, die ich damals von dir gesehen habe, hatten keinerlei Ähnlichkeit mit dir«, brummte West. »Du hast dich verändert. Wo sind deine blonden Haare hin?«

Mason grinste. »Mein Friseur wollte sie mir nicht mehr färben. Habe ich mich zum Guten verändert?« Seine Stimme war lockend, er klang, als würde er sich großartig amüsieren. Auf Wests Kosten.

»Fick dich. Von mir bekommst du keine Komplimente.«

»Schade.«

West musterte Mason eingehend. Er wollte ihn nicht attraktiv finden, tat es aber trotzdem. Er wollte ihn nicht witzig finden, aber irgendwie war er es doch. Und er wollte ganz sicher nicht gegen ihn im Billard verlieren.

Mason beugte sich vor und wollte gerade stoßen, just in dem Moment, in dem West sagte: »Du fickst also Männer?«

Mason gelang es nicht, die Kugel zu versenken. Sie prallte an der Bande ab, berührte die schwarze Kugel, die sich gefährlich nahe zu einer der Ecktaschen bewegte. Mason richtete sich auf und warf ihm einen verärgerten Blick zu. »Das war unfair.«

»Ist mir egal.« West betrachtete die Kugeln, suchte sich die violette aus und ging um den Tisch herum. Er beugte sich vor und wollte zustoßen, als Mason antwortete. »Ich ficke Männer wann und wo ich kann.«

Dieses Mal stieß West daneben. Fluchend richtete er sich auf und warf Mason einen todbringenden Blick zu. Der hob abwehrend die Hände. »Was denn? Das war ausgleichende Gerechtigkeit.«

»Du bist Arzt.«

»Und deshalb darf ich nicht schwul sein?«

»Du bist ein *bekannter* Arzt.«

»West, komm zum Punkt.«

»Wie kannst du …«

»Es ist ganz leicht. Ich schiebe meinen Schwanz jedes Mal einfach ganz tief in …«

»Verschone mich«, brummte West und trank einen großen Schluck. Das hier entwickelte sich zu einem Albtraum. Und trotzdem fand er Gefallen an dem Gespräch mit Mason. Er war sowas von geliefert.

»Ach was. Komm schon. Ich glaube nicht, dass ich dich verschonen soll. Viel mehr glaube ich, dass du es ganz genau wissen willst. Hat hier einer von uns Identitätsprobleme entwickelt, nachdem ich dir einen geblasen habe, und es dir auch noch gefallen hat?« Masons Stimme war neckend und er hatte den Nagel auf den Kopf getroffen. Das nervte West.

»Du bist einfach nur primitiv«, antwortete er. Er spitzte seine Queue an und ignorierte Mason.

Der hatte sich positioniert und traf die rote Kugel in eine der Ecktaschen, die Schwarze entfernte sich vom Loch. Er sah West triumphierend an. »Meine Treffsicherheit ist legendär.«

»Idiot.«

»Du hast nicht auf meine Frage geantwortet.«

»Darauf gibt es nichts zu sagen. Du hältst dich für den größten Hecht aller Zeiten und vergisst, dass dein Mund einfach gerade in der Nähe war und ich mir deshalb von dir einen habe blasen lassen.«

»Sicher doch.« Mason schmunzelte.

West beugte sich über den Tisch und visierte die grüne Kugel erneut an. Er holte gerade aus, als Mason unversehens hinter ihn trat. Er legte seine Hand auf Wests unteren Rücken und streichelte ihn leicht. West stieß daneben und richtete sich hastig auf.

Das konnte doch einfach nicht wahr sein!

»Pfoten weg«, schnauzte er und trat ein paar Schritte zur Seite.

»West, du hast einen ganz schönen Ständer in der Hose«, wies Mason ihn darauf hin. Er grinste und trank von seinem Bier. »Du solltest mit dem Trinken aufhören. Das macht dich jedes Mal scharf. Und immer bin ich in der Nähe. Das ist echt unglücklich.«

West starrte Mason an, dann knallte er den Queue auf den Billardtisch, schlüpfte in seine Jacke, die er auf einem Stuhl abgelegt hatte, und leerte sein Glas. »Leck mich!«, sagte er und verließ mit schnellen Schritten die Bar.

Er stieg in seinen Wagen ein, und fuhr los. Die Straßen waren schneebedeckt und er musste vorsichtig sein. Sein Herz donnerte wie ein ganzer Steinbruch, der in sich zusammenfiel, und schließlich fuhr er rechts ran. Seine Hände zitterten. Vor Verlangen. Vor Nervosität. Er erkannte sich selbst nicht wieder. Er hatte keine Ahnung, was in ihn gefahren war, seit er Mason wiedergesehen hatte. Er wusste nur, dass sein gesamter Körper sich gerade in einem Ausnahmezustand befand.

Frustriert zog er den Schlüssel und stieg aus. Bevor er noch einen Unfall baute, würde er lieber nach Hause laufen. Das Gute an der *Middlewood*-Bar war ja, dass sie nur etwa dreißig Gehminuten von Crystal Lake entfernt lag.

West machte sich auf den Weg nach Hause, als ein Wagen neben ihm auftauchte. Das Fenster glitt herunter und Mason sah zu ihm hinaus. »Was ist los? Hast du eine Panne? Ich kann dich mitnehmen. Es ist ganz schön kalt hier draußen. Ich will nicht, dass du dich verläufst und möglicherweise erfrierst.«

West verdrehte die Augen. »Ach ja? Du sorgst dich? Das ist echt süß, *Bruderherz*.« Er zeigte ihm höchst erwachsen den Mittelfinger, ehe er die Straße verließ und sich durchs Unterholz schlug. Sollte er sich beide Beine brechen, wäre das immer noch besser, als sich mit Mason auseinanderzusetzen. Aber offenbar hatte der Mann nicht vor, ihn in Ruhe zu lassen. West hörte seine Schritte, die ihm folgten. Ein Fluch ertönte, der ließ ihn grinsen. Er sah sich um und beobachtete, wie Mason den Hang hinuntergestolpert kam und ihn schließlich einholte. »Ich gehe einfach ein bisschen mit dir mit«, sagte er keuchend.

»Toll, jetzt muss ich auf *dich* aufpassen. Du bist hier der Stadtmensch. Chicago, oder?«

»Chicago hat einen tollen Park«, erklärte Mason. Er folgte ihm zwischen den Bäumen hindurch. Der Schnee und kleine Äste knirschten unter ihren Schuhen, manchmal strauchelten sie, weil sich ein unsichtbares Hindernis, in Form von hervorstehenden Wurzeln oder losen Steinen, unter der Schneedecke befand.

Er ging einfach schweigend weiter, war sich Masons Anwesenheit nur zu deutlich bewusst. West drehte sich um, auch wenn er wusste, dass es keine gute Idee war. Mason stand direkt vor ihm. Groß, sexy, *bruderhaft*.

West wollte nicht nachdenken. Er wollte nicht klug sein, nicht richtig handeln. Er wollte *ihn* einfach nochmal spüren. Auch wenn er ein Mann war. Oder vielleicht gerade deshalb. Kurzentschlossen drängte er ihn gegen den nächsten Baumstamm, und sah ihn an. Mason war etwas größer als er selbst, weshalb er zu ihm aufschauen musste. »Hör auf damit.«

»Ich habe nichts getan«, murmelte Mason und schluckte deutlich sichtbar. Seine Augen waren unbeweglich auf ihn gerichtet.

»Ich meine mit allem«, präzisierte West, ohne irgendetwas zu präzisieren. »Sieh mich nicht so an. Behandel mich nicht so.« Bevor Mason etwas erwidern konnte, beugte West sich vor und küsste ihn. Himmel, ihm so nahe zu sein, seinen Geruch wahrzunehmen, seine warmen Lippen zu spüren, das war einfach ziemlich genial und genau das, was er gebraucht hatte.

Wests Augen schlossen sich flatternd, er trat noch näher, intensivierte den verbotenen Kuss, den er nicht küssen wollte, und ließ die Hände unter Masons offene Jacke gleiten. Sein fester, schlanker Körper fühlte sich so verdammt gut an. Ganz anders, als jeder Frauenkörper, den er je berührt hatte, aber nicht minder sexy.

»Du wirst es bereuen«, raunte Mason zwischen zwei Küssen. West biss ihm in die Unterlippe und leckte dann darüber.

»Du hast recht. Ich bin scharf. Immer, wenn ich Alkohol trinke.«

»Dann solltest du aufhören damit. Das kann dich echt in Schwierigkeiten bringen.« Mason grinste, umfasste dann Wests Gesicht mit seinen großen Chirurgenhänden und küsste ihn zurück. Er drängte seinen Unterleib gegen Wests und zeigte ihm damit, dass auch ihn die Situation nicht kalt ließ.

Durch Wests Körper schoss ein Feuerwerk aus tiefgehender Lust und dem unbändigen Willen, nicht darüber nachzudenken. Er musste aufhören damit. Sofort. Aber er wollte nicht, dass es vorbei war. Nicht so.

Seine Hände lieferten die Antwort, als sie damit begannen, unter Masons Pullover zu gleiten. Er spürte ein paar wenige Haare, ein paar sexy Muskeln und aufgerichtete Brustwarzen, die Wests Erektion verstärkten.

»Himmel, West. Hör auf, wenn du nicht willst, dass ich …«

»Was denn? Schlummert in dir etwa ein böser Wolf?«, fragte West, an Masons Unterlippe knabbernd.

»Halt die Klappe, Brüderchen«, neckte Mason ihn und dieses Mal biss er ihm in die Unterlippe.

West bemerkte, wie Mason an seiner Hose herumnestelte und wurde plötzlich nervös. Die Vernunft drohte in ihm hochzublubbern, obwohl er es nicht wollte. Er wollte einfach nur geil sein und Masons Küsse und Neckereien genießen.

»Seit einem verdammten Jahr denke ich an nichts anderes, als daran, wie es gewesen wäre, wenn wir Sex miteinander gehabt hätten«, raunte Mason.

»Wir haben …«

»Ich will dich, West. In mir. Jetzt. Sofort.«

West löste sich von Mason und sah ihn an. Der Schnee reflektierte auch das kleinste Licht und vertrieb einen Teil der Dunkelheit, nicht aber die Lust, die durch West hindurchströmte, wie guter, alter Bourbon.

Mason machte sich an Wests Hose zu schaffen, öffnete sie mit wenigen Handgriffen und im nächsten Moment legte er seine Hand um seinen Schwanz. West keuchte und schmiegte sich hilflos in seine Berührung.

Das. War. So. Gut.

Fuck.

»Gehe ich zu weit?«, fragte Mason und begann, seine Hand auf und ab zu bewegen.

»Nein«, stöhnte West. Gott, er wollte diesen Fick. Sein Hirn bestand aus Sex, sein Körper brannte vor Lust und hier in diesem dunklen Wald würde ihr Geheimnis für immer verborgen bleiben. In seinem Kopf hörte sich der Plan gut an.

»Dreh dich um«, sagte West mit mehr Entschiedenheit, als er wirklich verspürte, griff nach Masons Hüften und drehte ihn herum. Sein nackter Hintern leuchtete hell und

West konnte sich nicht zügeln. Er streichelte darüber, sein Schwanz wurde noch härter und ihm brach der Schweiß aus.

»Mach deinen Schwanz nass für mich, West«, sagte Mason von vorne. Er sah über seine Schulter und nickte aufmunternd. »Komm schon.«

West tat, was Mason gesagt hatte, gab etwas Spucke in seine Handfläche, und benetzte seinen Schwanz damit. Dann trat er zu Mason. Es war, als würden sie das ständig miteinander tun. Sein Schwanz, Masons Hintern, ein Fick mitten im dunklen Wald.

Seine Welt bestand in diesem Moment nur aus diesen Eckpunkten. Mehr brauchte es nicht. Mason stützte sich an einem Baumstamm ab und West lenkte seinen Schwanz zu Masons Loch. Er schluckte, dann drang er langsam in ihn ein.

Nicht denken. Nur fühlen.

Die enge Hitze, die ihn empfing, drohte, ihm sein Lebenslicht auszulöschen. Er konnte nicht verhindern, dass er tief aufstöhnte, während Mason in weiter und weiter umschloss. Und dann war er in ihm. Vollkommen in ihm versenkt und es war heiß und geil und es sollte nie wieder enden.

»Fick mich, West«, befahl Mason und West tat es. Getrieben von seiner Lust, begann er Mason zu ficken. Als ob er es ständig tun würde, als ob es nicht ein himmelweiter Unterschied wäre. Als ob Masons Stöhnen nicht das heißeste wäre, was er jemals aus dem Mund eines Mannes vernommen hatte.

West keuchte, er krallte seine Hände in Masons Seiten und fixierte ihn, damit sein Schwanz ihn wieder und wieder erobern konnte. Der Orgasmus baute sich in ihm auf, wie ein Fegefeuer. Die Funken flogen und setzten alles um sie herum in Brand. Mit einem tiefen Stöhnen spritzte er seinen Samen in ihn, konnte aber nicht widerstehen und stieß noch einige Male in ihn, denn er wollte nicht, dass es schon vorbei war.

Ihr Keuchen wurde vom glitzernden Schnee und den kahlen Bäumen wiedergegeben. Eisige Kälte umhüllte seinen Körper, die er kaum spürte, ihr Atem tanzte in weißen Wölkchen durch die Luft. West schluckte, als langsam, sehr, sehr langsam die Erkenntnis in sein volltrunkenes Gehirn sickerte, dass er soeben atemberaubenden Sex mit einem Mann gehabt hatte. Mit dem Sohn seiner Stiefmutter. Mit seinem Stiefbruder.

Mit einem Mann.

Er zog sich aus Mason zurück und entfernte sich taumelnd ein paar Schritte von ihm. Lauernd betrachtete er ihn, als wartete er auf einen Angriff. Aber Mason reinigte sich erst mit einem Taschentuch, dann zog er seine Hose hoch.

»Jetzt bereust du es schon wieder, nicht wahr?«

West schluckte. Mason war viel zu selbstsicher und entspannt. Er nicht. Er schloss seine Hose und schüttelte den Kopf. Der Orgasmus hatte ihn soweit wieder ernüchtert, als das all die Gedanken, die er vorhin noch zur Seite geschoben hatte, jetzt erbarmungslos auf ihn einprasselten. Die Funken, die eben noch seinen Höhepunkt begleitet hatten, setzten ihn nun in Brand.

»Es war guter Sex zwischen zwei Männern. Mach keine große Sache draus«, sagte Mason. »Soll ich dich nach Hause fahren?«

West wich noch weiter zurück. Er wollte Mason nicht zu nahe kommen.

»Oh, komm schon, West. Wir sind beide erwachsen.«

»Halt dich fern von mir«, sagte West leise, ehe er sich umdrehte und so schnell es ihm möglich war, durch das Unterholz hastete.

Weg von ihm.

Weg von der Feuersbrunst.

Weg von seiner Tat.

Heute

Crystal Lake

Vier

West

Er verlangsamte die Geschwindigkeit seines Wagens, als er das Auto entdeckte, das halb am Straßenrand und noch halb auf der Straße stand. Vorhin war wohl ein Schneeräumfahrzeug diese Straße entlang gefahren und hatte den Schnee auf einen Haufen am Straßenrand geschichtet. Und in eben diesem Haufen steckte nun die Motorhaube des Hyundais. Das war nicht gut.

West beugte sich vor und versuchte durch die Windschutzscheibe etwas zu erkennen, aber der starke Schneefall behinderte seine Sicht.

Er ließ die Scheinwerfer an und stieg aus. Langsam näherte er sich dem Fahrzeug, und warf einen Blick ins Innere der Karosserie, die jedoch leer war. Der Airbag war ausgelöst worden, und hing als schlaffer Sack vom Lenkrad herab.

West schaltete die Taschenlampe seines Handys ein und beleuchtete die Umgebung. Auf der Straße, auf der bereits zentimeterhoch Schnee und Eis lagen, entdeckte er ein paar Blutspuren. Irgendwo dort draußen musste der Fahrer des Wagens herumirren. Soweit er es erkennen konnte, handelte es sich um einen Mietwagen. West fluchte und eilte zu seinem Wagen zurück.

Der Hyundai war nicht ausgerüstet für eine Fahrt über die derzeit eisigen und verschneiten Straßen rund um

Crystal Lake. Der Schneesturm, der seit Tagen über die Ostküste Amerikas zog, hatte die Gegebenheiten vor Ort verändert. Wests schwerer Dodge hatte da weitaus weniger Probleme, aber der Kleinwagen war chancenlos gegen die Witterung.

West lenkte den Wagen in den Wald hinein, und fuhr sehr langsam, um den Fahrer vielleicht irgendwo zu entdecken. Bis Crystal Lake war es noch ein ganzes Stück und bei dem Weltuntergangsszenario, das derzeit herrschte, sollte sich kein Tourist hier draußen aufhalten.

Seine Scheinwerfer erfassten eine Gestalt, die am Straßenrand entlangstapfte. Die Person ging sehr langsam, fast schon zögerlich und West hoffte schwer, dass sie oder er keinen Alkohol konsumiert hatte. Als die Person ihn näherkommen hörte, drehte sie sich um und winkte mit einem Arm. West kniff die Augen zusammen und erkannte einen Mann. Eine Hand hatte er an die Stirn gepresst, was wahrscheinlich dem Airbag anzulasten war.

Er fuhr rechts ran und stieg aus, die Scheinwerfer ließ er auch dieses Mal an. Die Schneeflocken tanzten durch das Licht zu Boden. Es schien, als habe das Wetter beschlossen, den Schneefall nie wieder zu beenden. Es schneite ununterbrochen und die Räumdienste kapitulierten nach und nach. Die Unfälle auf den Straßen häuften sich und es gab erste Stromausfälle.

Er näherte sich dem Mann und leuchtete ihm mit seinem Handy ins Gesicht. Was er sah, ließ ihn nach Luft schnappen.

Es war nicht die Platzwunde an seiner Stirn, die West so überraschte. Auch nicht das blutverschmierte Gesicht des Mannes. Vielmehr war es die Tatsache, dass Mason Hall, offenbar nach Crystal Lake zurückgekehrt war.

Der letzte Mensch auf Erden, den er hier haben wollte.

West schluckte und starrte Mason an, während über dessen Gesicht ein Lächeln strich. »Hallo Brüderchen.«

West hielt Mason die Tür seiner Praxis auf, woraufhin die altmodische Klingel läutete, die er schon lange hatte abnehmen wollen. Sie gab seiner Praxis so ein mittelalterliches Flair, das ihm jetzt ein wenig peinlich war.

»Hübsch hast du es hier«, murmelte Mason und sah sich unter seiner Hand hindurch um. Er drückte ein Taschentuch auf seine noch immer blutende Platzwunde, doch der Stoff war schon längst mit seinem Blut vollgesogen, weshalb West ihn auch direkt in das nächstbeste Behandlungszimmer schob. Sie konnten sich auch noch später über seine Inneneinrichtung unterhalten. Oder auch nicht.

»Setz dich hin«, befahl West und trat an das Waschbecken, um seine Hände zu waschen, die auch mit Masons Blut bedeckt waren. Über die Schulter sah er zu dem Mann zurück, von dem er eigentlich froh gewesen war, ihn im vergangenen Jahr nicht mehr gesehen zu haben.

Seine verräterischen Gedanken waren dabei, sich auf den Weg zu machen, in eine Vergangenheit, die nie hätte stattfinden dürfen. Er schüttelte den Kopf, weil er auf keinen Fall darüber nachdenken durfte. Nicht hier, nicht jetzt, am besten nie mehr.

Er versuchte den letzten Rest seiner Professionalität zusammenzukratzen, und wandte sich zu Mason um. »Du siehst blass aus«, stellte er fest. War ja auch kein Wunder. Er hatte einiges an Blut verloren. Außerdem hatte der Airbag ihm vielleicht eine kleine Gehirnerschütterung verpasst.

»Mir geht's gut«, erwiderte Mason störrisch.

»Du siehst aber nicht so aus. Ich hole dir was zu trinken.«

Mason stöhnte auf. »Himmel. Gib mir einfach Nadel und Faden. Ich nähe die Wunde selbst.«

West schnaubte. »Du bist irre. Ich hole dir eine Cola.« Er verließ den Behandlungsraum, ging in die kleine Küche, und holte eine Dose Cola aus dem Kühlschrank, dann holte er einen kleinen Moment Luft und atmete tief durch.

Er hatte nicht damit gerechnet, Mason wiederzusehen. Nicht zu diesem Zeitpunkt. Es war zu früh. Er hatte sogar gehofft, dass ihre Wege sich nie mehr kreuzen würden, aber ihre Eltern waren miteinander verheiratet, weshalb sein Wunsch wahrscheinlich ein bisschen utopisch war.

Er kehrte zurück ins Behandlungszimmer, wo Mason sich inzwischen auf die Liege gelegt hatte. »Schwindelig?«, fragte West.

»Geht schon.«

»Ärzte sind einfach die allerschlimmsten Patienten«, stellte West fest, und konnte ein Schmunzeln nicht unterdrücken. Er reichte Mason die Cola, und während der trank, richtete er alle Materialien, die er für die Naht brauchen würde.

Als er sich wieder umdrehte und auf einen Rollhocker setzte, hatte Mason leergetrunken. West grinste und nahm ihm die Dose ab. »So ist es brav.«

Mason verzog das Gesicht. »Dir macht das Spaß.«

»Du kannst dir nicht vorstellen, wie sehr«, entgegnete West. Er schlüpfte in Latexhandschuhe und nahm das Desinfektionsmittel zur Hand.

»Leg dich wieder hin«, bat er. Er umfasste Masons Schulter und drückte ihn nach hinten. Er ächzte leise, dann lag er da. Unter ihm. Und Wests Hände kribbelten.

Fuck. Das war nicht gut.

Nicht daran denken!

»Ich desinfiziere die Wunde«, sagte West und begann auch gleich damit. Wie zu erwarten, zuckte Mason zusammen und fluchte. Er versuchte seinen Kopf wegzudrehen, aber West fixierte ihn mit festem Griff. »Hör auf«, befahl er.

»Das geht auch ein bisschen sanfter, weißt du?«

»Ach? Und ich dachte, du magst es hart.« Die Worte waren raus, bevor er überhaupt darüber nachgedacht hatte. Er verharrte einen Moment bewegungslos, wäre am liebsten aufgestanden und weggegangen. Aus Crystal Lake, aus Vermont, am besten vom gesamten Kontinent. Himmel!

Mason schien den Schmerz vergessen zu haben, denn jetzt lachte er leise.

»Halt still!«, zischte West.

Mason seufzte, hielt dann aber still. »Es gibt Desinfektionsmittel, die nicht brennen. Ich kann dir gern den Vertreter meines Vertrauens vorbeischicken.«

»Oder du hältst einfach deine Klappe«, brummte West, während er den Faden vorbereitete.

Mason hob den Kopf an und betrachtete die Auswahl von verschiedenen Fäden, die West in seiner Praxis führte. Als Hausarzt von Crystal Lake hatte er immer mal wieder mit Platzwunden zu tun. Das war nichts Außergewöhnliches oder Dramatisches. Platzwunden am Kopf bluteten nur meistens sehr stark, da der Kopf sehr gut durchblutet war.

»Du willst meine Wunde aber nicht mit so einem Faden nähen, oder? Warum benutzt du nicht gleich Paketband?«

»Wenn du nicht die Klappe hältst, werde ich dir zuerst deinen Mund zunähen.«

»Ich sag es ja nur ungern, Brüderchen, aber deine Praxis kommt mir ziemlich hinterwäldlerisch vor.«

»Nenn mich nicht so«, knurrte West und beugte sich über Mason. Der wollte gerade etwas sagen, hielt nun aber inne, worüber West mehr als froh war. Es war schon schwer genug, sich zu konzentrieren, wenn sein sinnlicher Geruch in seinem Gehirn sämtliche Erinnerungen an letztes Jahr aktivierte.

Es war knapp zwölf Monate her, dass sie *zusammen* gewesen waren, und er hatte es nicht mal ansatzweise geschafft, dieses Erlebnis aus seinem Gedächtnis zu löschen.

Seither hatte sich in seinem Privatleben zwar einiges getan - und er war froh darüber -, das hieß aber nicht, dass er nicht *immer noch* von jener Nacht träumte.

Er seufzte ungeduldig und Mason schob daraufhin seine Hand zur Seite. »Du bist nicht konzentriert«, sagte Mason mit strenger Stimme. »Ich warne dich. Wenn ich wegen dir eine fette Narbe auf der Stirn bekomme, dann muss ich dir den Hintern versohlen.«

»Willst du ins Krankenhaus laufen?«, erkundigte sich West verärgert. Er lehnte sich zurück und entzog Mason sein Handgelenk. »Entweder du hältst jetzt still und bist ruhig, oder du kannst gehen.«

Sie lieferten sich ein schweigendes Blickduell, dann schnaubte Mason und presste die Lippen aufeinander. »Wie du willst. Verklagen kann ich dich auch danach noch.«

»Das hilft nicht«, murmelte West. Er beugte sich wieder über Mason und nachdem er die Wundränder betäubt hatte, setzte er den ersten Stich. Je schneller er die Sache hinter sich brachte, umso besser.

Sie schwiegen beide, während West die Wunde nähte. Die Haut war triangelförmig gerissen, weshalb er länger mit der Naht brauchte als sonst. Als er endlich fertig war, seufzte er erleichtert auf. Ein Ende in Sicht.

Er verband die Wunde und nickte dann zufrieden. »Fertig.«

»Hat ganz schön lang gedauert«, erwiderte Mason.

»Gern geschehen, Mason. Dir zu helfen ist mir ein inneres Fest. Wirklich«, erwiderte West mit sarkastischem Unterton. Er räumte alle Materialien weg, während Mason sich erhob und an den Spiegel trat. Er betrachtete das blütenweiße Pflaster eingehend, schien aber keinen weiteren fiesen Spruch auf Lager zu haben.

»Also erzähl: Was ist passiert?«

»Schlechte Sicht, unterirdische Straßenverhältnisse, Schneeberg, Airbag«, brummte Mason. »Ihr habt verdammt viel Schnee hier.«

»Und es soll nicht weniger werden.« West schmunzelte. »Willst du deine Mutter besuchen?«

»So ist der Plan.«

»Weihnachten ist erst in knapp drei Wochen.«

Mason legte den Kopf schräg. »Und?«

»Was machst du schon hier? Hast du nicht noch irgendwelche zukunftsweisenden Operationen in deinem High-Tech Operationssaal zu vollziehen? Du hättest mir was von deinem supermodernen Nahtmaterial mitbringen können.«

»Ha ha.«

West grinste kurz. »War das ein Mietwagen?«

»Ja, verdammt. Denkst du, ich fahre mit einem Hyundai herum?«

»Ich habe keine Ahnung, was du tust oder was nicht. Wir kennen uns nicht wirklich.«

»Das sehe ich anders. Du kennst mich weitaus besser als die meisten Menschen.«

West, der sich gerade nochmal die Hände waschen wollte, stockte. Er spürte, wie seine Wangen heiß wurden. Masons leises Lachen im Hintergrund machte es nicht besser.

»Du willst nicht darüber sprechen.«

»Es ist ein Jahr her, willst *du* denn darüber sprechen?«

»Ich könnte mir auch andere Dinge vorstellen, die wir miteinander tun könnten, anstatt zu sprechen«, erwiderte Mason. Sein Grinsen war breit und dreckig.

»Ganz schön niveaulos«, murmelte West und trocknete seine Hände ab. »Danke übrigens für den HIV-Test, den du mir zugeschickt hast.«

»Wir waren unvorsichtig. Das passiert mir nicht oft.«

»Ich war betrunken, was war deine Ausrede?«

Mason zog einen Mundwinkel in die Höhe, was ihm einen dämonischen Zug verlieh. »Du warst nicht betrunken. Wir waren geil. Zählt das?«

»Ich bringe dich zu deiner Mutter«, sagte West, ohne auf seine impertinente Frage einzugehen. »Deinen Wagen lasse ich von einem Freund in seine Werkstatt bringen, ich denke nicht, dass du damit weiterhin fahren kannst.«

»Danke.«

West nickte nur und sie verließen den Behandlungsraum. Mason ließ den Blick über die altmodischen Möbel gleiten, die noch von Wests Vater stammten.

Er hatte in dem Jahr, in dem er hier jetzt als Arzt praktizierte, noch keine Zeit gefunden, sich Gedanken über eine neue Einrichtung zu machen, auch wenn er gern alles ein bisschen heller und moderner hätte. Vielleicht würde er das in seinem Urlaub in Angriff nehmen.

Zwischen Weihnachten und Neujahr hatte er seine Praxis geschlossen und freute sich schon sehr auf die kleine Auszeit, die er dringend nötig hatte.

»Komm. Sehen wir zu, dass du dich hinlegen kannst.« Mason sah zwar schon wieder ein bisschen fitter aus, aber eine Runde Schlaf würde ihm sicher gut tun.

Mit seinem Dodge fuhr West durch die Straßen von Crystal Lake, die längst verlassen da lagen. Der Schnee kleidete unerbittlich die Häuser und Dekorationen ein. Morgen würden wieder zehn Zentimeter mehr liegen.

»Wo wohnst du?«

»Etwas außerhalb«, erwiderte West ausweichend. Er wollte nicht zu viel Privates mit Mason teilen. Sein Auftauchen war noch immer verwirrend für ihn und er wollte ihm keinen Grund zur Annahme geben, sie könnten Freunde werden.

Ein Blowjob und ein geheimer Fick im Wald lagen dazwischen.

Das Haus, in dem er seine Kindheit verbracht hatte, tauchte vor ihm auf. Glücklicherweise brannte noch Licht, sein Vater und Rose waren also zu Hause. Seit sein Vater pensioniert war, und Rose nur noch aushilfsweise im Kindergarten arbeitete, hatten die beiden die Angewohnheit entwickelt, vollkommen spontan immer wieder für einige Tage zu verreisen. West hätte es wirklich gehasst, wenn er plötzlich den Gastgeber für Mason hätte spielen müssen.

Reichte ja schon, dass er ihn genäht hatte. Jetzt würde er ihn in seinem Elternhaus abliefern, dafür sorgen, dass sein Wagen abgeschleppt wurde, und dann würde er sich sehr weit von hier fernhalten.

Weihnachten würde er irgendwie überstehen und gleich darauf wäre Mason schon wieder nach Chicago verschwunden, zurück in sein supererfolgreiches Leben als strahlendes Licht am Neurochirurgen-Himmel.

Er parkte seinen Wagen in der Auffahrt und stieg aus. Er ging voraus und betrat das Haus. »Dad? Rose?«, rief er und hörte auch schon Schritte.

»West!«, rief Rose und lächelte. Sie kam um die Ecke und als sie hinter ihm Mason entdeckte, blieb sie abrupt stehen und ihr Mund öffnete sich zu einem überraschten O. »Was tust du denn hier?«, fragte sie entgeistert und nahm ihn hastig in die Arme. Sie drückte ihn lange an sich, dann schob sie ihn an den Schultern zurück. Sie bemerkte das Pflaster auf seiner Stirn. »Was ist passiert?«

»Er ist von der Straße abgekommen«, erklärte West. »Mason hat keine Ahnung, wie man bei uns Auto fährt.« Er grinste und Mason warf ihm einen verärgerten Blick zu.

»Das hätte gefährlich werden können«, sagte Rose. Chandler tauchte im Türrahmen auf und betrachtete sie. »Oh. Ein Überraschungsgast.«

»Ja.« Mason fuhr sich durch die Haare. Er wirkte etwas verlegen.

»Schön, schön.«

»Kommt rein!«, sagte Rose aufgeregt. Sie hatte augenblicklich in den Gluckenmodus geschaltet und schwirrte wie ein aufgeregter Vogel um Mason herum. West verzog das Gesicht. »Also eigentlich muss ich …«

Rose drehte sich zu ihm um und betrachtete ihn. »Mason ist so selten hier. Ihr habt euch ja noch nicht mal richtig kennengelernt. Bleib jetzt hier, wir essen zusammen.«

Dass Mason selten hier war, war die Untertreibung des Jahrhunderts, aber das erwähnte West nicht. »Also ich habe schon in …«

Aber Rose hörte ihm gar nicht mehr zu, und verschwand im Esszimmer. West seufzte und bemerkte Masons vergnügtes Schmunzeln, was ihn besonders ärgerte. Rose war damit beschäftigt, den Tisch zu decken und mit allerlei Getränken und Snacks zu bestücken. »Es ist so schön, dass du wieder hier bist, Mason«, sagte sie und ihre Augen leuchteten. »Warum hast du denn nicht vorher angerufen? Dann hätte ich die Renovierung verschoben.«

»Renovierung?« West sah zwischen Rose und seinem Vater hin und her. »Scheinbar bekomme ich nichts mit, auch wenn ich nur wenige Kilometer von euch entfernt wohne.«

»Wir lassen das gesamte obere Stockwerk renovieren. In der Zeit schlafen wir im unteren Gästezimmer. Nachdem du dich anerboten hattest, dieses Jahr an Weihnachten für uns zu kochen, dachten wir, wir erledigen das alles in der Zeit, in der wir sowieso hier sind. Nach den Weihnachtsfeiertagen wollten wir verreisen.«

»Wohin denn?« Manchmal hatte West große Mühe damit, dem Tempo der beiden zu folgen.

»Hawaii.« Rose grinste und sein Vater verschob die Pfeife in seinem Mund von der einen Seite zur anderen.

West sah schon das große Unglück auf sich zukommen, denn wenn oben alle Zimmer renoviert wurden und seine

Eltern im einzigen unteren Zimmer schliefen, blieben nicht mehr viele Räume übrig, in denen Mason schlafen konnte.

»Wir quartieren dich einfach im Poolhaus ein. Wäre das okay für dich?«

Mason zuckte mit den Schultern. »Klar. Ich bin nicht wählerisch.«

West schnaubte. Das konnte er sich kaum vorstellen. Er hatte eine ziemlich genaue Vorstellung davon, wie Mason womöglich wohnen könnte. Ganz sicher nicht in einem Poolhaus.

»Es ist isoliert, hat Strom, ist beheizt und besitzt sogar ein Bad und eine kleine Küche. West hat dort gewohnt, bevor er nach Harvard ging, nicht wahr?«

Rose lächelte ihm zu und West erwiderte das Lächeln vorsichtig. So wie es aussah, war er gerade nochmal mit dem Schrecken davongekommen. Es war eine wunderbare Lösung, Mason im Poolhaus übernachten zu lassen. *Ausgesprochen wunderbar.*

Er würde nachher zu seinem Haus fahren und dort das Alleinsein genießen. Auf keinen Fall wollte er *noch mehr* Zeit mit Mason verbringen. Über den Tisch hinweg begegneten sich ihre Blicke einen Moment lang, dann sah West weg.

»Wie lange willst du denn bleiben, Liebling?«, fragte Rose.

»Das habe ich noch nicht genau geplant. Bis ins neue Jahr?«

West runzelte die Stirn. Soweit er wusste, hatte Mason vor ein paar Jahren mit einigen Kollegen zusammen eine Privatklinik gegründet, die sich auf Neurochirurgie spezialisiert hatte. Und rein zufällig wusste er auch, dass die ziemlich erfolgreich war. Mehr als ein- oder zweimal hatte er nicht über Suchmaschinen nach ihm gesucht. Wirklich.

Und West fand es verwunderlich, dass Mason einfach so für einen Monat verschwinden konnte. Entweder lief es richtig gut für ihn, oder Hirntumore waren nicht mehr so angesagt.

»Das ist wundervoll. Du hast immer so viel gearbeitet, da hast du dir eine Pause verdient. Ich habe mich oft gefragt, wie du das alles schaffst.«

Mason lächelte leicht distanziert. Er wollte nach seinem Glas greifen, stieß stattdessen aber mit den Fingerspitzen dagegen, sodass sich der Inhalt über den Tisch ergoss. Rose und er sprangen beinahe zeitgleich auf und geistesgegenwärtig warf seine Mutter das Küchentuch auf die sich ausbreitende Lache, das sie noch immer in der Hand gehalten hatte.

»Macht nichts«, sagte sie schnell. »Das kann passieren.«

»Tut mir leid«, sagte Mason und wirkte ein bisschen verunsichert, was so gar nicht zu seinem selbstbewussten Charakter passen wollte.

»Hast du Kopfschmerzen?«, fragte West, erhob sich, und trat zu Mason. Er wollte seinen Kopf etwas zurücklegen, um einen Blick auf seine Pupillen werfen zu können, aber der schlug seinen Arm zur Seite. »Spinnst du?«

»Du hattest einen Zusammenprall mit dem Airbag. Gehirnerschütterungen sind da nicht selten. Jetzt hattest du auch noch einen motorischen Ausfall.«

Mason stöhnte auf. »Komm schon. Ich war nur ungeschickt. Gott!«

»Du bist hier der Spezialist. Ich sollte dich nicht über Hirnverletzungen aufklären müssen«, erwiderte West ernst.

»Dann tu es auch nicht!«, zischte Mason. »Mom!«, rief er und machte sich auf den Weg in die Küche. Gleich darauf kamen beide zurück, Rose hielt einen Schlüssel in der Hand, der ihm sehr bekannt vorkam. Er selbst hatte ihn jahrelang benutzt, um ins Poolhaus zu gelangen.

»Mason ist erschöpft von seiner Reise. Ich zeige ihm das Poolhaus.«

»Tu das, Liebling«, sagte Chandler. Auf seinem Gesicht lag ein merkwürdiges, aber vertrautes Schmunzeln. Er hatte während der ganzen Zeit nichts gesagt, sondern nur die Unterhaltung mitangehört. Das machte er oft. Als West noch jünger gewesen war, hatte ihn das manchmal genervt, aber inzwischen wusste er diese Charaktereigenschaft zu schätzen.

Als Mason und Rose durch die Hintertür nach draußen in den Schneesturm getreten waren, sahen sie sich an. Sein Vater schmunzelte wieder und nickte.

»Was?«, fragte West und versuchte sich seinen Unmut über Masons Unvernunft nicht anmerken zu lassen.

»Mason ist ganz schön störrisch.«

West spürte, wie er errötete, obwohl er es nicht wollte. »Ich will nur nicht schuld sein, wenn er Schäden davonträgt.«

»Das hat ihm nicht gefallen.«

»Findest du es nicht auch komisch, dass er einfach für mehrere Wochen hierher kommt? Ausgerechnet hierher?«

»Soweit ich weiß, hat er noch nie groß Urlaub gemacht. Vielleicht ist er ausgebrannt, brauchte einen Ortswechsel.«

West schnalzte mit der Zunge und erhob sich. Er trat an die Glastür, die in den Garten und zum Poolhaus hinausführte. Es brannte Licht dort draußen und er erkannte die Silhouetten von Mason und Rose. Sie unterhielten sich miteinander, dann nahmen sie sich in den Arm.

West kam sich vor, als hätte er einen sehr intimen Augenblick beobachtet. Er trat zurück und bemerkte, dass sein Vater ihn beobachtete. »Es ist nur komisch, dass er hier ist.«

»Du hättest jetzt die Gelegenheit, ihn kennenzulernen.«

»Ich weiß nicht.« *Auf keinen Fall.* »Wir sind sehr unterschiedlich.« Er merkte selbst, wie unglaubwürdig er klang. »Ich muss jetzt los.«

»In Ordnung, Junge.«

West drückte kurz die Schulter seines Vaters, dann verabschiedete er sich von Rose, die vom Poolhaus zurückgekommen war und ihm mitteilte, dass Mason sich wunderbar fühlte.

Und als er nach draußen, in die eisige Kälte trat, wo ihn die Erinnerungen an Mason traktierten, wie wütende Messerstiche, da wusste er, dass ein paar harte Wochen vor ihm lagen.

Fünf

West

Weil er ohnehin keine Ruhe finden würde, fuhr er einen kleinen Umweg zum Haus von Jake und Ethan. Dort brannte Licht, weshalb er seinen Wagen auf dem großen Vorplatz parkte und ausstieg. Ein Blick in Richtung Scheune zeigte ihm, dass Jake wohl noch arbeitete. Er schwenkte ab und betrat die Werkstatt.

Jake trug eine Augenschutzmaske, während er ein Holzstück bearbeitete. Er war ein richtiger Gott, was den Umgang mit Holz betraf. Er stellte wunderbare Kreationen her, von seinen Möbeln mit dem Epoxit-Harz ganz zu schweigen. Damit hatte er schon mehrere Design-Preise gewonnen.

»Hi«, sagte West, als das Werkzeug für einen Moment verstummte. Jake sah auf, dann breitete sich ein großzügiges Lächeln auf seinem Gesicht aus, das so typisch für ihn war. Er legte das Werkzeug zur Seite und schob sich die Brille in die Haare.

»Was machst du denn hier? Heute kein Aktenstudium?«

So traurig es auch klingen mochte: West verbrachte viel zu viele seiner Abende in der Praxis und aktualisierte seine Patientenakten. Es machte ihm nicht besonders viel aus, weil zu Hause zu sein auch keine wirkliche Alternative für ihn war, aber Jake und Ethan zogen ihn immer wieder damit auf.

»Wie du siehst, habe ich auch mal Freizeit. Ganz im Gegensatz zu dir übrigens.« West grinste bedeutungsvoll.

»Ich muss noch einen Auftrag bis nächste Woche fertigkriegen. Das ist eine *Ausnahme.*«

»Aha.«

»Was führt dich her? Willst du was trinken?«

»Klar.«

Jake holte aus einem kleinen Kühlschrank zwei Dosen Cola und reichte ihm eine. West stellte sie zur Seite und tat so, als würde er den Tisch betrachten, dessen Beine Jake gerade bearbeitete, während er sich gleichzeitig fragte, warum er hier war. Vielleicht war er aus einem bestimmten Grund hergekommen.

Obwohl Jake und Ethan schon seit einiger Zeit ein Paar waren, hatte er ihnen nie erzählt, was zwischen Mason und ihm vorgefallen war. Nicht die Sache im Hotel, und schon gar nicht der Ausrutscher im Wald.

Wie hätte er es ihnen auch sagen sollen?

»Ach ja, ich finde es ja immer ein bisschen komisch, dass ihr schwul seid, aber ich kann damit leben. Mir ist da letztens übrigens was passiert. Mein Schwanz und der Hintern eines anderen Mannes waren darin involviert …«

Nein. Er konnte mit niemandem darüber sprechen. Ethan und Jake würden ihn auslachen. Und selbst wenn sie Verständnis für seine Situation hätten, so würde es ja doch nichts daran ändern. Mason war sein zweifacher Ausrutscher, über den er nicht länger nachdenken wollte.

Trotzdem war er in einer komischen Stimmung. Er fühlte sich in die Ecke gedrängt, denn Mason könnte jederzeit verraten, was sie miteinander getan hatten, und das wäre weitaus schlimmer, als wenn er selbst mit der Sache rausrücken würde.

Außerdem verursachte seine plötzliche Anwesenheit einen Aufruhr in ihm, den er so nicht erwartet hatte. Er wollte nicht über Mason nachdenken, aber er konnte nichts dagegen tun. Immer wieder spielte sich in seinem Kopf der Abend im Wald ab. Wie in einem Film erinnerte er sich daran, wie er in ihn eingedrungen war, wie die Lust und Erregung ihn erfasst hatten, wie gut es sich angefühlt hatte, in ihm zu sein.

»Ist irgendwas mit dir? Du siehst irgendwie merkwürdig aus«, sagte Jake und lächelte ihn aufmunternd an. »Hast du einen harten Tag gehabt?«

West blinzelte, es fiel ihm schwer, sich aus den Erinnerungen zu lösen. »Mason ist heute nach Crystal Lake gekommen.«

Jake runzelte die Stirn. »Mason? Roses Sohn?«

»Genau.«

»Cool. Sie freut sich sicher. Er war noch nicht oft hier, oder?«

»Das letzte Mal bei ihrer Hochzeit. Sie hat ihn im Sommer einmal in Chicago besucht.«

»Er ist ebenfalls Arzt, oder?«

»Ja. Neurochirurg. Sehr talentiert.« Er hatte eine Gabe dafür, sich in andere Gehirne zu graben, soviel stand fest.

Jake lächelte freundlich. Er lehnte an seiner Werkbank und verschränkte die Füße miteinander. »Du magst ihn nicht, oder?«

»Was?« West blinzelte. Er fühlte sich ertappt. Aber vielleicht war es besser, wenn er so tat, als könne er nichts mit Mason anfangen. »Er ist nur einfach … anders. Anders als ich.«

»Aber du kennst ihn nicht wirklich, oder?«

Ich kenne ihn besser, als es gut für mich ist.

»Wie auch? Er war gerade mal einen Tag in Crystal Lake, als Rose und mein Dad geheiratet haben.«

Und diese Zeit hat ausgereicht, ihn zu ficken. Innerlich schlug sich West gegen die Stirn. Er musste aufhören damit. Es war passiert und es gab Millionen Menschen auf der Welt, die das Gleiche taten und weniger Probleme damit hatten.

Na und? Dann hatte er eben Spaß dabei gehabt, Sex mit einem Mann zu haben. Da war doch wirklich nichts dabei.

Er wollte das wirklich glauben, aber es funktionierte einfach nicht. Er konnte sich nicht damit abfinden, dass er einen Mann so attraktiv fand, dass er sich sogar dazu hinreißen ließ, Sex mit ihm zu haben. Das passierte nicht in seiner Welt.

Er war immer sehr traditionell aufgewachsen und erst Jake und Ethan und dann auch Rose und ihr unkomplizierter Umgang mit Masons Homosexualität, hatten sein Weltbild leicht verändert.

Aber schwule Männer in seinem Leben zu akzeptieren, war definitiv leichter, als selbst *so etwas* zu tun.

»Na ja, dann solltest du ihn jetzt kennenlernen.« Jake lachte auf. »Komm schon, West, du benimmst dich komisch. Irgendwas ist doch passiert.«

»Ich hab nur den Kopf voll«, sagte er ausweichend. Es war beängstigend, wie gut Jake ihn kannte. »Bis Weihnachten habe ich noch einen Arsch voll Arbeit zu erledigen, und keine Ahnung, ob ich alles rechtzeitig hinbekomme.«

»Du solltest dich ein bisschen entspannen. Seit du die Praxis übernommen hast, stehst du permanent unter Strom. Gönn dir mal einen freien Tag, mach etwas, was dir Spaß macht. Bist du dieses Jahr überhaupt schon mal mit dem Schneemobil rausgefahren?«

West verdrehte die Augen. »Mir geht es gut.«

»Also nein. Das solltest du ändern. Die Praxis wird auch laufen, wenn du dich nicht zu deinem eigenen Sklaven machst. Du siehst nicht gut aus.«

»Das muss ich mir nicht anhören«, murmelte West und schüttelte den Kopf.

»Doch. Ich bin dein Freund und ich sorge mich. Achte einfach ein bisschen mehr auf dich, okay?«

»Ja, ja«, brummte West. Es gefiel ihm nicht, dass Jake ihn offenbar so leicht durchschauen konnte. Aber dafür waren Freunde wohl da. »Ich mach mich mal auf den Weg nach Hause, bevor Malloy mich noch suchen kommt.«

Er klatschte sich mit Jake ab und bat ihn, Ethan zu grüßen. Jake nickte, hielt Wests Hand aber einen Moment länger fest als nötig. »Wir sind Freunde, West. Wir sind füreinander da.«

»Ja«, sagte West nur.

Mason

Er konnte sich nicht wirklich daran erinnern, wann er zuletzt mehrere Tage am Stück frei gehabt hatte. Selbst wenn er nicht in der Klinik arbeitete, beschäftigte er sich irgendwie mit Medizin. Ob er Tagungen besuchte, Fachbücher oder -zeitschriften las, oder gerade selbst an einem Artikel schrieb, sein Herz und sein Leben hatte er der Medizin verschrieben.

Aber sein Körper schien sich darüber zu freuen, eine kleine Auszeit bekommen zu haben. Er hatte fast zwölf Stunden am Stück geschlafen, lange und heiß geduscht und dann hatte er am Fenster des Poolhauses gestanden und nach draußen gesehen. Der Schnee lag inzwischen hoch und es war kein Ende in Sicht. Sein Blick folgte den herabrieselnden Flocken, obwohl er ihn immer wieder scharfstellen musste, was anstrengend war. Außerdem blendete ihn das gräuliche Weiß. Er hatte inzwischen häufig Kopfschmerzen und würde sich wohl eine Sonnenbrille zulegen müssen.

Rose und Chandler waren unterwegs, wie ein Zettel, auf dem Küchentisch im Haus, ihm verriet. Der Kaffee in der Kaffeekanne war noch bestenfalls lauwarm, weshalb er sich anzog und auf den Weg nach Crystal Lake machte.

Bei seinem letzten Besuch auf der Hochzeit, seiner Mutter, hatte er dieses kleine Diner im Herzen der Stadt entdeckt. Der Kaffee dort war ziemlich gut und die Waffeln hatte er auch gemocht. Nach einem Fußweg von etwa fünfzehn Minuten, in dem er fast erfror, weil sein Schuhwerk und seine Jacke absolut nicht für diese Kaltfront geeignet waren, erreichte er das *Marriotts*. Die altmodische Glocke läutete, als er den Laden betrat.

Es waren nur ein paar Gäste anwesend, die an den Tischen saßen. Er setzte sich an die Theke und der Besitzer des Diners, den er schon beim letzten Mal kennengelernt hatte, begrüßte ihn mit einem freundlichen Lächeln.

»Was führt Sie denn hierher?«, fragte er.

Mason war erstaunt, dass der Mann ihn offenbar erkannte. Fast ein Jahr später. War das so, wenn man in einer kleinen Stadt lebte? Dass einem die Menschen im Gedächtnis blieben?

»Weihnachten«, sagte er daher nur. »Und Ihr Kaffee.«

Die Augen des Mannes leuchteten auf und ein verschmitztes Lächeln erhellte sein Gesicht. »Ich mag Sie. Waffeln dazu?«

Mason stutzte, dann nickte er. »Klar.«

»Dachte ich mir schon.« Der Besitzer verschwand in der Küche im hinteren Teil des Diners und Mason ließ seinen Blick zum Fernseher wandern. Der Sportkanal lief, und zeigte gerade Ausschnitte vom gestrigen Eishockeyspiel der Rangers gegen die Flyers. Da es ihm aber schwerfiel, den schnellen Bewegungen zu folgen, wandte er sich wieder ab.

»Wo ist West?«, fragte der Besitzer des Diners ihn, als er mit einem Teller voller Waffeln in der Hand wieder zu ihm zurückkam.

»Äh.« *Woher bitte sollte er das wissen?*

Der Mann grinste, dann sah er über Masons Schulter hinweg. »Ihr kommt heute reichlich spät, West kommt gar nicht. Ich bin froh, dass wenigstens Mason mich nicht im Stich lässt.«

Okay. Seinen Namen kannte er auch noch, während Mason sich absolut nicht an seinen erinnern konnte. Hatten sie sich damals vorgestellt? Mason drehte sich um und erblickte Ethan Leland und seinen Partner Jake, die er beide bei der Hochzeit seiner Mutter kennengelernt hatte.

Offenbar waren sie noch immer ein Paar. Sie lächelten ihm zu und setzten sich rechts von ihm an die Theke.

»Ich habe gestern Abend versucht, ihm ins Gewissen zu reden, aber offenbar hat es nichts genützt«, sagte Jake und seufzte. Mason aß seine Waffeln, aber seine Ohren waren gespitzt. Offenbar waren sie nicht einverstanden mit dem, was West tat, was auch immer das war.

»Vielleicht kann Mason ihn ja umstimmen.«

Mason sah auf und runzelte die Stirn. »Was meint ihr?«

»Ich denke nicht, dass Mason weiß, was er tun muss. Er ist doch selbst ein Workaholic, oder nicht?«, fragte Ethan grinsend.

»Äh.«

Die anderen lachten los, Jake schlug ihm auf die Schulter. »Scheinbar sind alle Ärzte so«, sagte er.

Nicht mehr, dachte Mason, sagte aber nichts. Er lächelte unverbindlich und aß er weiter. Die Waffeln hatten plötzlich einen faden Geschmack angenommen.

»Ich glaube, Mason ist nicht die beste Wahl, wenn es darum geht, West runterzuholen. Wie wäre es, wenn wir zelten gehen? Mit den Schneemobilen in die Berge, Lagerfeuer, Arsch abfrieren. Und du, mein Lieber, kommst auch mit.« Ethan sah den Besitzer des *Marriotts* streng an. Der verzog das Gesicht. »Ich bin kein Outdoor-Mensch. Du weißt das.«

»Tu es für West.«

Mason schmunzelte. Der Schlagabtausch amüsierte ihn, auch wenn er nur die Hälfte davon verstand.

»Und du, Mason? Wie lange bleibst du? Zeit für einen Zeltausflug?«

»Ich schätze, ich warte, bis die Temperaturen wieder über null sind.«

Jake schnaubte. »Kommt gar nicht in Frage. Wir brauchen einen Ausflug. Wir alle.«

»Okay. Dann ist es abgemacht. Nächstes Wochenende, wir, die Berge, keine Arbeit.« Ethan klopfte auf die Theke.

»Und wer erzählt West davon?«

Schweigen legte sich über die Runde, bis Mason merkte, dass sich alle Blicke auf ihn gerichtet hatten. »Was?«, fragte er, das Unheil sah er bereits herannahen. »Nein.«

»Komm schon. Du bist zu Gast. Dir wird er den Wunsch nicht abschlagen, weil er einen guten Eindruck machen will. Immerhin bist du Roses Sohn.«

»Äh, es ist auch nicht mein Wunsch, in der Eiseskälte zu zelten. Außerdem bezweifle ich, dass West einen guten Eindruck bei mir hinterlassen will. Egal, wessen Sohn ich bin.«

Jake und Ethan grinsten, während der Mann hinter der Theke nickte. »Ich mag dich«, sagte er ernsthaft, was Mason zum Lachen brachte.

»Also, da wir uns alle um West sorgen, bin ich dabei. Ausnahmsweise. Außer Donna hat etwas dagegen.«

Jake schnaubte. »*Ich* werde mit Donna reden. Du benutzt sie nachher noch als Ausrede, Lionel. Ich kenne dich.«

Lionel verdrehte die Augen. Er schwang sich das Tuch, mit dem er gerade noch die Arbeitsfläche abgetrocknet hatte, über die Schulter und legte den Kopf schief. »Das würde ich niemals tun.«

»Nie«, echote Ethan. Er klang alles andere als überzeugt.

»Sag es ihm am besten gleich, dann hat er noch ein bisschen Zeit, sich an den Gedanken zu gewöhnen, ein

Wochenende mal nicht in seiner Praxis zu sitzen«, riet Jake.

»Ich mache dir einen Kaffee. Den braucht er wahrscheinlich sowieso.«

»Also eigentlich wollte ich …« Mason wollte irgendwas sagen, dann verstummte er aber. Alles, was er gehört hatte, machte ihn neugierig auf West und das Leben, das er hier führte. Er kannte nur kleine Aspekte von West. Er wusste, wie köstlich sein Mund schmeckte. Er wusste, dass West sogar richtig gut küssen konnte. Er wusste, wie wundervoll sein Schwanz aussah. Aber näher hatte er ihn nie kennengelernt.

»Also gut. Gib mir den Kaffee.«

Natürlich befanden sich am Samstagmittag keine Patienten mehr in der Praxis. Damit hatte Mason gerechnet. Womit er aber nicht gerechnet hatte, war der riesige weiße Hund, der laut bellend auf ihn zugeschossen kam, als er gerade durch die Tür treten wollte.

Schnell zog er sie wieder zu und wartete mit rasendem Herzen davor. *Woher zur Hölle kam dieser Hund?*

Die Tür ging wieder auf und West stand vor ihm. Ein vergnügtes Grinsen lag auf seinem Gesicht. »Was tust du hier?«, fragte er. Im nächsten Moment landete sein Blick auf dem Kaffeebecher in seiner Hand. »Wenn der nicht für mich ist, werde ich Malloy erlauben, dich zu fressen.«

»So ergaunerst du dir Kaffee?«, fragte Mason und tat schockiert. Dann reichte er ihm den Kaffee. »Bitte sehr. Mit schönen Grüßen von Lionel.«

West nahm den Kaffee und trat zur Seite, die Tür aufziehend. Malloy, der riesenhafte Hund saß, wie ein Stein in

Weiß einige Schritte von ihnen entfernt und betrachtete ihn aufmerksam.

»Er tut nichts.«

»Er will sicher nur spielen, nicht wahr?«, fragte Mason.

»Malloy kann mit Ironie nichts anfangen. Streichel ihn einfach, dann hast du ihn in der Tasche.«

Mason ging mit einem unbehaglichen Gefühl auf den Hund zu. Er blieb sitzen, wo er war, nur sein Schwanz begann auf und ab zu schlagen. Vorsichtig streckte Mason seine Hand aus und fuhr über den Kopf des Hundes.

»Du tust gerade so, als wäre er ein Monster.« West klang vergnügt.

»Er ist auf mich zugekommen, als wollte er mich auseinandernehmen.« Mason wurde mutiger und kraulte Malloy unter dem Kinn. Der Hund leckte daraufhin über seine Hand. »Sind wir jetzt Freunde?«, fragte Mason an West gerichtet.

»Das werden wir noch sehen. Komm mit.« West ging in Richtung des Behandlungszimmers, in dem er seine Kopfwunde gestern Abend verarztet hatte, und Malloy und Mason folgten ihm.

»Setz dich«, sagte West und deutete auf die Liege. Malloy trottete zum Schreibtisch und legte sich daneben ab.

»Warum …«

»Ich will die Wunde kontrollieren.«

»Alles gut damit.«

»Hast du beim Duschen aufgepasst?«

»Denkst du, ich bin ein Idiot?«

West schmunzelte, sagte jedoch nichts. Er sah gut aus, egal, was seine Freunde sagten. Und Mason war froh, dass er hergekommen war. Er mochte es, in Wests Nähe zu sein.

Er blinzelte, um seinen Blick zu schärfen, betrachtete Wests Wangengrübchen, als er leise schmunzelte, bewunderte seine breiten Schultern und erinnerte sich an seine Hände, die seinen Körper *damals* liebkost hatten.

West setzte sich auf den Rollhocker und rollte auf ihn zu. »Ich will es mir trotzdem ansehen«, beharrte er. Seine Finger berührten Masons Kopfhaut und sofort erfasste ihn ein Prickeln. So war das eben, wenn man sich im gleichen Raum mit einem Mann befand, der ziemlich heiß war.

West zog das Pflaster vorsichtig ab, dann inspizierte er die Wunde. Das gab Mason die Gelegenheit, ihn aus der Nähe zu betrachten. Er hatte sich nicht rasiert, denn ein dunkler Bartschatten zierte seine Wangen und sein Kinn. Mason hätte zu gern seine Hände darübergleiten lassen, aber das würde West nicht gestatten. Seine inneren Barrikaden waren deutlich spürbar.

»Sieht gut aus«, beschied West. »Du hast echt Glück gehabt, dass dich gestern ein Arzt aufgelesen hat.«

»Oh ja. Und wie.« Mason lächelte, während West ein neues Pflaster aufklebte. Als er damit fertig war, legte Mason seine Hand auf Wests Schenkel. Der versteifte sich augenblicklich und rollte zurück, entfernte sich damit aus seinem Berührungsradius. Er tat geschäftig, räumte den Abfall weg und wusch seine Hände, aber Mason durchschaute ihn. »Wovor hast du Angst?«, fragte er.

Seit über zwanzig Jahren lebte er als offen schwuler Mann. Und wenn es eines gab, was er in der Zeit gelernt hatte: Lass die Finger von Heteros.

Diesen Rat zu beherzigen, fiel ihm schwer. Zumindest, wenn es um West ging.

»Ich habe keine Angst«, erwiderte West. Er hatte ihm noch immer den Rücken zugewandt und wusch sich seit gefühlten drei Stunden die Hände.

»Ich musste an dich denken. Im letzten Jahr.«

West hörte auf damit, seine Hände zu schrubben, als bereite er sich gerade auf eine Operation vor. Stattdessen ließ er das Wasser über seine Hände laufen und bewegte sich kein Stück mehr.

Unter den wachsamen Augen von Malloy erhob sich Mason und trat zu West ans Waschbecken. Er stellte den

Wasserhahn ab und wartete, bis West ihn ansah. »Dir ist ganz schlecht vor Angst, oder? Denkst du, ich laufe durch die Straßen und verkünde allen, was wir miteinander getan haben?«

»Wir haben nichts …«, wollte West protestieren, aber Mason brachte ihn wirksam zum Schweigen, indem er seine Hand auf seinen Unterarm legte. »Wir haben«, insistierte er und nickte. »Und es treibt dich noch immer um.«

West schluckte. »Es ist nie passiert«, sagte er nach einer kleinen Pause.

»Du verleugnest es?«

»Ich bin nicht wie du.«

»Schwul?«

West biss die Zähne aufeinander und entfernte sich wieder von ihm. Mason wusste nicht, ob er sauer auf ihn werden, oder ob er lieber Mitleid mit ihm haben sollte. Waren sie nicht längst dem Alter entwachsen, in dem man sich selbst verleugnete, weil man zu große Angst davor hatte, was die anderen von einem hielten?

»Ich kann nicht mit dir darüber reden.«

»Dann vielleicht mit Jake. Oder Ethan.«

Wests Blick schoss zu ihm, seine Wangen röteten sich. Mason hob beruhigend eine Hand. »Sie wissen nichts. Zumindest nicht von mir.«

»Von mir auch nicht.«

»Sie wären aber gute Ansprechpartner.«

»Mason. Nein.« West seufzte und fuhr durch Malloys Fell, als dieser zu ihm trottete und sich an ihn lehnte. »Ich will nicht leugnen, dass diese Erfahrung mit dir … sie war heiß. Ja. Aber … ich bin deshalb nicht schwul und werde es auch nicht werden. Also wenn du hier bist, um …«

»Bin ich nicht«, sagte Mason schnell. »Ich brauchte Urlaub. Und so, wie es aussieht, brauchst du auch einen. Du wurdest von deinen Freunden zu einem Campingwochende verdonnert.«

West runzelte die Stirn. »Wie bitte?«

»Ich habe die ehrenvolle Aufgabe bekommen, dir mitzuteilen, dass wir nächstes Wochenende campen gehen.«

»Sagt wer?«

»Jake. Ethan. Lionel. Sie sind der Meinung, du bist überarbeitet. Und sie sind der Meinung, dass ich auch mitkommen soll.«

West legte den Kopf schräg und spitzte die Lippen, ehe er frustriert aufseufzte. »Sie können richtig nerven.«

Mason grinste. »Ich glaube, sie wollen einfach nur das Beste für dich.«

West erwiderte Masons Blick und einen Moment verharrten sie genau so und es war, als würde ein Pendel zwischen ihnen schwingen, das sich noch für eine Richtung entscheiden musste. Aber dann sah West weg und die Verbindung zerbrach.

»Ich arbeite nicht zuviel.«

»Nun, es ist Samstag und du sitzt in der Praxis, oder?«

West schnaubte. »Es ist nichts falsch daran, seinen Job zu lieben.«

»Nein.« Dem konnte Mason nur zustimmen. Zu operieren, sich in der Klinik aufzuhalten, sich mit Patientenakten herumzuschlagen … das war alles nie nur ein Job für ihn gewesen. Es war einfach sein Leben.

»Ich kann das nicht mit dir«, sagte West plötzlich leise. »Das kannst du nicht erwarten. Was auch immer war … Es wird nie wieder vorkommen.«

»Ich erwarte nichts.«

»Ich führe ein anderes Leben und ich bin glücklich damit.«

»Okay.«

»Okay.«

Sie sahen sich wieder an und Mason spürte eine kleine Flamme in seinem Innern züngeln. Ein Mann, der die Dinge so sagte wie West, sollte ihn nicht so ansehen.

Sieben

Mason

Eine Brille würde nichts ändern. Aber es tat gut, sich vorzustellen, dass er einfach zum nächsten Optiker spazieren könnte, um sich ein Brillengestell auszusuchen, und eine Woche später setzte er sich die Brille auf die Nase und alles wäre wieder normal.

Kein Tunnelblick mehr, keine Gesichtsfeldeinschränkungen, keine Situationen, die ihn in Verlegenheit stürzten, weil er ungeschickt war.

Mason kniff die Augen zusammen und versuchte sich selbst im Spiegel zu fokussieren. Er spürte, dass es ihm von Tag zu Tag schwerer fiel. Es hatte schon einem Selbstmordkommando geglichen, mit dem Auto hierherzufahren. Sein kleiner Unfall mit dem Schneeberg war ganz sicher auch auf seine Sehstörung zurückzuführen. Die einsetzende Dunkelheit war das Schlimmste für ihn. Genauso wie gleißend heller Schnee. Oder kleine Gegenstände. Oder Farben.

Sein ganzes Leben verwandelte sich in einen Spießrutenlauf und in eine Ansammlung von herben Verlusten.

Jeden Tag konnte er seiner Liste einen neuen Verlust hinzufügen. Das Operieren war das Erste gewesen, was er aufgegeben hatte. Diese eine Entscheidung hatte er selbst und bewusst getroffen, denn das Letzte, was er wollte, war, kranke Menschen noch weiter zu schädigen.

Dieser Schritt war auch der schmerzhafteste von allen gewesen und der Nachhall der Trauer begleitete ihn wie ein stummer Schatten. Durch den Verlust seiner Operationsfähigkeit kam es ihm vor, als hätte er einen Teil seiner selbst amputiert. Er war kein richtiger Mensch mehr, ihm fehlte ein essentieller Anteil seiner Persönlichkeit.

Nach und nach hatte er immer mehr Fähigkeiten verloren, sodass er gegen Ende November seine Teilhaberschaft an der Privatklinik aufgelöst hatte. Es hatten ihn viele Nachrichten und Anrufe erreicht, in denen nach den Gründen gefragt wurde. Weiterhin erhielt er tägliche Anfragen, ob er diesem oder jenem Patienten helfen könnte. Aber er war nicht dazu in der Lage, zu antworten. Jedes Nein würde die Wunde in seinem Innern erneut aufreißen und bluten lassen.

Nein. Ich kann diesen Jungen nicht operieren.

Nein. Dieses Mädchen wird sterben, weil es außer mir auf dieser Welt keinen Chirurgen gibt, der eine derart riskante Operation durchführen würde.

Nein.

Nein.

Nein.

»Gefällt er Ihnen?«

Mason zuckte zusammen. Er war abgedriftet, wie so oft in letzter Zeit. Die Reize, die seine Augen aufnahmen, wurden immer weniger und die Einsamkeit in der Dunkelheit größer, weshalb es leicht war, sich in Erinnerungen und Gedanken zu verlieren. Er sah zu der jungen Verkäuferin, die ihm in den vergangenen zwei Stunden bei der Kleiderauswahl geholfen hatte, weil er nicht wirklich viel erkennen konnte. Er nickte. »Steht mir die Farbe?«

»Sie können praktisch alles tragen«, erwiderte die Frau. Sie flirtete mit ihm, seit er den Laden betreten hatte. Das würde sie mit Sicherheit nicht mehr tun, wenn sie wüsste, dass er nicht mal die Farbe ihrer Augen erkennen konnte, geschweige denn seiner Klamotten. Er hatte es geschafft, unauffällig herauszubekommen, welche Farbe seine neuen Winterklamotten besaßen, obwohl es nicht wirklich wichtig war.

»Okay. Dann nehme ich alles.« Er bezahlte an der Kasse und verließ den Laden mit zwei großen Einkaufstaschen. Heute hatte, zum ersten Mal seit drei Tagen, die Sonne geschienen und das gleißende Licht war schmerzhaft blendend in seine Augen gedrungen. Er war froh, dass es inzwischen Abend und damit die Dämmerung hereingebrochen war. Vielleicht war das seine Zukunft. Ein Schattendasein, ohne Herausforderungen und ohne Highlights. Er spürte, wie mit der aufkommenden Dunkelheit auch seine Gedanken immer trister wurden. Er musste aufhören, immer nur das Negative zu sehen. Es gab eine Menge sehbehinderter Menschen, die ein erfülltes Leben führten. Er musste sich nur umorientieren.

Nichts leichter als das.

Die Schwermut seiner Gedanken hatte ihn davon abgelenkt, auf den Weg zu achten, was in seiner Situation nicht gerade ratsam war. Als er aber bemerkte, vor welchem Haus er gerade zum Stehen kam, musste er – trotz allem – lächeln.

Acht

West

Die Türglocke bimmelte und riss ihn kurz aus seiner Konzentration. Er sah auf die Uhr und runzelte die Stirn. Nora hatte gesagt, dass Mr. Ronalds vorhin sein letzter Patient gewesen war.

Er richtete seine Aufmerksamkeit zurück auf den Bildschirm. Vielleicht jemand, der noch persönlich einen Termin vereinbaren oder ein Medikament abholen wollte.

»Du arbeitest schon wieder.«

Die wohlbekannte Stimme ließ ihn zusammenzucken und herumfahren. Mason hatte den Behandlungsraum betreten und stellte zwei große Tüten in die Ecke, ehe er sich auf die Behandlungsliege setzte. »Hi.«

»Was tust du hier?« Wests Blick flog zur Tür. Nora war dort draußen, und ihm war nicht wohl dabei, dass Mason ihn einfach so in der Praxis besuchte.

Das Wochenende über hatte er damit zugebracht, lange Spaziergänge mit Malloy zu unternehmen und zu versuchen, Mason aus seinen Gedanken zu streichen. Es war ihm nur kläglich gelungen. Stattdessen hatten intensive Träume ihn in der Nacht heimgesucht, um den Schlaf gebracht und in einen fiebrigen Zustand der Erregung versetzt.

Deshalb hatte er sich auch unter einem fadenscheinigen Grund vom sonntäglichen Familiendinner entschuldigt und sich lieber in seine Arbeit vergraben. So weit war es schon mit ihm.

Er hatte genau gemerkt, dass Rose enttäuscht von seiner Absage gewesen war, und nächsten Sonntag würde er sich nicht davor drücken können, aber bis dahin waren ja noch ein paar Tage Zeit.

Aber jetzt war er hier. Groß, gutaussehend, mit diesem unwiderstehlichen Lächeln auf den Lippen, das ihn sofort an jeden Kuss erinnerte, den sie je miteinander geteilt hatten. Und an den Blowjob.

Er würde nie vergessen, wie es sich angefühlt hatte, als Mason ihn auf diese intime Art befriedigt hatte. Wie angenommen und frei er sich in diesem Moment gefühlt hatte.

»Störe ich?«, fragte Mason und hob die Augenbrauen.

West blinzelte und fuhr sich durch seine Haare. »Nein. Natürlich nicht.«

Er erhob sich und ging auf Mason zu, obwohl er nichts lieber wollte, als viel Abstand zwischen ihnen beiden. Routiniert entfernte er das Pflaster auf Masons Stirn und betrachtete die Wunde, die sehr gut verheilte. Es hatte sich ein kleiner Bluterguss unterhalb der Naht gebildet, aber das war nicht weiter schlimm.

Er desinfizierte die Wunde und versuchte währenddessen herauszufinden, ob er das Schweigen mochte, das zwischen ihnen herrschte.

»Ich habe mir Winterkleidung gekauft«, sagte Mason schließlich. »In diesem Winterwunderland friert man sich ja den Arsch ab.«

West lächelte. »Hier gibt es keine Hochhäuser, die dich vor dem eisigen Wind schützen, was?«

»Leider nicht.«

»Hast du Schmerzen?«

»Nein.«

West klebte ein neues Pflaster auf und wollte zurücktreten, und zwar ganz schnell, aber Mason hinderte ihn daran. Ohne auf seine Gegenwehr einzugehen, zog er ihn erneut zwischen seine Beine und sah zu ihm auf. Sein Blick kroch langsam und intensiv über sein Gesicht und West schluckte schwer. Er wollte etwas sagen, aber kein Wort kam aus seinem Mund. Stattdessen brannte sich die Wärme von Masons Hand in seine.

»Ich will dich küssen«, wisperte der mit rauer Stimme. »Und ich hasse es, dass du es nicht willst.«

»Du hast gesagt, dass du nicht …«

»Ich weiß, was ich gesagt habe. Das ändert aber nichts daran, dass ich dich nicht vergessen kann.«

West schluckte hart bei Masons Worten. Er schüttelte den Kopf, versuchte sich gegen die Lust, die in ihm pochte, zu wehren. Er wollte weggehen von ihm, Abstand zwischen sie beide bringen. Aber sein Schwanz sprach eine andere Sprache.

»Nicht«, sagte er leise. Ein letzter Versuch, vernünftig zu sein. Es wenigstens zu *versuchen.*

Es klopfte an der Tür und sie fuhren auseinander. West brach der Schweiß aus, als Nora den Kopf hereinstreckte, und zwischen ihnen beiden hin und her sah. »Alles okay?«, fragte sie und lächelte. Sie kam in den Raum und trat zu Mason, der sich erhob, und sie aufmerksam betrachtete. »Wir kennen uns noch nicht. Ich bin Nora, Wests Freundin.« Sie warf einen Blick zu ihm zurück, und lächelte ihn an.

West erwiderte schnell das Lächeln und sah zu Mason hin. Jetzt war der Moment gekommen, in dem er die Gelegenheit hatte, alles zu zerstören. Er hatte ihn in der Hand und Mason wusste es. West erkannte es an seinem Blick. Er hielt die Luft an und wartete ab, sah, wie sich ein Lächeln auf Masons Gesicht ausbreitete. Er hatte den Blick nicht von Nora genommen und jetzt hob er die Hand. »Freut mich sehr, dich kennenzulernen. Ich bin Mason.

Wests *Bruder.*« Die Art, wie er ihn titulierte, war provokant, obwohl Nora dies vermutlich nicht mal wahrnahm. Sie griff nach seiner Hand. »West freut sich sehr darüber, dich besser kennenzulernen. Vielleicht kommst du mal zu uns zum Abendessen?« Nora drehte sich fragend zu ihm um.

West schluckte und wollte laut *Nein! Nein! Nein!* rufen, aber das wäre sehr auffällig gewesen. Er nickte leicht. »Klar. Warum nicht.«

»Ich mache euch ein Irish Stew, von dem ihr nur träumen könnt.« Sie grinste.

»Klingt traumhaft«, sagte Mason. Sein Blick lag unverwandt auf West, was sehr unangenehm war.

»Bist du noch lange beschäftigt?«, fragte Nora und trat zu ihm. Ihre Finger verschränkten sich mit seinen und sie lächelte ihn an.

»Ja«, sagte West. Seine Stimme war brüchig und heiser. »Ich muss noch einige Dinge abarbeiten.«

»Dann gehe ich jetzt, ist das in Ordnung? Rose und ich wollen noch die letzten Kostüme fertignähen und das Bühnenbild ist auch noch nicht fertig.« Nora drehte sich zu Mason um und lächelte ihn an. »Rose hat dir sicher von dem Krippenspiel erzählt, bei dem wir mithelfen, oder?«

Mason nickte. »Natürlich. Ich freue mich schon darauf, es zu sehen.«

West verschluckte sich an seiner Spucke und hustete los. Mason und Nora sahen ihn irritiert an, dann unterhielten sie sich weiter über das Krippenspiel.

»Okay. Wir sehen uns morgen, Liebling«, sagte Nora. Sie kam zu ihm und gab ihm einen Kuss auf den Mund. Mit ihrer Hand strich sie ihm die Haare aus der Stirn. Das machte sie gern. Es hatte eine Zeit gegeben, in der er diese Geste gemocht hatte. Jetzt gerade mochte er sie definitiv nicht. Nicht, wenn Mason sich im selben Raum wie sie aufhielt.

Nora lächelte ihn an und verließ den Behandlungsraum.

Mason und er standen einander unbeweglich gegenüber. Sie hörten durch die nur angelehnte Tür, wie Nora noch irgendwelche Sachen rumräumte, dann ertönte die Glocke, und sie waren allein.

»Du hast eine Freundin«, sagte Mason.

»Ja.«

»Sie ist nett.«

»Ja.« Es kam West vor, als würde er keine Luft mehr bekommen. Warum wurde der Raum immer kleiner? Warum war Mason plötzlich so nahe?

Mit einer schnellen Bewegung schob Mason West gegen den Schrank, der sich direkt neben ihm befand. West keuchte auf, aber das Geräusch wurde von Masons Kuss verschluckt. Seine Zunge eroberte ihn ohne Fragen, ohne Warten, ohne Finesse.

Verboten.

Es war ein wilder Kuss, der sie noch hungriger machte. West stöhnte auf und seine Hände fuhren in Masons Haare. Aber dann blitzte Noras Gesicht vor ihm auf und er riss Masons Kopf schnell zurück. Ihre Münder trennten sich voneinander. Schwer atmend sahen sie einander an. West spürte Masons Hände an seinem Hosenbund und ihm wurde klar, was er beinahe zugelassen hätte. *Was er bereits zugelassen hatte.* Er hatte Mason geküsst. Sein Schwanz war hart. Daran war ebenfalls Mason schuld.

»Nicht«, sagte West mit rauer Stimme. Er schälte sich aus Masons Umklammerung und trat entschlossen zwei Schritte zur Seite. Sein ganzer Körper war ein einziges Erdbeben und er war nahe daran, einzubrechen. Er wollte das nicht, aber so war es.

»Wir dürfen das nicht«, sagte er.

»Weil du nicht schwul bist?«

»Weil ich Nora habe.«

»Und wenn du sie nicht hättest, dann würdest du es wollen?«

»Ich …« West fuhr sich durch seine Haare. »Tu das nicht. Ich … du weißt, dass ich nicht …«

»Du bist scharf, West. Du bist erregt. Von mir. Und du willst mehr. Denkst du an mich, während du sie fickst?« Mason sah ihn abwartend an. West wollte ihm nicht antworten. Er wollte, dass er wegging, bevor alle seine Verteidigungswälle in sich zusammenstürzten.

»Tu das nicht«, wiederholte er sich. »Es wird nicht wieder vorkommen.«

Mason lächelte wissend. »Nein. Natürlich nicht. Es ist nie passiert, das weißt du doch.« Seine Worte waren mit einer Prise Sarkasmus gewürzt.

»Du solltest jetzt besser gehen«, sagte West.

»Natürlich«, wiederholte Mason.

Er hatte ihn durchschaut. West war sich darüber im Klaren. Er wusste jetzt, dass er nicht widerstehen konnte, wenn Mason es darauf anlegte.

Das war schockierend. Er hatte wirklich erwartet, sich besser unter Kontrolle zu haben. Dies war aber das dritte Mal, dass er sich von Mason hatte mitreißen lassen. Er hatte erschreckend wenig Selbstbeherrschung, wenn es um ihn ging.

»Bis dann«, sagte Mason. Ein langer, wissender Blick traf West, dann nahm Mason seine Einkaufstaschen und verließ die Praxis.

Mit weichen Knien setzte West sich auf die Behandlungsliege und atmete zittrig aus. Er war gerade dabei, richtigen Mist zu bauen.

Neun

West

Mason schien sich in den Kopf gesetzt zu haben, Wests Leben vollkommen durcheinander zu bringen.

Am Dienstag kam er gegen die Mittagszeit in seine Praxis spaziert. In der Hand hielt er eine Kartonhalterung, in der sich drei Kaffeebecher befanden. Einen reichte er Nora, den anderen West und den dritten nahm er selbst in die Hand. Er grinste unwiderstehlich und dann verbrachte er die Mittagspause mit ihm. Dabei unterhielt er sich so locker mit ihm, als hätte es den Kuss und die Situation danach nicht gegeben, während West unter seiner Anspannung zu zerbrechen drohte.

Nora hatte ihm anvertraut, dass sie Mason sehr nett fand und sie es für eine gute Idee hielt, dass sie Zeit miteinander verbrachten und sich kennenlernten.

Mason verließ die Praxis, ohne, dass er ihm nochmal nähergekommen war, und West war sich nicht sicher, ob er darüber erleichtert oder enttäuscht war. Das ließ ziemlich tief blicken. Denn was er auf jeden Fall war: erregt.

Am Mittwoch besuchte Mason ihn wieder. Es gab wieder einen Kaffee und dazu auch noch ein Sandwich. Nora setzte sich zu ihnen ins Behandlungszimmer und gemeinsam unterhielten sie sich über das Leben in der Kleinstadt. West hielt die Anspannung kaum aus, und zählte die Minuten, bis Mason endlich wieder verschwand. Während er die ganze Zeit darauf hoffte, dass Mason ihn endlich erlöste. Aber auch dieses Mal verabschiedete sich Mason nach einer Stunde und verschwand. Er wollte kein Arschloch sein, aber Nora und Mason gleichzeitig in einem Raum, waren einfach zu viel für seine Nerven.

Als Mason am Donnerstag die Praxis betrat, hätte West ihn am liebsten rausgeworfen. Oder besprungen. Weil das aber nicht ging, trank er nur seinen Kaffee und aß eines der Sandwiches, die Mason Nora und ihm mitgebracht hatte.

Am Freitag war West nur noch ein Bündel Nervosität. Er konnte an nichts anderes denken, als an Mason, an seine Lippen, an seine Zunge, an seine Küsse. Es brachte nichts, dass er sich jeden Tag unter der Dusche Erleichterung verschaffte.

Er wollte, dass Mason Crystal Lake endlich verließ, und gleichzeitig wollte er ihm einfach nahe sein, was wirklich total verrückt war. Außerdem würden sie heute zu ihrem gemeinsamen Campingausflug aufbrechen. Mitten im Winter. Er hatte die leise Hoffnung, dass die eisigen Temperaturen seine Erregung abkühlen lassen würden, aber da Mason auch mitkam, rechnete er sich keine großen Chancen aus.

Sein schlechtes Gewissen gegenüber Nora stieg ins Unermessliche. Sie waren beinahe ein Jahr zusammen und er wusste, dass er sie fortlaufend betrog. Abgesehen von dem einen Kuss, verbrachte er abstoßend viel Zeit damit, sich Dinge vorzustellen, die er mit Mason tun wollte. Dinge, die ihn so erregten, dass er kaum noch klar denken konnte.

Jake hatte ihn informiert, dass sie mit den Schneemobilen in die Berge fahren würden. Und da es noch immer ununterbrochen schneite, war das sicher eine gute Lösung. Zu Fuß würden sie nicht weit kommen.

Er sah dem Landrover von Rose entgegen, als sie auf seinen Hof fuhr. Nora stand neben ihm, in ihren weißen Parka gehüllt und mit einer Fellmütze auf dem Kopf sah sie niedlich aus. Mason und Rose stiegen aus und kamen auf sie zu. West hatte die Schneemobile schon vorbereitet und vor der Scheune bereitgestellt.

»Er lebt auf einer Farm«, sagte Mason versonnen, nachdem sie sich begrüßt hatten. Heute trug er eine schwarze Sonnenbrille, und sah sich nun um. Malloy kam um die Ecke getrottet, um sich die neuen Besucher anzusehen. Als Hütehund liebte er das Leben auf der Farm. Er lief den ganzen Tag frei herum, während West arbeitete. Nur wenn er keinen Patientenkontakt hatte, dann nahm er ihn manchmal mit in die Praxis.

»Ihr passt auf euch auf, nicht wahr, Jungs?«, fragte Rose mahnend. Sie war eine Mutter und würde auch immer eine bleiben. West war es gewohnt, ihre Besorgnis zu erleben. Nachdem er viele Jahre ohne Mutter aufgewachsen war, genoss er ihre Fürsorge jetzt umso mehr.

»Natürlich«, sagte er. »Wie immer. Und du passt auf Malloy auf?«

Sie grinste. »Natürlich. Wie immer.«

Sie verabschiedeten sich von Rose und Malloy und sie fuhr vom Hof. Mason blieb zurück, ihre Blicke verhakten sich einen Moment ineinander. Zumindest dachte West das, denn Masons Sonnenbrille ließ keine Rückschlüsse darauf, wohin seine Augen sahen.

»Okay, Jungs. Dann wünsche ich euch viel Spaß bei eurem Männerwochenende.« Nora lachte vergnügt und schmiegte sich in Wests Arme. Sie war zierlich und schlank und attraktiv. Trotzdem fühlte sie sich in diesem Moment sehr falsch in seinen Armen an. Er drückte sie noch ein wenig fester an sich und erwiderte ihren Kuss, denn wenn er nur fest genug daran glaubte, dann käme alles in Ordnung. Mason würde Crystal Lake verlassen und dann würden sich alle verschobenen Teile wieder an den richtigen Ort setzen, wo sie hingehörten. Er litt einfach nur unter einer vorübergehenden Verwirrung.

Nora verabschiedete sich auch von Mason, dann stieg sie in ihren Jeep und fuhr zu ihrem eigenen Haus zurück.

»Bist du schon mal mit einem Schneemobil gefahren?«, fragte West Mason, als sie allein waren.

»Nein«, erwiderte dieser. West erklärte Mason die Funktionen und die Bedienung des Fahrzeugs. Dabei versuchte er größtmöglichen Abstand zu ihm zu wahren und sah ihm auch nicht nochmal in die Augen.

Sie sahen auf, als Jake, Ethan und Lionel auf den Hof gefahren kamen.

»Warum ist dein Haus noch nicht geschmückt?«, fragte Jake West. Er schaute an der Fassade des Farmhauses hoch. Normalerweise war West einer der Ersten, der sein Haus für die Weihnachtszeit dekoriert hatte. Er liebte die Lämpchen und den Kitsch und vor allem *die Rentiere.* Aber dieses Jahr hatte er einfach keine Energie dafür gehabt, sich damit zu befassen. Er war immer noch dabei, alle Patientenakten zu digitalisieren.

Sein Vater war ein Mann vom alten Schlag, und hatte nichts von Computern gehalten. Die ganze Arbeit blieb jetzt an West hängen und versetzte ihn nicht gerade in Weihnachtsstimmung.

»Mach ich noch«, sagte er ausweichend.

»Sag Bescheid, wenn wir helfen können«, sagte Jake und drückte seine Schulter. West wusste, dass er es nur gut meinte, aber manchmal war seine Hilfsbereitschaft einfach schwer zu ertragen.

»Okay, seid ihr bereit?«, fragte Ethan. »Es gibt eine kleine Planänderung.«

»Oh nein«, sagte West, weil er Planänderungen meistens nicht mochte.

»Oh doch«, erwiderte Ethan ungerührt. »Ich hatte keine Lust, mir meinen Arsch in einem Zelt abzufrieren, deshalb hab ich von Daniel die Erlaubnis bekommen, dass wir die Rangerhütte am Honeymountain nutzen dürfen.«

West zog die Augenbrauen in die Höhe. Er sah zu Jake hinüber, der jetzt schwieg. Er hatte die Lippen aufeinandergepresst, was kein gutes Zeichen war.

»*Du* hast Daniel gefragt?«, hakte West nach.

»Was ist so besonders daran?«

»Ach. Nichts«, sagte West. *Nur dass Daniel Jakes Ex-Liebhaber war, und Ethan gewöhnlich sehr eifersüchtig auf ihn reagierte.*

Ethan verdrehte die Augen. »Können wir los?«

»Klar«, schaltete sich Mason ein. Sie gingen zu ihren Schneemobilen, stiegen auf, und keine drei Minuten später lenkten sie die Fahrzeuge auf einen steilen Waldweg.

Das Abenteuer begann.

Mason

Der Schnee machte es ihm schwer, etwas zu erkennen. Wie nervige kleine Wattebällchen schwirrten die Schneeflocken um seinen Kopf herum und vor seinen Augen herab. Es war nicht leicht, den Weg zu finden, auf dem sie fuhren, obwohl es aussah, als würde es den anderen überhaupt keine Schwierigkeiten bereiten.

Er hingegen hatte nicht nur seine liebe Mühe, sich im ständigen Wechsel aus Licht und Schatten zu orientieren, er erwischte sich auch mehrmals dabei, wie er seinen Lenker zur Seite riss, weil er sich wegen irgendeiner Silhouette erschreckte, die an ihm vorbeiflitzte.

Er war inzwischen schweißgebadet und sein Kopf dröhnte, weil die Konzentration und die Unsicherheit ihn in den Wahnsinn trieben.

Sie passierten eine Brücke, die sie vorsichtig überfuhren, und erklommen den nächsten steilen Berg. Mason hatte keine Ahnung, zu welchem Zeitpunkt er die Kontrolle über das Fahrzeug verlor. Er sah einen Schatten auf sich zukommen, und duckte sich. Gleichzeitig betätigte er den falschen Hebel und beschleunigte damit das Schneemobil. Im nächsten Moment kippte er zusammen mit dem Fahrzeug über die Kante des Weges. Ein stechender Schmerz fuhr durch seine Schulter und raste dann durch seinen Körper. Er rollte einen Abhang hinunter, und wartete darauf, dass das schwere Schneemobil auf ihn fiel, aber nichts passierte.

Ein Baumstamm bremste seinen Fall ab, trieb ihm aber auch gleichzeitig die gesamte Luft aus dem Brustkorb. Schweratmend blieb er liegen. Schneeflocken fielen als graue Schemen auf seine Sonnenbrille, das Bild vor seinen Augen flackerte und zuckte.

»Mason!«, rief West und erreichte ihn, den Hang hinunter schlitternd. Im nächsten Moment beugte er sich über ihn, dann war die Sonnenbrille weg und Mason kniff geblendet die Augen zusammen. Das reflektierte Licht des Schnees machte ihn praktisch blind.

»Fuck, geht es dir gut?«, fragte West, während er damit begann, Masons Kopf abzutasten. Als er seine Augenlider anheben wollte, um die Pupillen zu kontrollieren, drehte Mason den Kopf zur Seite. »Mir gehts gut«, murmelte er und versuchte sich aufzusetzen, aber West hinderte ihn daran.

Er hörte Geräusche und Stimmen und dann beugten sich auch die anderen über ihn, ihre Mienen besorgt und erschrocken.

»Es geht schon!«, sagte Mason lauter. Sein Brustkorb schmerzte und auch seine Schulter hatte etwas abbekommen, aber erstmal wollte er aus dem Mittelpunkt des allgemeinen Interesses raus. »Alles okay!«, wiederholte er und rappelte sich langsam auf. Er spürte, wie West ihn stützte, indem er seinen Ellbogen umfasste. Entschlossen machte Mason einen Schritt zur Seite und kämpfte gegen den Schwindel an, der von ihm Besitz ergriff. Er sah sich um, versuchte sich zu orientieren, und entdeckte oben, auf dem Abhang das Schneemobil, das von zwei Baumstämmen daran gehindert wurde, den Abhang hinunterzustürzen. Diese zwei Baumstämme hatten ihn davor bewahrt, von dem Fahrzeug begraben zu werden. Er war lediglich mit ein paar Schrammen und Prellungen davongekommen.

»Das hätte ganz anders enden können«, sagte Lionel. Sie sahen alle zu dem Schneemobil hoch und nickten.

»Nichts passiert. Es geht mir gut«, sagte Mason. Er ging um die anderen Männer herum und machte sich daran, den Abhang wieder hinaufzuklettern. West tauchte an seiner Seite auf und maß ihn mit einem langen Blick, den Mason zu ignorieren versuchte.

»Lass mich dich wenigstens kurz untersuchen.«

»Mir fehlt nichts. Nur eine kleine Schulterprellung.«

»Du hast den Kopf angeschlagen.«

»Habe ich nicht.«

West trat Mason in den Weg. So schnell und unerwartet, dass er leicht zur Seite taumelte, was West scheinbar als Zeichen dafür nahm, dass es seinem Kopf wirklich nicht gut ging.

»Sei nicht so störrisch! Das ist dein zweiter Unfall in einer Woche! Wie ist das überhaupt passiert?«, fragte West und zog Mason zur Seite. Jake, Ethan und Lionel sahen zwar zu ihnen hinüber, gingen dann aber weiter und machten sich daran, das Schneemobil zu bergen.

West öffnete Masons Jacke und dann auch noch die Sweatjacke, die er darunter trug und untersuchte mit einigen gezielten Berührungen die Schulter. Die Bewegung schmerzte zwar, war aber aushaltbar und es war nichts gebrochen.

West umfasste erneut Masons Gesicht und sah ihm in die Augen. Sein Daumen streichelte dabei sanft über seine Haut und ein Schauer glitt über seinen Körper. Mason wünschte wirklich, er könnte noch immer die Farbe seiner Augen erfassen. Im Schwimmbad in Boston, wo sie sich das erste Mal nähergekommen waren, da hatte er Farben noch problemlos erkannt. Er erinnerte sich an das glänzende Braun, dass ihm damals schon so gut gefallen hatte. Er wünschte, er könnte sich jetzt davon überzeugen, dass es noch immer gleich aussah.

»Deine Pupillen sind verengt«, sagte West stirnrunzelnd.

»Es ist verdammt hell hier draußen«, erwiderte Mason.

»Wir sind im Wald.«

»Na und? Wo ist meine Sonnenbrille?«

»Mason, du benimmst dich wirklich kindisch. Wir sollten zurück nach Crystal Lake und ins Krankenhaus fahren. Ich will sicher sein, dass du …«

»Wo ist meine verdammte Sonnenbrille?«, herrschte Mason West an. Er wollte einfach nur in Ruhe gelassen werden, denn das Letzte, was er wollte, war, dass West Verdacht schöpfte. Er sollte sich nicht um ihn sorgen. Viel lieber wäre es ihm, wenn West Nora wie von Zauberhand vergessen würde, und sich daran erinnerte, wie wundervoll es sich zwischen ihnen anfühlte. Er war ein normaler Mann, der einen anderen Mann begehrte. Er wollte zurückbegehrt werden, wollte gesund und vital sein. Aber jetzt im Moment fühlte er sich alles andere als normal und gesund, sondern einfach nur sehr, sehr verletzlich.

Die Anderen sahen zu ihnen hinüber, dann konzentrierten sie sich wieder auf die Arbeit am Schneemobil. West reichte ihm schweigend die Sonnenbrille und Mason setzte sie auf. »Mir geht es gut«, sagte er wieder. Er bereute seinen Ausbruch ein klein wenig. Trotzdem war er erleichtert, dass er sich wieder hinter seiner Sonnenbrille verstecken konnte.

»Wenn du es sagst.« West klang zweifelnd.

»Können wir weiterfahren?«

»Mit deinem Schneemobil kannst du nichts mehr anfangen. Wir werden es bergen, wenn wir auf dem Rückweg sind. Du kannst mit mir weiterfahren.«

»Dann los.« Mason trat an West vorbei und kehrte zu Jake, Ethan und Lionel zurück, die ihm jetzt schweigend entgegensahen. Es hatte sich eine unbehagliche Stimmung zwischen ihnen ausgebreitet und Mason wusste, dass er daran schuld war.

Er sagte nichts weiter, sondern wartete, bis West aufgestiegen war, dann setzte er sich hinter ihn und sie fuhren weiter.

Zehn

West

Masons Unfall steckte West noch immer in den Knochen, weshalb er sich direkt nach ihrer Ankunft in der Ranger-Hütte unter einem fadenscheinigen Grund verabschiedete und eine Weile durch den Wald lief, bis er das Ufer des Lake Grant erreichte. Der See war längst zugefroren und mit einer zentimeterdicken Schicht Schnee bedeckt.

West lehnte sich an einen Baumstamm in der Nähe des Ufers und sah über die Seefläche bis hinüber zu den nächsten Berggipfeln, die sich hier über den gesamten Horizont erstreckten. Und trotz der wunderschönen Aussicht liefen die Bilder, wie Mason gestürzt und den Abhang hinuntergerollt war, vor seinem inneren Auge ab. Wieder und wieder. Wie ein nicht enden wollender Horrorfilm.

Seine anschließende Wut war nicht erklärbar für ihn. Mason war Neurochirurg, er wusste, dass ein Sturz, wie der seine, ernsthafte Folgen haben konnte und trotzdem verweigerte er jede Untersuchung.

Sie hatten auf dem gesamten restlichen Weg geschwiegen und auch nach ihrer Ankunft war Mason wortkarg gewesen. Dafür hatte West ihn dabei beobachtet, wie er zwei Tabletten schluckte.

»Hast du dich abgeregt?«, fragte Jake, der hinter ihm aus dem Wald auftauchte.

West sah ihn über seine Schulter hinweg an und schüttelte dann den Kopf. »*Ich* war ja wohl kaum derjenige, der sich aufgeregt hat, oder?«

»Denkst du, er ist okay?«

»Ich habe keine Ahnung. Hast du gesehen, wie der Unfall passiert ist? Ich meine … es muss einen Grund geben, warum er über die Kante gefahren ist. Der Weg war breit genug und ohne Hindernisse.«

»Wir sind alle vor ihm gefahren. Keiner von uns hat etwas gesehen«, erwiderte Jake. Auch er sah jetzt auf die zugeschneite Seeoberfläche hinaus und holte tief Luft. »Du achtest auf ihn, oder?«

»Natürlich.«

»Wir haben die Schlafplätze aufgeteilt, ich habe dich und Mason im Bett einquartiert. Auf der Galerie oben erschien es mir etwas gefährlich für ihn. Mit seiner verletzten Schulter ist er kaum in der Lage, die Leiter nach oben zu steigen.«

West öffnete seinen Mund und schloss ihn dann aber wieder. Er sah dabei wahrscheinlich aus, wie ein Fisch an Land, aber er versuchte wirklich irgendein sinnvolles Argument zu finden, warum er *auf keinen Fall* mit Mason in einem Bett schlafen konnte.

»Wo schläft Lionel?«, fragte er schließlich.

»Auf dem Sofa. Ziemlich unbequem.« Jake grinste.

»Dann schlafe ich dort«, sagte West schnell. Jake schüttelte den Kopf. »Es sollte jemand bei Mason sein. Lionel ist auch dafür.«

Wie schön für ihn, dachte West zynisch. »Wenn ich schlafe, kann ich ihn ohnehin nicht überwachen.«

Jake sah ihn prüfend an, dann grinste er. »Was ist los mit dir? Mason ist ein Teil deiner Familie. Was ist so schlimm daran, zwei Tage mit ihm in einem Bett zu schlafen?«

West erwiderte nichts und es dauerte einen Moment, aber dann schnappte Jake nach Luft. »Ernsthaft?«

West sah ihn verständnislos an. »Was denn?«

»Weil er schwul ist? Komm schon, West. Bist du noch immer nicht darüber hinweg, dass es Männerliebe gibt?«

»Nein, ich …«

Jake lachte. »Ich glaube nicht, dass du Angst haben musst, dass er dich demnächst bespringt. Jeder schwule Mann würde einen weiten Bogen um dich machen. Deine homophobe Ausstrahlung ist manchmal kaum zu ertragen.«

West blinzelte. Wenn Jake wüsste, was er da gerade ausgerechnet zu ihm sagte … Ein kleines Lachen entkam seinem Mund und er räusperte sich schnell. »Nein. Ich glaube, er hat sich unter Kontrolle. Apropos: Es wäre sehr nett, wenn Ethan und du euch ein bisschen beherrschen könntet. Ihr seid bei den Campingausflügen immer ziemlich laut.«

Jakes Wangen röteten sich und er grinste. »Ach ja?«

»Ach ja«, bestätigte West.

»Ich werde es Ethan sagen. Er hat sich manchmal einfach nicht unter Kontrolle.«

West boxte Jake spielerisch in den Bauch und gemeinsam kehrten sie zur Hütte zurück, während sie sich weiterhin gutmütig ärgerten. Er hatte zwar immer noch ein ungutes Gefühl, was Mason betraf, aber mit Jake zu sprechen, hatte ihn etwas beruhigt. Offenbar hegte niemand einen Verdacht.

Als sie die Hütte betraten, brannte bereits ein Feuer im Kamin und Lionel rührte in einem gusseisernen Topf auf dem altmodischen Herd, der ebenfalls mit Holz befeuert wurde.

Mason saß am Tisch und spielte Karten mit Ethan. West betrachtete ihn unauffällig. Er bemerkte, dass er immer wieder auf der Bank herumrutschte, als würde er einfach nicht die passende Sitzposition finden. Außerdem kniff er die Augen zusammen, was West besonders unruhig machte.

Der Tag wurde dann aber doch noch angenehm und die befangene Stimmung von der Anreise verflüchtigte sich. Sie aßen Lionels Chili, das er bereits zu Hause vorgekocht hatte, und unternahmen am Nachmittag eine ausgedehnte Wanderung. Weil Mason sich unauffällig benahm und keine neurologischen Symptome zeigte, wurde West selbst immer ruhiger und entspannte sich schließlich auch.

Abends pokerten sie noch einige Runden, wobei Mason sich früher, als die Anderen zurückzog. West wartete noch eine Weile, dann ging auch er ins Schlafzimmer. Mason regte sich nicht, als er sich neben ihn ins Bett legte, und darüber war er ziemlich froh.

Mason

Sein Kopf schmerzte, jedoch nicht vom gestrigen Sturz, sondern von der permanenten Anstrengung, der er seine Augen aussetzte. Er hatte sich in den letzten Wochen daran gewöhnt, alles etwas langsamer angehen zu lassen.

Das war auch leicht, wenn man viel alleine war. Aber jetzt, in der Gruppe, musste er sich zusammenreißen, wenn er nicht auffallen wollte. So richtig hatte es nicht geklappt, denn er hatte heute Morgen neben seinen Kaffeebecher gegriffen und ihn in der Folge umgeworfen.

Die anderen sahen es als Missgeschick und neckten ihn, aber West nicht. West beobachtete ihn mit Argusaugen. Wahrscheinlich dachte er, dass er sich doch den Kopf verletzt hatte.

Das war auch der Grund, warum er es vermied, mit ihm allein zu sein. Auf der heutigen Wanderung hielt er sich an Lionel und hörte ihm schweigend dabei zu, wie er von seinem Leben als Vater erzählte. Er hatte eine lustige Art, Geschichten rüberzubringen, und Mason konnte sich endlich etwas entspannen.

Der Moment, in dem seine Welt ganz plötzlich in tiefste Schwärze gehüllt wurde, kam schnell und war erschreckend. Er kam aus dem Tritt und stolperte. Der erneute Sturz auf seine Schulter ließ ihn aufstöhnen. Dann war die Schwärze vorüber und er kehrte zurück in seine eintönige, graue Welt ohne Farben.

»Mason und ich gehen zur Hütte zurück«, sagte West entschieden und mit fester Stimme, bevor Mason auch nur ein Wort sagen konnte.

»Wir sehen uns später«, setzte er hinzu. »Und wir beide … wir unterhalten uns jetzt ernsthaft«, knurrte West. Er half Mason dabei, aufzustehen, und sie machten sich schweigend auf den Rückweg. Mason wollte nicht reden. Aber er war auch froh, wenn er nicht weiter durch den Wald stapfen musste.

Die plötzliche Blindheit hatte ihn bis ins Mark erschüttert. So wäre es also. Bald. Er schluckte und sein Herz raste. Diese Schwärze war nicht zu vergleichen mit der Dunkelheit, die sich einstellte, wenn er einfach die Augen schloss.

Diese Finsternis wäre unvergänglich und er musste für den Rest seines Lebens mit ihr klarkommen.

Die Hütte tauchte vor ihnen auf, West öffnete die Tür und trat zur Seite. »Rein mit dir.«

»Hör auf damit!«, knurrte Mason und blieb stehen.

West nickte, sein Gesicht glich einer Gewitterwolke. »Ach ja? Ich soll aufhören? Wie wäre es, wenn du mal aufhörst, dich wie ein Idiot zu benehmen? Was zur Hölle ist eigentlich los mit dir?«

»Was zur Hölle geht es dich an?«, gab Mason zurück. Er machte kehrt und entfernte sich ein paar Schritte. Die Hütte war jetzt viel zu eng. Dort drin war zu wenig Platz für all die verheerenden Gefühle, die in ihm tobten.

»Bleib hier, verdammt noch mal!« West tauchte in seinem Blickfeld auf, Mason konnte ihn nur noch als verkleinerte Version seiner selbst sehen, als würde er durch ein sehr langes Rohr sehen, an dessen Ende West stand. Er hasste das.

»Es geht dich nichts an!«, rief Mason. »Okay? Es geht dich nichts an. Du denkst, nur weil du Arzt bist, hast du die Weisheit mit Löffeln gefressen!«

»Ich sorge mich, Mason«, sagte West. Seine Stimme war jetzt ruhig und viel zu vernünftig. Mason wünschte sich, dass er auch laut werden würde. Denn er wollte sehr laut sein. Er wollte schreien. Er wollte all die schlechten Gedanken und die furchtbare Angst loswerden.

»Dann hör auf damit! Hör einfach auf! Du solltest dich um dich selbst kümmern, um deine irrationale Angst, dass irgendjemand annehmen könnte, dass du eine kleine Schwuchtel bist! Das sollte dich beschäftigen und nicht ich.«

Ein Kräuseln tauchte vor seinen Augen auf, kleine Blitze zuckten. Er blinzelte, wollte die Erscheinungen loswerden, aber das war nicht möglich.

»Du hast eine Augenkrankheit, habe ich recht?«, fragte West. Er stand vor Mason, die Arme vor der Brust verschränkt, und betrachtete ihn, sein Gesicht ernst und unbewegt.

»Es geht dich nichts an«, wiederholte Mason, bekam die Worte aber kaum raus. Er schluckte krampfhaft gegen den Kloß in seinem Hals an. Um die Blitze loszuwerden, legte er seine Handballen auf die Augen und drückte zu. Gleich würde es aufhören. Gleich.

Wests sanfte Berührung ließ ihn zusammenzucken. Er schüttelte seine Hand ab und taumelte ein paar Schritte zurück. »Fuck!«, schrie er, und das Wort wurde in einem tausendfachen Echo zu ihm zurückgeschleudert. Und hier waren sie: Wut, Hilflosigkeit und Angst. Die drei Göttinnen seiner Dunkelheit. Er drehte sich im Kreis, die Umgebung verschwamm zu einem einzigen grauen Schleier und er verlor jede Orientierung, während heiße Tränen aus seinen Augen schossen und ihn ein Schluchzen durchschüttelte. Er presste die Handballen weiter auf die Augen, dann blinzelte er hastig, aber es half nichts.

Seine Welt stürzte ins Chaos und wollte ihn zu Boden werfen, aber dann wurde plötzlich alles still um ihn herum. Er spürte, wie ihn starke Arme umfingen und festhielten, sodass er sich nicht weiter im Kreis drehen.

Sein Atem ging so schwer, während Wests leise gemurmeltes »Schhh« an sein Ohr drang.

Mason wollte ihn abschütteln. Er wollte ihn anschreien, er wollte ihn von sich stoßen, aber jetzt gerade war seine Umarmung das Einzige, was ihn noch aufrecht hielt. Er ließ sich in die Berührung fallen und klammerte sich an West fest. Seine Wangen waren nass und er zitterte am ganzen Körper.

»Komm mit«, sagte West nach einer ganzen Weile, in der sie einfach dagestanden und Mason sich an ihn geklammert hatte.

Masons Sicht hatte sich beruhigt. Keine Blitze mehr, und nur noch ein wenig Kräuseln. Er konnte seine Umgebung wieder wahrnehmen und folgte West in die Hütte und in ihr Schlafzimmer. Er sah dabei zu, wie West die Fensterläden schloss und die Dunkelheit im Raum einkehrte. Mason tastete sich bis zum Bett, stieß die Schuhe von den Füßen und ließ sich darauf sinken. Er seufzte schwer, war zu Tode erschöpft, weil das Sehen inzwischen beinahe genauso anstrengend war, wie die Dunkelheit.

Neben ihm sank die Matratze ein, als West ebenfalls ins Bett kam. »Besser?«, fragte er in die Dunkelheit hinein.

Mason hatte die Augen geschlossen. »Hm«, sagte er. Er spürte, wie Wests Hand nach ihm tastete. Als er seinen Körper gefunden hatte, legte er seine Handfläche auf die Stelle direkt über seinem Herzen. Seine Wärme drang zu Mason durch und mit jedem Herzschlag beruhigte er sich ein kleines Stückchen mehr.

»Wie lautet die Diagnose?«, fragte West irgendwann. Er klang so sorglos und leicht, aber Mason wusste, dass es nicht so war. West war nicht so.

»Retinitis pigmentosa«, erwiderte Mason. Er sprach es ganz schnell aus, damit er das Wort nicht zu lange in seinem Mund behalten musste. Er war froh, dass er West nichts erklären musste, weil er selber wusste, was die Krankheit bedeutete: Die unumkehrbare Zerstörung seiner Netzhaut.

»Wann hast du die Diagnose bekommen?«

»Letztes Jahr.« Mason schluckte. Er erinnerte sich auch heute noch sehr gut daran, wie er sich gefühlt hatte, als er die Diagnose erhalten hatte. Seither war viel passiert. Vor allem hatte sich sein Augenlicht rapide verschlechtert. Anfangs hatte er noch gehofft, dass der Verlauf langsam vonstattengehen würde, aber inzwischen wusste er, dass bei ihm das Gegenteil der Fall war. Er hatte das Gefühl, dass sich sein Augenlicht täglich verschlechterte. Jeder Morgen war eine neue Überraschung.

»Weiß Rose davon?«

»Mein Vater ist der Träger des Gens«, erwiderte Mason. »Er hat sich testen lassen.«

»Er weiß es?«

»Ja. Seit Kurzem. Als ich ihm mitgeteilt habe, dass ich meine Teilhaberschaft in der Klinik aufgebe.«

»Oh, Mason.« West sprach leise und Mitgefühl, das er nicht haben wollte, lag in seiner Stimme. Mason schluckte, denn er wollte nicht wieder weinen. Er wollte nicht nochmal die Fassung verlieren. Nicht vor ihm.

»Deshalb der Unfall, nicht wahr?«

»Ja.«

»Du darfst nicht mehr Auto fahren, Mason«, sagte West mit eindringlicher Stimme.

»Ich weiß.« Er griff nach Wests Hand und verschränkte ihre Finger miteinander. Und dann war da doch eine. Eine Träne hatte es geschafft, sich aus seinem Augenwinkel zu lösen. Er holte zittrig Atem. Ganz vorsichtig, weil er nicht wollte, dass West etwas bemerkte.

Vielleicht hatte er es doch bemerkt, vielleicht hing der Kuss, den West ihm gab auch gar nicht damit zusammen. Er wusste nur, dass sich die Berührung seiner Lippen unglaublich gut anfühlte. Gut und überraschend. Mason hielt inne und erwartete, dass West sich gleich wieder zurückziehen würde, aber das tat er nicht. Stattdessen rückte er näher, sodass er halb auf Mason lag und sein Gewicht sich wunderbar auf ihm anfühlte.

West teilte Masons Lippen mit seiner Zungenspitze und sie küssten sich langsam und leise. Dieser Kuss war heilsam, er glättete Masons Inneres, beruhigte ihn und ließ den Tränenstrom in ihm versiegen. Er hob seine Hand an und streichelte Wests Gesicht. Er schmeckte so gut, er war so warm und fest und tröstlich.

Von einer Welle der Zärtlichkeit überschwemmt, richtete Mason sich auf und brachte West dazu, sich auf den Rücken zu drehen. Er beugte sich über ihn und vertiefte den Kuss, legte all die Dankbarkeit und Begierde hinein, die er nun mal für ihn empfand. Er ließ seine Hand unter seinen Wollpullover gleiten, berührte Wests wunderbaren Bauch, der sich unter seinen Fingern anspannte.

Ihre Zungen umschlangen einander hungrig, genährt von Verwirrung und Verlangen. Mason drängte sich an West, nahm ihn noch mehr in Besitz. Die Nähe zu ihm vertrieb alle Sorgen und Ängste, und beschwor eine tiefgehende Sehnsucht in ihm herauf.

»Mason …«, keuchte West zwischen zwei Küssen. Er war erregt, er konnte es fühlen.

»West, ich will dich …« Das Geräusch von Stimmen, die von draußen zu ihnen hereindrangen, ließ sie auseinanderfahren. West ächzte und erhob sich mit einem leisen Fluch, der Mason lächeln ließ. Er krabbelte an den Bettrand und tastete im Dunkeln nach ihm. Sanft zog er ihn zwischen seine Beine, hob seinen Pullover ein wenig an und setzte ein paar gehauchte Küsse auf seine nackte, brennende Haut, die ihn sofort wieder hungrig machte.

West atmete stockend und ließ seine Hände durch Masons Haar gleiten. »Nicht«, wisperte er. Und dann spürte Mason, wie West ihm einen Kuss auf den Scheitel setzte. »Nicht«, wiederholte er. »Wir dürfen das nicht.«

»West?«, rief Jake von draußen herein und klopfte an die Tür.

»Ich komme gleich!«, rief West und entfernte sich von Mason, sodass dieser ihn nicht mehr berühren konnte.

»Willst du zurück ins Tal, Mason?«, fragte West ihn.

»Du weißt, was ich will.«

Stille breitete sich zwischen ihnen aus, dann seufzte West. »Wenn du ins Tal willst, fahre ich dich runter. Es wäre vielleicht gut, wenn du dich untersuchen lässt.«

»Nein«, erwiderte Mason. Er wollte nicht wieder eine der endlosen Untersuchungen über sich ergehen lassen müssen. Seine Netzhaut war dabei, abzusterben. Das war auch schon nach der ersten Diagnostik klar gewesen und sein schwindendes Augenlicht sagte ihm genau, in welchem Stadium er sich befand. Er war dicht vor der endlosen Blindheit angekommen.

»Mason …«

»Hör zu. Ich habe dir das nicht erzählt, damit du mich bemitleidest oder jetzt denkst, du musst den Blindenhund spielen. Das ist nicht nötig. Ich will eigentlich einfach nur, dass du mich so behandelst, wie immer. Ich bin hergekommen, weil ich dich sehen wollte und nicht weil ich …«

»Du wolltest mich sehen?«, fragte West nach, in seiner Stimme lagen Unglauben und Erschütterung.

»Ich wollte dich noch einmal sehen, bevor ich mein Augenlicht vollkommen verliere«, erklärte er, und das Sprechen fiel ihm schwer. »Seit zwei Jahren muss ich an dich denken und seit einem Jahr weiß ich, wer du bist und wo du lebst, und dass ich dich trotzdem nicht haben kann. Ich wollte dich wenigstens noch einmal *sehen.*« Er sah den Kuss nicht kommen, aber dann lagen Wests Lippen wieder auf seinen und Mason seufzte leise.

»Du bist verrückt«, murmelte West und streichelte über seine Wangen.

»Ja. Vermutlich schon.«

»Ich muss jetzt nach draußen. Willst du dich etwas ausruhen?«

»Ja. Das wäre gut.«

»Okay. Soll ich die Fensterläden zulassen?«

»Ja, bitte«, sagte Mason.

»Gut. Ich sehe nachher nach dir, in Ordnung?«

Mason lächelte. West war der fürsorglichste Mensch, den er je getroffen hatte, und plötzlich wusste er, dass es die einzig richtige Entscheidung gewesen war, hierher zu kommen. Er hatte West vielleicht nicht gekannt, aber manchmal musste man einen Menschen auch gar nicht kennen, man ahnte einfach, dass er in der Lage war, einen glücklich zu machen.

Elf

West

Die anderen warfen ihm besorgte Blicke zu, als er aus dem Schlafzimmer kam.

»Geht es ihm gut?«, fragte Jake. Er nahm eine Tasse Kaffee von Lionel entgegen und ließ sich auf der Eckbank nieder.

»Er schläft jetzt«, sagte West ausweichend. Er nahm sich auch einen Kaffee und setzte sich zu Jake an den Tisch, Ethan und Lionel kamen ebenfalls hinzu.

»Was ist mit ihm?«

West war sich ziemlich sicher, dass Mason nicht wollen würde, dass er einfach seine Geschichte hier in netter Runde erzählte. Das war nicht seine Aufgabe. Mason musste entscheiden, wann und wie er anderen Menschen von seiner Krankheit erzählen wollte.

»Es geht ihm gerade nicht besonders«, sagte er daher nur.

»Was können wir tun?«

»Nichts.« Der Gedanke deprimierte ihn, aber es war die einzige Antwort. Wie musste sich Mason erst fühlen, wenn West schon ganz schwermütig wurde? Offenbar erlebte er gerade sehr aktiv mit, wie sich sein Sehvermögen verschlechterte. Und anscheinend war er noch nicht bereit, sich damit abzufinden. Stattdessen tat er alles, was man als

Sehender auch tat, nur dass er sich dadurch in Gefahr brachte.

West lief eine Gänsehaut über den Rücken, als er daran dachte, wie viel Glück Mason bisher gehabt hatte, auch wenn er das vermutlich nicht so sehen würde.

Bei dem Autounfall vor einer Woche hätte wer weiß was passieren können. Es war ein Glück, dass er mit glimpflichen Verletzungen davongekommen war, und dass er auch niemand anderes gefährdet hatte.

Genauso mit dem Schneemobil. West war froh, dass er jetzt Bescheid wusste, denn er würde Mason ganz sicher nicht mehr aus den Augen lassen.

»Geht es dir denn gut?«, fragte Jake und schubste ihn leicht von der Seite. West erwiderte den Blick seines Freundes. Er war froh, ihn in seinem Leben zu haben. »Klar.«

»Du siehst nicht so aus.«

West dachte an die leidenschaftlichen Küsse und an Masons Geständnis, dass er seinetwegen hier war. Das alles brachte ihn nur noch mehr durcheinander, aber sein Herz klopfte wie verrückt. Mason war hergekommen, um ihn noch ein letztes Mal zu sehen. Das bedeutete etwas. Und West befürchtete, dass er ihn tief enttäuschen könnte. Er hatte Nora nun schon zweimal mit Mason betrogen. Das waren Dinge, die er nicht tat, die er aber nicht unter Kontrolle hatte, wenn es um Mason ging. In seiner Nähe dachte er einfach nicht länger nach, sondern ließ sich einzig und allein von seinen Gefühlen leiten, was ein großer Fehler war.

Seine Gefühle waren nicht … Er konnte nicht einfach … West seufzte. Wenn er schon nicht aus sich selbst schlau wurde, wie sollte dann ein Mann mit schwindendem Sehvermögen überhaupt verstehen, was in ihm vorging? Warum war seine Welt eigentlich so kompliziert geworden, nachdem alles so geordnet und perfekt gewesen war.

»Lasst uns eine Runde pokern.«

Mason kam eine Stunde später aus dem Schlafzimmer. Draußen war es bereits dunkel. Sein Blick glitt langsam über die anderen, bis er an ihm hängen blieb, und West fragte sich, wie er nicht hatte bemerken können, dass etwas nicht mit Mason stimmte.

Jetzt sah er seine wandernden Augen, die sich nicht recht auf einen Gegenstand fixieren wollten. Er bemerkte sein ständiges Blinzeln und das Zusammenkneifen seiner Augen, auch wenn er versuchte, ihn nicht die ganze Zeit anzustarren.

Während des Essens verfehlte Mason zweimal knapp seinen Mund. Das fiel niemandem auf, nur West. Und es machte ihn traurig.

Als Lionel eine weitere Runde Poker vorschlug, lehnte West ab. Er konnte nur erahnen, wie anstrengend es sein musste, die Karten zu unterscheiden, und sich auf die kleinen Zeichen zu konzentrieren.

Ethan lehnte sich grinsend vor. »Wie wäre es dann mit Wahrheit oder Pflicht?«

West stöhnte auf, Lionel murmelte unwillig vor sich hin und Jake verdrehte die Augen. »Wir sind nicht mehr dreizehn.«

»Wir haben das Spiel an deinem einundzwanzigsten Geburtstag gespielt, erinnerst du dich noch?«

West beobachtete, wie Jakes Wangen sich röteten. Er erinnerte sich auch noch an den Geburtstag. An jenem Tag waren sie campen gegangen und es war ein schönes Fest gewesen. Er sah zwischen Jake und Ethan hin und her und fragte sich, was wohl zwischen ihnen abgelaufen war. Offenbar hatte jener Geburtstag eine Bedeutung für die beiden.

West nippte an seinem alkoholfreien Bier. Ethan zuliebe konsumierten sie keinen Alkohol mehr, wenn sie zusammen waren. Ein schweigendes Übereinkommen, das seit Jahren für sie alle galt.

»Ich bin dafür«, meldete Mason sich zu Wort. Er grinste und lehnte sich in seinem Stuhl zurück. Sein Blick glitt langsam über Wests Gesicht und seinen Körper. Das machte ihn ganz kribbelig.

»Okay, Lionel, wieviel Sex hast du wirklich, während in deinem Haus Zwillinge aufwachsen?«, fragte Ethan grinsend.

Lionel verdrehte die Augen. »Du bist ein Arschloch. Ich habe so viel Sex, dass es ein Wunder ist, dass ich inzwischen nicht schon eine ganze Footballmannschaft am Tisch sitzen habe.« Lionel hob die Augenbrauen und trank von seinem Bier.

»Donna hat mir was anderes erzählt.«

Lionel verschluckte sich an seinem Bier und die anderen lachten auf. West sah unwillkürlich zu Mason hinüber, der seinen Blick erwiderte. Ihm wurde ganz warm und er lächelte leicht.

»Okay. Ich bin dran. Mason: Wahrheit oder Pflicht?«

»Wahrheit.«

»Auf einer Skala von eins bis zehn: Wie homophob würdest du West einschätzen?«

West spürte, wie er errötete. Er warf Lionel einen verärgerten Blick zu, während Mason ihn erstaunt ansah. Dann grinste er und West dachte, dass jetzt wohl der Moment der Wahrheit gekommen war. Jetzt würden gleich alle seine Freunde erfahren, *wie* homophob er wirklich war.

»Achtzehn«, sagte Mason schmunzelnd. Die anderen johlten auf und klopften ihm auf die Schulter. »Du hast total abgelost, West«, lachte Jake.

»Gut, ich bin dran«, sagte Ethan.

»Eigentlich ist Mason dran«, wies West ihn darauf hin.

Ethan sah ihn streng an. »Halt die Klappe. Nur für einen Moment.« Dann erhob er sich und griff in seine Hosentasche. Im nächsten Moment glitzerte ein Ring zwischen seinen Fingern, und Ethan kniete vor Jake nieder. West hielt den Atem an, während er die intime Szene zwischen seinen besten Freunden beobachtete.

»Dir gehört mein Herz, seit wir uns vor vielen Jahren in einem Zelt das erste Mal geküsst haben. Seither beschützt und hältst du es in deinen Händen. Jake, ich liebe dich von ganzem Herzen, bitte heirate mich.«

Die eben noch laute und lärmende Runde schwieg nun andächtig, und beobachtete diesen wunderschönen Moment. Jakes Augen leuchteten auf und seine Wangen röteten sich, ehe er zu Ethan auf den Boden glitt und sein Gesicht sanft mit seinen Händen umfasste. »Du bist meine Welt und natürlich möchte ich dich heiraten.« Sie küssten sich und dann schob Ethan den Ring über Jakes Finger und zog ihn an sich.

West schluckte. Ihre Liebe war unübersehbar. Nichts könnte sie jemals trennen und er ertappte sich bei dem Gedanken, dass er das auch haben wollte. In seinem Leben. Vertrauen, Liebe, Beständigkeit. Er wollte, was Jake und Ethan miteinander hatten, und er verspürte einen Anflug von Neid.

Er sah weg und bemerkte, dass Mason ihn betrachtete. Still und leise, mit einem halben Lächeln auf den Lippen.

Nach dem Heiratsantrag war das Wahrheit oder Pflicht – Spiel beendet. Sie stießen auf die Verlobung der beiden Männer an. Ethan sah West, über den Rand seiner Coladose hinweg, an. »Du wirst uns trauen, oder?«

»Äh. Also. Klar.«

Ethan nickte zufrieden. »Gut.«

Es war nach Mitternacht, als sie ins Bett gingen. Dieses Mal gleichzeitig, was sich für West komisch anfühlte. Es suggerierte eine Intimität, die nicht zwischen ihnen herrschen durfte. Er hatte Hemmungen dabei, sich vor Mason auszuziehen, weil er nicht wollte, dass er etwas missverstand. Aber schließlich tat er es doch und kroch unter die ausgekühlte Decke. Er schauderte, dann lauschte er den Geräuschen, die Mason machte, als er sich neben ihn ins Bett legte.

Sie schwiegen in die Stille hinein, aber an Schlaf war nicht zu denken. Dafür donnerte Wests Herz in seiner Brust viel zu laut und schnell. Konnte Mason es denn nicht hören?

»Hast du was dagegen, wenn ich dich küsse?«, fragte Mason plötzlich von der anderen Seite her.

West schluckte. »Ich denke, es wäre besser, wenn wir einfach schlafen würden.«

Mason seufzte. »Ich habe befürchtet, dass du das sagst. Magst du es nicht, mich zu küssen?«

»Ich mag es viel zu sehr«, gestand West. Nach allem, was sie schon miteinander geteilt hatten, und nach den Ereignissen des Tages, erschien es ihm unangebracht, unehrlich zu sein.

»Dann willst du mich doch küssen?«

»Ja.«

»Aber du tust es nicht.«

»Nein.«

»Du bist ein Ausbund an Selbstbeherrschung«, neckte Mason West. Seine Hand glitt unter der Decke zu ihm hinüber und legte sich auf seinen nackten Bauch. West hielt den Atem an, solange er konnte, fühlte nur Masons Hand, die nichts weiter tat, als auf seinem Bauch zu liegen. Schließlich schnappte er seufzend nach Luft. »Bin ich nicht«, murmelte er. »Aber ich versuche es wenigstens. Nora. Da ist Nora.«

»Und wenn sie nicht da wäre? Würdest du mich dann küssen?« Mason rutschte näher. West spürte seinen Atem, der über sein Gesicht strich. »Hmm? Was wäre, wenn es Nora nicht geben würde?«

»Du weißt, was dann wäre.« Seine Stimme bröckelte vor unterdrückter Lust. Nein. Sie durften das nicht tun. Je öfter sie es taten, umso weniger schlimm wurde es, obwohl es genau das war: schlimm. Er wollte Noras Vertrauen nicht missbrauchen.

Masons Kopf glitt unter die Bettdecke und gleich darauf küsste er sich einen heißen Pfad über seinen Bauch. Wests Atem ging angestrengt. Seine Hände glitten in Masons Haar, hielten ihn aber nicht zurück. »Willst du, dass ich mich beherrsche?«, fragte Mason mit gedämpfter Stimme. Er kam höher und schließlich spürte West seinen Atem auf seinem Gesicht.

»Ja«, krächzte er.

Mason seufzte. »Du meinst das ernst.« Seine Hand lag noch immer auf Wests Bauch und beschrieb kleine Kreise. Er wanderte tiefer und strich über Wests Erektion.

West bedeckte seinen Mund mit seiner geballten Hand und biss in sein Fleisch, weil er ein Stöhnen unterdrücken musste.

»Ich höre jetzt auf«, flüsterte Mason.

»Okay«, stieß West hervor, während sein Körper sich vor Begehren verkrampfte. Er versuchte mit purer Willenskraft Masons Hand dazu zu bewegen, ihn von seinen Qualen zu erlösen, und gleichzeitig wollte er, dass er ihn nicht länger anfasste.

Mason seufzte. »Ich mag Nora, deshalb höre ich auf.« Er sank zurück auf seine Seite und sie schwiegen beide. Ihre abgehackten Atemzüge erzählten von der schieren Selbstbeherrschung, die sie aufbringen mussten.

West zitterte vor Verlangen und es war eine Qual, als Mason seine Liebkosungen unterbrach. Er wollte mehr. Viel mehr. Aber sie durften nicht.

»Danke«, flüsterte West. Sein Körper wollte explodieren.

»West, kann ich dich was fragen?«

»Nein«, erwiderte der. Er wollte jetzt nicht *reden*. Alles, nur nicht das. Aber Mason dachte gar nicht daran, auf ihn zu hören. »Kannst du bitte ehrlich sein? Hattest du wirklich noch nie etwas mit einem Mann?«

West schluckte schwer. Masons Frage war nicht wirklich schwer zu beantworten, aber er wollte nicht über dieses Thema nachdenken. Er antwortete trotzdem. »Noch nie. Nur mit dir.«

Mason schwieg eine Weile. »Du reagierst ziemlich … eindeutig auf mich.«

»Neunzig Prozent der Zeit, die wir zusammen verbringen, hast du meinen Schwanz in einer deiner Körperöffnungen. Es ist nicht gerade überraschend, dass mich das anmacht.«

Mason lachte auf. Viel lauter, als es gut wäre und West zischte: »Schhh!«

Aber Mason lachte immer weiter, und so drehte er sich irgendwann zu ihm um, und legte ihm die Hand auf den Mund. »Sei leise!«, raunte er. Mason zog seine Hand weg und im nächsten Moment hatte er West so gedreht, dass sie in Löffelchenstellung lagen. Sein Mund glitt über Wests Hals und Schultern und er verteilte ein paar verbotene Küsse darauf. Sein Atem war warm und ließ Wests Körper kribbeln.

»Du weißt, dass es nicht so ist. Du wirst schon scharf, wenn du mich nur ansiehst. Meine Körperöffnungen haben damit rein gar nichts zu tun.«

»Mason …«

»Liebst du sie?«

Das Schweigen, dass sich zwischen ihnen ausbreitete, war schwer. Schließlich seufzte West. »Ich mag sie gern.«

»Das ist ein Nein. Du liebst sie nicht.«

»Manchmal braucht Liebe Zeit, um zu wachsen.«

»Weißt du, was ich glaube?«

»Du wirst dich vermutlich nicht davon abbringen lassen, es mir zu verraten, oder?«

Mason biss ihn leicht in den Nacken. »Ich denke, dass du sie so unbedingt lieben willst, damit niemand auf die Idee kommt, dass du mich mögen könntest. Niemand soll vermuten, dass du mit mir Sex hattest und dass du es weiterhin willst. Nora ist deine Bestätigung für dich und dein Umfeld, dass du absolut hetero bist. Nur ich kenne dein Geheimnis.«

»So ist es nicht«, sagte West, aber er konnte nicht mehr dazu sagen. Masons Worte gingen tief und rührten etwas in ihm an. Eine intensive Angst und die Befürchtung, alles in seinem Leben könnte sich ändern.

»Ist es so schwer für dich? Was könnte schon passieren? Dann hast du eben gern Sex mit Männern. Das hat niemanden zu interessieren.«

»Mich interessiert es aber.«

»Ach ja? Kannst du dich deshalb nicht mehr im Spiegel ansehen?«

West seufzte. Seine Augen schlossen sich flatternd, während Mason seinen Körper liebkoste. Er konnte sich einfach nicht dagegen wehren. Es fühlte sich so anders an, als alles, was er je zuvor gefühlt hatte. Es kam ihm vor, als könnte er sich *endlich* fallenlassen, obwohl er gar nicht gewusst hatte, dass ihm das auf irgendeine Weise gefehlt hatte.

Er spürte Masons Erektion, die sich an seinen Hintern schmiegte und presste sich dagegen. Dieser Kerl machte ihn verrückt.

»Es geht nicht um den Spiegel. Es ist nur … das war nie mein Ding. Ich habe *immer* nur Frauen gehabt. Die waren mein Ding. Und es bringt mich schlimm durcheinander, dass du plötzlich alles veränderst.«

»Dieses *Plötzlich* begann vor zwei Jahren.« Mason biss sanft in seinen Hals.

»Ich weiß«, murmelte West und versuchte den lockenden Verführungsversuchen von Mason zu entgehen, während er sich immer fester an ihn schmiegte. Seine Erektion wollte nicht abklingen und Mason schien es gleich zu gehen. Jetzt schlang er seinen Arm auch noch um Wests Mitte und zog ihn noch näher an sich heran.

Das konnte doch nicht wahr sein!

Mit einem langsamen Stoß, schob sich seine Erektion in Wests Spalte. Nur die Unterwäsche, die sie trugen, stellte noch eine Barriere dar. Er ächzte leise. Das war zuviel.

»Geht es nur um dein Weltbild, oder ist da noch etwas anderes?«

»Ich bin Arzt«, sagte West abgehackt.

»Ja. Davon habe ich gehört.« Ein Lächeln lag in Masons Stimme und er knabberte weiter an Wests Hals entlang.

»Ich lebe hier und ich habe eine Praxis. Du als schwuler Arzt müsstest doch auch schon öfter mit hässlichen Vorurteilen konfrontiert worden sein, oder?«

»Wäre ich vermutlich, wenn ich nicht so verdammt genial wäre«, erwiderte Mason. Seine Stimme hatte so einen verdammt sinnlichen Unterton, dem West kaum widerstehen konnte. »Aber die, die zu mir kamen, hatten oft keine andere Hoffnung mehr. Da wird die sexuelle Orientierung des Medizinmannes schnell zur Nebensache.«

»Tja, hier in Crystal Lake ist das nicht so.«

»Jake und Ethan scheinen kein Problem mit ihrer Homosexualität zu haben.«

»Ethan war ein bekannter Footballer und Jake ist ein begnadeter Künstler.«

»Und du, West? Du bist *nur* der Arzt? Geht es hier wirklich um Sexualität oder doch eher um ein Problem mit deinem Selbstbewusstsein?«

»Ha ha. Du kannst Witze machen. Es mag sein, dass du mich erregst. Es mag auch sein, dass ich körperlich sehr stark auf dich reagiere. Aber richtig mit Männern zusammen zu sein … das kann ich mir einfach nicht vorstellen.«

»Es reicht, wenn du kleine Schritte gehst, West. Aber wenn du alles immer im Geheimen machst, wirst du nie feststellen können, wie es wirklich ist, mit einem Mann zusammen zu sein.«

»Ach? Bist du denn plötzlich Verhaltenstherapeut? Was ist denn, wenn ich gar nicht das Bedürfnis habe, mit einem Mann zusammen zu sein?«

Masons Hand wanderte zu Wests Erektion hinab. Er ließ sie ohne falsche Scham in seine Boxershorts gleiten und umfasste seine heiße Länge. »Ich habe all deine Bedürfnisse in meiner Hand.«

»Wir drehen uns im Kreis«, murmelte West leise und presste sich noch fester an Mason. Er griff nach seiner Hand und löste sie von seinem Schwanz – das Schwerste, was er jemals getan hatte.

»Du bringst mich noch um«, flüsterte Mason ihm ins Ohr. Er drehte sich auf den Rücken, und überraschte West damit, dass er ihn an sich zog.

Er setzte einen Kuss auf Wests Kopf, dann legte er sein Kinn darauf ab. »Das ist ganz schön hart mit dir. Du bist hier, aber ich darf dich nicht haben. Es war mal leicht mit uns, erinnerst du dich?«

»Ja«, gab West zurück und schnaubte lachend. »Total leicht.«

»Ich vermisse das.«

West lächelte und drehte sich, sodass er sein Gesicht an Masons Schulter schmiegte. Es fühlte sich wunderbar an, neben ihm zu liegen. So gut. »Wir dürfen nicht …«

»Nein. Ich will nicht darüber sprechen. Ich bin müde. Es ist spät und ich muss mich gerade sehr konzentrieren, dass ich nicht einfach über dich herfalle. Mach diesen Abend nicht kaputt, indem du wieder anfängst nachzudenken. Die Tür bleibt für heute zu.«

»Morgen müssen wir hindurch gehen«, warnte West.

»Morgen. Nicht heute. Schlaf jetzt«, murmelte Mason. Er zog ihn noch etwas enger an sich. West lauschte seinen Atemzügen. Als er einschlief, zuckten seine Finger leicht und dann ging sein Atem ganz ruhig und gleichmäßig. Seine Hand umfasste noch immer seine Schultern und West stellte fest, wie angenehm es sich anfühlte, von Mason gehalten zu werden.

Vielleicht hatte er recht. Sie hatten der Realität die Tür vor der Nase zugeschlagen und für heute sollten sie es dabei belassen. Morgen wäre noch genügend Zeit, die Sache zwischen ihnen von allen Seiten zu betrachten.

Zwölf

Mason

Bei ihren Eltern am Tisch zu sitzen, fühlte sich nicht halb so gut an, wie es sollte. Nicht, wenn West so tat, als würde er gar nicht existieren. Nicht, wenn Nora neben ihm saß und das Recht hatte, ihn zu berühren.

Seit sie die Hütte verlassen hatten, waren sie sich fremder denn je. West gab nur einsilbige Antworten, sein Lachen klang unecht, und er wirkte nachdenklich und unkonzentriert. Mason konnte die Anspannung spüren, die von seinem Körper ausging. Er wollte ihn in den Arm nehmen, ihm sagen, dass es okay war.

Als er damals in der Highschool bemerkt hatte, dass er sich viel mehr für Jungen als für Mädchen interessierte, da hatte er sich genauso gefühlt, wie West jetzt. Unsicher, verwirrt, nicht der Norm entsprechend. Es hatte eine ganze Weile gedauert, bis er sein Anderssein akzeptieren, und noch viel länger, bis er auch zu sich selbst stehen konnte.

Und West ging es jetzt ebenso, nur dass er bereits erwachsen war, in einer Beziehung mit einer Frau steckte, die er nicht liebte, und damit klarkommen musste, dass da vielleicht etwas in ihm schlummerte, mit dem er so nicht gerechnet hatte. Mason wollte West nicht durcheinanderbringen. Er wollte ihn auch nicht verunsichern. Aber er konnte und wollte die Anziehung, die zwischen ihnen herrschte, einfach nicht leugnen und ignorieren. Er konnte seine eigenen Gefühle nicht ignorieren. Gefühle, die er seit zwei Jahren mit sich herumtrug, nur dass er damals an einen anonymen Mann gedacht hatte. Ein Mann, der ihm einfach nicht mehr aus dem Kopf gegangen war.

Jetzt war dieser Mann nicht mehr anonym, sondern sehr real. Mit West zusammenzusein, fühlte sich auf eine besondere Weise gut an, die Mason lange in seinem Leben vermisst hatte.

Und er hatte ein ganzes Jahr mit sich gerungen, denn zu wissen, wo West war, war fast schlimmer, als sich nach einem Unbekannten zu verzehren. Deshalb bereute er seine Entscheidung auch nicht, hierhergekommen zu sein. Mit West zusammen fühlte er sich wieder vollständig und nicht ganz so zerschmettert, wie die ganzen Monate zuvor, in denen er Stück für Stück nicht nur sein Augenlicht, sondern auch sein Leben verloren hatte.

Zuerst hatte er keine Eingriffe mehr durchgeführt. Irgendwann hatte er auch die Computerarbeit abgegeben und zuletzt die Beratungsgespräche.

Die Klinik zu verlassen und seinen Job aufzugeben, war das Schmerzhafteste gewesen, was er je hatte tun müssen. Und es würden viele weitere, kleine Abschiede folgen. Kein Autofahren mehr. Kein Einkaufen, kein Joggen, allein im Wald.

Manchmal wollte er zusammenbrechen, wenn er daran dachte, was ihm noch alles genommen werden würde. Und dann tauchte West vor seinem inneren Auge auf, und dann wusste er, dass da doch noch etwas war. *Jemand,* für den es sich *trotzdem* zu leben lohnte.

»Kannst du mir die Bohnen reichen, Liebling?«, fragte Rose und Mason griff instinktiv nach der Schüssel.

Rose lachte. »Sehr witzig.«

Mason sah auf die Schüssel in seiner Hand. Heute war alles dunkelgrau und mit Lichtblitzen durchzogen. Er errötete. Vermutlich befanden sich in der Schüssel keine Bohnen.

»Hier, Rose«, sagte West und reichte eine andere Schüssel über den Tisch.

Mason sah zu West, aber es fiel ihm schwer, die Feinheiten seines Ausdrucks zu erkennen, weshalb er auf seinen Teller starrte und schweigend aß.

»Wirst du Mason das nächste Mal nach Albany mitnehmen?«, erkundigte sich Chandler, Wests Vater.

Mason sah auf und in Wests Richtung. Die Blitze vor seinen Augen nervten ihn. Er versuchte dagegen anzukämpfen, indem er die Augen zusammenkniff, aber das funktionierte nie. Er wusste das. »Was ist in Albany?«, fragte er.

»Hast du ihm nichts davon erzählt?«

»Nein. Habe ich nicht.« Wests Stimme klang gereizt. »Und ich will auch nicht …«

»West hilft dort in einer Einrichtung, die Obdachlose betreut. Zweimal im Monat geht er dorthin und hilft ehrenamtlich mit. Er versorgt Kranke, schaut sich Wunden an. Solche Sachen. Er ist großartig.« Nora klang furchtbar stolz.

»Es ist nichts Besonderes«, erwiderte West.

»Ich finde das sehr besonders«, warf Rose ein. »Mason interessiert es sicher auch, oder?«

Mason nickte kauend, dann legte er seine Gabel weg. Es war anstrengend, mit anderen zu essen. »Natürlich«, sagte er.

»Siehst du?« Rose klang triumphierend.

»Dieses Jahr ist kein Besuch mehr geplant«, brummte West.

»Wie bedauerlich«, erwiderte Rose. »Hast du keinen Hunger mehr, Liebling?«, fragte sie dann an ihn gewandt nach.

»Nein. Eigentlich nicht.« Sie ging zum Glück nicht weiter darauf ein. Er hatte keine Ahnung, wie viel Essen sich noch auf seinem Teller befand, aber er war nicht mehr hungrig. Sich kontrollieren zu müssen und die Angst davor, irgendetwas Peinliches zu tun, nahmen ihm den Appetit.

»Aber zum Krippenspiel kommst du mit, oder?« Dieses Mal sprach Nora ihn an.

»Natürlich.« Er würde einfach dort sitzen und zuhören, und hoffen, dass ihn niemand nach der Farbe des Kostüms fragte, oder wie ihm das Bühnenbild gefiel.

»Ich habe es in deinen Kalender eingetragen, nicht, damit du es noch vergisst, vor lauter Digitalisierung.« Nora lachte und seine Mutter stimmte mit ein.

»Okay, das ist gut«, sagte West, obwohl er nicht so klang. Er hörte sich absolut nicht okay an.

Nachdem sie sich noch eine Weile unterhalten hatten, erhob sich West. Sein Stuhl schabte über den Boden, als er ihn zurückschob. »Wir gehen jetzt besser. Ich bin hundemüde.«

Eifersucht stieg in Mason auf, als ihm klarwurde, dass *Nora* jetzt mit West weggehen würde, während er zurückblieb. Allein. Voller Sehnsucht.

»Es war schön, dass du wieder mal mit uns gegessen hast«, sagte Rose mit weicher Stimme.

»Ich bringe euch raus«, sagte Mason. Er fühlte sich unsicher und merkte erst jetzt, wie wenig er sich in diesem Haus auskannte. In seinem Appartement in Chicago hatte er sich gut zurechtgefunden, immerhin lebte er dort auch schon seit Jahren. Aber hier fiel ihm die Orientierung schwer und er bewegte sich nur langsam fort.

»Geht es dir gut, Liebling?«, fragte Rose.

»Er hat wahrscheinlich Muskelkater. Er ist das Wandern in den Bergen eben nicht gewohnt, oder?« West gab ihm einen Klaps auf die Schulter und Mason zuckte bei der unerwarteten Berührung zusammen. Anstatt sie aber wegzunehmen, ließ West seine Hand genau dort liegen und übte sanften Druck auf sie aus, sodass er Mason unauffällig aus dem Raum führte.

»Danke«, sagte er. Er hörte, wie West seine Jacke schloss und in seine Schuhe schlüpfte.

»Kommst du nächste Woche mal zu uns und ich koche uns etwas?«, fragte Nora nach.

Mason schluckte. Er wollte nicht unbedingt mit einem glücklichen Pärchen zusammen an einem Tisch sitzen, aber die Aussicht, Zeit mit West zu verbringen, stimmte ihn um. »Gerne.«

»Mason wollte mir noch eine Zeitschrift ausleihen, ich geh noch kurz mit ihm ins Poolhaus. Wartest du im Auto?«

»Klar«, erwiderte Nora.

Mason zuckte zusammen, als West seine Hand wieder auf seine Schulter legte, und gemeinsam verließen sie das Haus.

»Siehst du im Moment etwas?«

Alles in ihm wehrte sich dagegen, eine ehrliche Antwort zu geben. Er wollte sich nicht so verletzlich machen, aber andererseits, gab es keinen Grund, West etwas vorzumachen. »Nicht viel. Grau. Blitze. Es wird wieder besser. Zwischendrin kommt das vor.«

Er belog sich selbst und er belog auch West. Es wurde vielleicht wieder besser, aber irgendwann wäre das nicht mehr der Fall. Dann bestünde seine Welt aus Dunkelheit.

Sie gingen über die Gartenfliesen, die jetzt von einer dicken Schneeschicht bedeckt waren, die unter ihren Schuhen knirschte.

»Wir sind da«, sagte West im nächsten Moment.

»Danke«, sagte Mason und trotz allem fühlte er sich schwach und bedürftig. So, wie er sich ganz sicher nicht in Wests Gegenwart fühlen wollte.

Mason zuckte zusammen, als er plötzlich Wests Körper ganz nah an seinem spürte. Er musste auf ihn zugetreten sein, umfasste jetzt seine Taille und zog ihn langsam zu sich. »Du musst dich erst daran gewöhnen.«

»Ich will mich nicht daran gewöhnen«, sagte Mason mit rauer Stimme. »Das würde es wahr machen.«

»Ja«, sagte West schlicht. »Es wird wahr werden.«

»Ich weiß. Aber jetzt noch nicht.« Mason schloss die Augen, dann neigte er seinen Kopf und berührte Wests Stirn mit seiner. Er hatte seine Nähe gespürt und es tat gut, ihn zu fühlen.

West

»Das ist die falsche Akte!«, blaffte er Nora an, und knallte sie auf den Tresen. Nora zuckte zusammen und sein Verhalten tat ihm augenblicklich leid. Wenn jemand ganz sicher nichts dafür konnte, dann Nora. Er fuhr sich über seine Stirn. »Tut mir leid. Es ist nur …«

»Das ist die Richtige«, sagte Nora schnell und reichte ihm eine andere Akte. »Tut mir leid.«

Er war so ein Blödmann und seine Laune rauschte noch tiefer in den Keller. Er fühlte sich wie ein gefangenes Tier, das sich aus seinem Gefängnis zu befreien versuchte. Aber ihm war klar, dass dann irgendetwas passieren würde. Er würde Nora verletzen. Oder Mason. Oder sich selbst.

»Ich glaube, ich gebe den Kaffee lieber Nora«, sagte Ethan hinter ihm. West fuhr herum und starrte ihn an. Er war so auf Nora konzentriert gewesen, dass er gar nicht bemerkt hatte, dass Ethan in der Praxis war.

»Danke«, sagte Nora. Ethan hielt ihr einen Kaffeebecher hin und grinste charmant. »Den hast du dir verdient.«

»Wenigstens einer weiß das zu schätzen«, sagte Nora und spießte West mit ihrem Blick auf.

»Wie lange hast du noch da drin?«, fragte Ethan und nickte zum Behandlungszimmer hin.

»Zehn Minuten. Nur eine Impfung.«

»Okay. Ich warte.«

West verabreichte Mrs. Jackson ihre Impfung und achtete darauf, dass er sich sehr freundlich von ihr verabschiedete, dann gab er Ethan ein Zeichen, dass er mitkommen solle.

»Gott, deine Laune ist ja zum Fürchten. Was ist passiert?«

»Nichts!«, blaffte West. Nichts, außer, dass seine Welt kopf stand.

»Das hört sich nicht nach nichts an«, erwiderte Ethan vielsagend. »Seit wann behandelst du Nora so? Sie hat das nicht verdient und du kannst froh sein, dass sie so viel Geduld mit dir hat. Euch gehts doch gut zusammen, oder?«

West verdrehte die Augen. Auf seinem Schreibtisch stand eine halbvolle Tasse Kaffee und er hätte jetzt wirklich Lust auf ein heißes Getränk aus dem *Marriotts* gehabt.

»Hier«, sagte Ethan und reichte ihm den anderen Kaffeebecher. »Ich hol mir auf dem Heimweg nochmal einen. Ich glaube, du hast ihn gerade nötiger als ich.«

West brummte leise vor sich hin und nahm einen Schluck. Sofort füllte ihn die Wärme aus und er beruhigte sich etwas.

»Sagst du mir jetzt, was los ist?«

»Nichts. Habe ich doch schon gesagt!«

»Also entweder bist du vollkommen überarbeitet, oder …« Ethan hielt inne und sagte nichts mehr. Er zog nur die Augenbrauen in die Höhe.

West stöhnte auf. »Was?«

»Ich glaube, du bist so schlecht gelaunt, weil irgendwas dich beschäftigt.«

»Ich überlege hin und her, welche Weihnachtsdekoration ich anbringen will«, gab West mit ätzendem Tonfall zurück.

»Stimmt. Die hast du immer noch nicht aufgehängt. Wenn du das nicht bald tust, musst du gar nicht mehr damit anfangen.«

»Danke, für die Information.«

»Oder liegt es an Mason?«

West verschluckte sich an seinem Kaffee. Er hustete und klopfte sich auf die Brust. Ethan verschränkte die Arme vor dem Körper und wartete geduldig ab, bis West sich wieder unter Kontrolle hatte. Ein kleines Lächeln umspielte seine Lippen. »Aha.«

West zeigte mit dem Finger auf Ethan. »Hör auf. Sofort.«

»Was ist denn mit Mason und dir?«, fragte Ethan nach und dachte nicht mal daran, Wests Wünsche zu berücksichtigen.

»Mit *Mason und mir* ist überhaupt nichts!«, blaffte West. Er bemerkte sehr wohl, dass seine ganze Reaktion alles andere als unauffällig war, aber er konnte nichts dagegen tun.

»Ich glaube, Mason und du, ihr seid scharf aufeinander.« Ethan grinste breit und West starrte ihn an. Er konnte nicht fassen, dass einer seiner besten Freunde so etwas zu ihm sagte. Bevor er aber etwas erwidern konnte, ergriff Ethan nochmals das Wort. »Und ich glaube, dass du dir gerade vor Angst in die Hosen machst. Und unter uns gesagt: Ich verstehe dich. Mir ging es damals, als das alles mit Jake und mir anfing, genau gleich.«

»Ethan, halt die Klappe«, knurrte West. Er starrte an die Wand hinter seinem Freund, weil er ihm nicht in die Augen sehen konnte.

»Habe ich denn recht? Mason und du?«

West schluckte schwer gegen den Kloß in seinem Hals an. »Ich will wirklich nicht darüber reden.«

»Dann willst du lieber weiter Nora zur Sau machen? Was ist eigentlich mit ihr? Habt ihr euch getrennt?«

»Nein!« West seufzte schwer. »Es ist nicht so leicht, wie du denkst«, sagte er, erhob sich und ging ans Waschbecken. Sorgfältig wusch er seine Hände und nutzte die Sekunden, um seine aufgewühlten Gefühle wieder sorgsam unter Kontrolle zu bringen. Als er sich zu Ethan umdrehte, saß der noch immer zufrieden auf dem Stuhl und wartete.

»Wir sind sowas wie Brüder«, sagte West schließlich.

Ethan lachte leise. »Das ist wirklich dein Problem? Himmel, ihr seid nicht mal miteinander aufgewachsen, also was soll's?«

»Er ist ein Kerl«, sagte West dann und drang damit zum wahren Kern des Problems vor. Mason war ein Kerl. Und was für einer. West wollte ihn nicht attraktiv finden. Nie mehr.

»Ja. Das ist mir aufgefallen. Mir ist auch aufgefallen, wie er dich ansieht.«

»Aha.« Mason sah die meiste Zeit ohnehin nichts. Also wie bitte sollte er ihn ansehen?

»Und ich habe bemerkt, wie du ihn ansiehst.«

»Blödsinn.«

»Ich kenne dich schon so viele Jahre und nie warst du so durch den Wind, wie jetzt gerade. Findest du Mason attraktiv?«

West starrte Ethan an. Er war entsetzt. Er schämte sich. Sein Gesicht glühte vor Verlegenheit. Schnell sah er weg und wünschte, er könnte sich in Luft auflösen.

»Ich wollte mir das lange auch nicht eingestehen, West. Du hast erst von Jake und mir erfahren, als es ernst war, aber weißt du, wann das alles zwischen uns angefangen hat?«

West schüttelte den Kopf.

»An seinem einundzwanzigsten Geburtstag im Zelt. Da hat alles begonnen. Und ich sag dir, ich war richtig durcheinander, als ich mich damit auseinandersetzen musste, dass ich irgendwie scharf auf meinen besten Freund war. Das war scheiße.«

West biss die Zähne aufeinander, sagte aber nichts.

»Wir haben es damals an jedem Ort miteinander getrieben, an dem wir für fünf Minuten ungestört waren. Und ich hab mich in ihn verliebt. Aber ich war feige und bin nach Seattle gegangen. Weil ich nicht dazu gezwungen sein wollte, mich vor aller Welt als schwul zu outen. Ich wollte Football spielen und habe dafür Jake geopfert.«

»Ethan, du musst nicht …«

Ethan hob seine Hand und unterbrach West. »Ich musste erst erwachsen werden, bis ich den Mut aufbrachte, mir einzugestehen, dass Jake alles ist, was ich will.«

»Ich will nicht …«

»Vielleicht nicht. Ja. Vielleicht bist du nicht schwul, sondern du fühlst dich einfach von Mason angezogen. Aber das ist noch lange kein Grund, wie ein Berserker durch die Gegend zu rennen. Es ist viel eher ein Grund, dich zu fragen, ob alles, was du bisher so gefühlt hast, auch das war, was du fühlen wolltest.«

»Ich will nicht darüber nachdenken«, sagte West schließlich leise. »Ich will, dass alles wieder so wird, wie vorher.«

»Und was, wenn alles vorher nur dazu bestimmt war, diesen Jetzt-Zustand herbeizuführen?«

»Daran glaube ich nicht. Ich bin glücklich mit Nora.«, erwiderte West. »Es ist nur … ich kann nichts dagegen tun. Wenn Mason bei mir ist, dann … Er scheint dann alle Macht über mich zu haben.«

Ethan lächelte versonnen. »Das kommt mir bekannt vor. Du glaubst nicht, wie viele Frauen ich gedatet habe, weil ich darauf hoffte, irgendwann *die* Eine zu finden, die mich all das fühlen lässt, was Jake mich fühlen lässt. Ich dachte, ich hätte nur einfach noch nicht die Richtige getroffen. Dabei hatte ich das längst. Nur war es eben Jake.«

»So ist es bei mir nicht. Ich bin nicht verliebt in Mason oder hege sonst irgendwelche Gefühle für ihn«, sagte West schnell.

»Wenn du dich bei ihm wohlfühlst, dann reicht das schon, oder?«

»Ich kann das nicht, Ethan. Ich bin nicht wie ihr. Ich kann nicht einfach durch die Gegend laufen und verkünden, dass ich einen Mann attraktiv finde.«

»Das musst du auch nicht. Niemand zwingt dich dazu. Ist Mason geoutet?«

»Ja.«

»Verstehe. Ich sag dir was: Schwul zu sein ist normal. Vielleicht noch nicht in den Köpfen aller Menschen, aber es ist nichts Abnormes. Es gibt keinen Grund, dich für deine Sexualität rechtfertigen zu müssen. Wenn du Mason attraktiv findest, dann verbringe Zeit mit ihm. Wenn du ihn magst, dann zeig ihm das. Es gibt keinen Grund, dass du dir Gedanken darüber machst, was andere denken. Ich habe verdammt lange gebraucht, um das für mich zu verstehen.

Jake und ich, wir wollten uns beide nicht verstecken. Wir möchten uns auch in der Öffentlichkeit berühren, wenn wir Lust darauf haben. Aber es gibt genug homosexuelle Menschen, die das niemals an die große Glocke hängen.«

West schnaubte. »Ich habe hier eine Praxis. Ich bin eine Vertrauensperson. Was glaubst du, würden die Menschen von mir halten, wenn sie Gerüchte dieser Art von mir hören?«

»Ist das nicht völlig egal?«

West schüttelte den Kopf. »Das ist es nicht. Über dreißig Jahre war mein Vater hier der Arzt. Und jetzt bin ich in seine Fußstapfen getreten. Ich werde seine Arbeit nicht beschmutzen, indem ich …«

Ethan lächelte ihn an. Ein bisschen traurig, ein bisschen verständnisvoll. »Gib dir Zeit. Gib euch Zeit. Aber tu mir einen Gefallen.«

»Und der wäre?«

»Sei fair zu Nora. Sie hat es nicht verdient, dass sie verletzt wird.«

West schnaubte. Als ob das noch möglich war.

Dreizehn

West

»Das war richtig gut«, sagte Nora und lehnte sich auf ihrem Stuhl zurück. Ihre Augen glitzerten vom Kerzenschein und ihre blonden Haare schimmerten sanft. Ein zufriedenes Lächeln lag auf ihrem Gesicht, als sie ihn betrachtete.

West legte seine Serviette zur Seite und erwiderte ihren Blick. Er streckte seine Hand aus und griff nach ihrer. Auch wenn er sich dagegen wehrte, es fühlte sich komisch an. Sie war so klein und zerbrechlich. Seine Hand sehnte sich nach einer anderen Hand, die aus irgendeinem Grund besser passte.

West begann über Noras Haut zu streicheln. Er mochte es, wie weich sie war.

»Danke, dass du mich zum Essen eingeladen hast«, sagte Nora. Sie griff mit ihrer freien Hand nach ihrem Weinglas und nippte daran. »Wir haben das schon lange nicht mehr getan. Ausgehen. Gut essen. Spaß haben.«

»Ja. Das stimmt.«

»Wir sollten das wieder öfter tun.«

»Ja.« West lächelte. Nora war schon die Sprechstundenhilfe gewesen, als sein Vater noch der Arzt von Crystal Lake gewesen war. So hatten sie sich überhaupt erst kennengelernt. Und Anfang des Jahres waren sie sich näher gekommen. Es hatte sich immer gut angefühlt mit Nora. Richtig. Leicht. Es war einfach, sie gern zu haben, und es war angenehm, Zeit mit ihr zu verbringen. Sein Vater und Rose hatten sich sehr darüber gefreut, als sie erfuhren, dass Nora und er ein Paar waren.

»Du bist so still«, unterbrach Nora seine Gedanken.

»Ich will mich bei dir entschuldigen. Ich hätte dich heute früh nicht so anschnauzen dürfen.«

Noras Gesicht erhellte sich. »Danke.«

»Nein. Wirklich. Ich wollte das nicht. Ich war … schlecht drauf, aber das ist kein Grund.«

Nora fuhr mit der Fingerspitze über den Rand ihres Glases. »Nein. Ist es nicht.«

Sie schwiegen wieder und die dezente Klaviermusik, die durch den Raum schwebte, erfüllte die Luft. »Willst du tanzen?«, fragte West schließlich.

»Gerne.«

Sie erhoben sich und gingen händchenhaltend zur Tanzfläche. Nora passte so perfekt in seine Umarmung, dass er sich gar nicht mehr fragen sollte, ob sie die Richtige für ihn war. Sie schien für ihn gemacht zu sein.

Sie bewegten sich langsam, eng aneinandergeschmiegt, zu den Takten der Musik. West atmete Noras Geruch ein. Er schloss die Augen und wollte sich mit ihr fühlen, wie er sich immer mit Mason fühlte. Stark und schwach zugleich. Mit ihm konnte er alles sein.

»Ich vermisse dich, West. Du bist so distanziert in letzter Zeit.«

»Ich habe nur viel Arbeit«, murmelte er, weil Arbeit immer seine beste Ausrede war.

»Das weiß ich. Ich wünschte, ich könnte dich unterstützen …«

»Das tust du bereits.« Auch Nora digitalisierte die Patientenakten. Sie waren beide ausgelastet mit der stupiden Arbeit.

»Wie wäre es, wenn wir in unserem Urlaub wegfahren? Ins Ferienhaus deiner Eltern, oder nach Aspen, oder …«

West schluckte. »Ich glaube nicht, dass ich … ich würde es besser finden, wenn wir hierbleiben.« Er lächelte sie entschuldigend an und Nora lächelte zurück. »Okay.«

»Ich meine nur …«

»Es ist okay, West. Es war nur eine Idee, weil ich im Moment das Gefühl habe, du lebst in einer komplett anderen Welt.«

Tat er das nicht? Brachte Mason ihn nicht dazu, sich nach einer anderen Welt zu sehnen? Entführte er ihn nicht mit jedem Kuss, mit jeder Umarmung, mit jeder Unsicherheit in diese andere Welt, die er eigentlich gar nicht kennenlernen wollte?

West zog Nora näher an sich und neigte seinen Kopf. Sie zu küssen war vertraut. Bevor Mason hierhergekommen war, war es normal gewesen, dass sie sich küssten.

»Lass uns von hier verschwinden«, sagte West. Er ergriff Noras Hand, und zog sie mit sich. Sie schnappten sich ihre Jacken von den Stühlen und strebten auf den Ausgang zu. Im Vorbeigehen drückte er der Kellnerin ein paar Geldscheine in die Hand. »Der Rest ist für Sie«, sagte er über seine Schulter hinweg. Nora kicherte.

Gemeinsam traten sie hinaus in die eisig kalte Luft. Schneeflocken umhüllten sie augenblicklich. Noras Haare wehten durch den Nachtwind, der Schneeflocken aufwirbelte. Sie kitzelten an seiner Nase, als er sie wieder küsste.

»Komm mit zu mir«, bat Nora leise. Sie zog seinen Kopf zu sich herab und küsste ihn wieder. Und dann zog sie ihn hinter sich her. Ihre Wohnung war nur eine Straße entfernt. Sie schloss auf und tastete nach dem Lichtschalter im Gang. Dann hasteten sie in den ersten Stock und taumelten gleich darauf in ihre Wohnung.

West küsste Nora und suchte gleichzeitig in ihrem Rücken nach dem Reißverschluss ihres Kleides. Noras

Hände nestelten an seinem Hosenladen herum und sie näherten sich ihrem Schlafzimmer.

West war schon hunderte Male hiergewesen. Er hatte auch schon hier geschlafen. Trotzdem ergriff ein leises Unbehagen Besitz von ihm, das er nicht erklären konnte, und das er deshalb konsequent unterdrückte.

Noras Kniekehlen stießen gegen ihr Bett und sie fiel hintenüber. West schob sich über sie. Er vergrub seine Nase an ihrem Hals, verteilte kleine Küsse auf ihrer Haut, die von immer weniger Kleidungsstücken verdeckt wurde. Sie seufzte leise und schlang ihre Beine um seine Hüften. West presste sich an sie, rieb sich an ihr, und trotzdem passierte nichts.

Da lag diese wunderschöne, erregte, halbnackte Frau unter ihm und in seiner Hose herrschte Land unter.

West ließ seine Fingerspitzen über Noras Brüste gleiten, er liebkoste ihre Brustwarzen, küsste sich einen Weg über ihren flachen Bauch bis zwischen ihre Beine hinab. Er verwöhnte sie, wie sie es am liebsten hatte. Sie gab diese leisen Seufzer von sich, die ihn immer heißmachten.

Immer. Nur nicht heute.

West versuchte alles. Er küsste und leckte und dachte daran, wie es sich immer anfühlte, wenn er sich in ihrem weichen, willigen Körper vergrub. Er wollte *es* so unbedingt, aber sein Schwanz wollte einfach nicht mitspielen.

»West, du …«, begann Nora, als sie ihre Hand über seinen Schritt gleiten ließ.

»Ich bin nur …«

»Soll ich dich … ich könnte dich auch verwöhnen«, schlug sie mit einer Schüchternheit in ihrer Stimme vor, die dort nicht sein sollte.

West ließ den Kopf hängen. Er war froh, dass Noras Schlafzimmer noch immer in Dunkelheit gehüllt war und sie ihn deshalb nicht richtig sehen konnte. So sah sie nicht, wie sehr er sich schämte, wie sehr seine Wangen glühten, wie peinlich ihm die ganze Situation war.

Er stemmte sich hoch und trat einen Schritt zurück. »Ich bin nur ziemlich erledigt«, sagte er. Ganz toll. Granatenmäßig. Schlimmer konnte es nicht mehr werden.

West knöpfte sein Hemd wieder zu und schloss seine Hose.

»Du könntest einfach bleiben«, schlug Nora jetzt vor. »Du musst deshalb nicht gehen.«

»Ich weiß. Ich muss nur … ich will nicht …« West fehlten die Worte. Er brachte keinen anständigen Ton hervor. Er wusste nur, dass sein Körper ihn im Stich gelassen hatte. Er wusste es und es war ein schreckliches Gefühl. Gegenüber Nora. Gegenüber Mason. Und gegenüber sich selbst.

Was hier passierte, sollte so nicht sein.

»Wir sehen uns morgen Abend«, sagte West, ehe er aus ihrer Wohnung flüchtete.

Da Nora seiner Mutter mit dem Krippenspiel half, vertrat heute sein Vater sie als Sprechstundenhilfe. Das hätte witzig sein können, wenn West nicht vollkommen durch den Wind gewesen wäre.

Alles schien sich im Moment zu verändern. Er selbst am meisten. Und er hatte das Gefühl, er wäre gar nicht richtig dabei. Nicht mit vollem Herzen. Er wurde einfach von dem Wirbel mitgezogen und musste versuchen, sich selbst und sein Leben irgendwie neu zu arrangieren.

Er schlief nicht und er hatte auch keinen Appetit. Und als er am Morgen die Praxis betrat, war sein Vater bereits da.

»Wow, du bist früh dran«, sagte West.

»Ich muss mich ja einarbeiten. Nora hat ein ziemlich gutes System. Bitte entschuldige, wenn ich deine Praxis ins Chaos stürze.«

West rang sich ein Lächeln ab. »So schlimm wird es nicht werden, wir haben heute nur wenige Patienten.« Er ging am Empfangstresen vorbei ins Behandlungszimmer. Dort stellte er seine Tasche ab und fuhr den Computer hoch. Das machte sonst Nora für ihn.

Nicht, dass er jetzt an sie und seinen wenig ruhmreichen Auftritt von gestern Abend denken wollte.

»Deine Mutter lässt dir ausrichten, dass du Mason abholen sollst für das Krippenspiel.«

»Oh. Äh. Ich wollte eigentlich dorthin laufen.«

Sein Vater runzelte die Stirn. »Die Aufführung findet in der Schule statt. Die ist am anderen Ende der Stadt.«

»Ja, ich weiß, ich wollte nur …« West seufzte. »Egal. Ich werde ihn abholen.«

Sein Vater schien zufrieden zu sein. Von draußen hörten sie das Läuten der Türklingel, die den ersten Patienten ankündigte. Knapp im Türrahmen stehend, drehte sein Vater sich nochmal zu ihm um. »Ich rechne es dir hoch an, wie sehr du dich um Mason bemühst.«

»Oh. Also …«

»Nein, wirklich. Rose ist sehr glücklich darüber. Sie wollte das immer haben. Eine Familie, Söhne, die sich miteinander verstehen. Du bist ihr Sohn geworden, weißt du?«

»Ja. Ich weiß.«

»Es ist zu schade, dass Mason … du weißt schon. Diese Sache mit seiner Neigung. Er ist ein guter Mann, aber …«

»Dad, das geht uns nichts an«, fuhr West dazwischen. Wenn es etwas gab, was er mit seinem Vater ganz sicher nicht besprechen wollte, dann war es Masons Homosexualität.

Sein Vater verharrte einen Moment und sah West an. Ernst und eindringlich wie selten. Dann drehte er sich um und ging nach draußen, um sich um den Patienten zu kümmern.

West sank auf seinen Stuhl und atmete tief durch. Es gab keinen Grund, in Panik zu verfallen. Was auch immer sein Vater von Mason hielt ... das hatte nichts mit ihm zu tun. Absolut gar nichts.

Das redete West sich auch noch ein, als er am späten Nachmittag vor Masons Haustür stand und anklopfte.

Es dauerte eine ganze Weile, bis die Tür sich öffnete. West war immer wieder schockiert, wie gern er Mason einfach nur ansah. Wie er die Stirn in Falten zog, weil ihn der Schnee blendete. Wie groß er war, wie gut sich seine Arme anfühlten, wenn sie ihn umarmten.

»Ich bin's«, sagte West.

»Ich weiß. Ich erkenne heute Umrisse. Und dein Geruch ist unverwechselbar.«

Wests Körper kribbelte bei Masons Worten. Genau dieses Kribbeln hätte er gestern Abend in Noras Bett gebrauchen können.

»Mein Dad hat mir gesagt, dass ich dich abholen kommen soll.«

»Danke. Ich muss mich nur noch kurz anziehen. Komm rein.«

West trat ein, und es war ein merkwürdiges Gefühl, in dem kleinen Häuschen zu stehen, in dem er mehrere Jahre selbst gelebt hatte. Damals, als junger Erwachsener, hatte er sich in dem kleinen Poolhaus wirklich frei gefühlt. Sein Vater hatte manchmal die Angewohnheit, einen vollkommen mit seiner Meinung, seiner Haltung und seinen Ansichten zu überdecken. Er war ein willensstarker Mann, und das konnte sehr ermüdend sein. In dem kleinen Häuschen hatte er sich seinen Part von Freiheit geholt, den er so dringend gebraucht hatte.

Er wollte seinem Vater nichts vorwerfen, immerhin war er nach dem tödlichen Autounfall seiner Ehefrau plötzlich alleinerziehender Vater eines siebenjährigen Jungen gewesen und hatte nebenher auch noch seine Praxis geführt. West würde ihm nie einen Vorwurf daraus machen, dass seine Ansprüche an ihn manchmal so groß gewesen waren, dass er sie kaum erreichen konnte.

Irgendwie hatte er es immer geschafft, und das war das Mindeste, was er tun konnte. Sein Vater hatte alles dafür getan, um ihn glücklich zu machen, und West wollte das zurückgeben.

West sah sich nach Mason um, der im Schlafzimmer verschwunden war. Er hörte ein Klappern, dann einen leisen Fluch, zwang sich aber, an Ort und Stelle zu bleiben. Keine zehn Pferde würden ihn in die Nähe von Masons Schlafzimmer bringen.

Sicherheitshalber schob er auch noch die Hände in die Taschen seines Schurwollmantels und verharrte einfach.

Mason kam aus dem Schlafzimmer zurück, sein Gang war langsam und unsicher und West wurde traurig. So sollte er nicht leben müssen.

»Ich brauche nur noch …« Mason tastete nach seinem Handy, das auf der Ablagefläche der Küche lag. West ging zu ihm und reichte ihm das Telefon. »Hier.«

Mason schwieg einen Moment, dann biss er die Zähne aufeinander. »Danke.«

Er ging zum Sofa, setzte sich dort hin und tastete nach seinen Schuhen, die er direkt daneben abgestellt hatte. West sagte nichts. Er sah nur zu, wie Mason langsam und konzentriert seine Schnürsenkel zuband. Er sah nichts. Soviel war klar. Und das war trauriger und schmerzhafter als alles andere.

West wollte ihn in den Arm nehmen, weil er genau wusste, dass Mason sich schlecht fühlte. Er wollte ihm nur einen Moment Trost und Zuversicht spenden, aber er konnte es nicht. Er konnte es nicht, weil er vielleicht nie wieder damit aufhören wollen würde.

Mason erhob sich und sah suchend im Raum umher, ohne etwas zu sehen.

»Fertig?«, fragte West und ging auf die Haustür zu.

»Klar.« Mason kam zu ihm und trat nach draußen. Um ihn zu führen, überwand er nun die Distanz zwischen ihnen und legte Mason die Hand auf die Schulter. Ein Ritual, das sich zwischen ihnen entwickelt hatte.

Gemeinsam fuhren sie zur *Crystal Lake Middle School,* wo schon reges Treiben auf dem Parkplatz und dem Schulhof herrschte. Es waren unheimlich viele Leute hier, Eltern, Lehrer, Geschwister und Menschen aus der Stadt, die sich einfach das Krippenspiel ansehen wollten, bevor in einigen Tagen die Weihnachtsfeiertage begannen.

West stieg aus und sah Mason über seine Motorhaube hinweg an. Er hielt noch immer die Tür fest und starrte ins Leere.

»Es sind ziemlich viele Menschen hier«, sagte West.

»Ja. Das höre ich.«

»Hi West!«, rief eine bekannte Stimme. Er drehte sich um und sah Harlow auf sich zukommen. Jakes und Ethans Ziehtochter wurde mit jedem Jahr hübscher. Sie würde nächstes Jahr die Highschool abschliessen und dann aufs College gehen und West hoffte wirklich, dass sie sich bis dahin ein paar Narben mitten im Gesicht einfing, denn sonst würden Ethan und Jake wohl durchdrehen. Vielleicht würden sie ihr sogar hinterherziehen, um alle Verehrer zu verschrecken.

»Hallo, Liebes«, sagte er und umarmte die junge Frau. »Was tust du hier?«

»Na, ich war für die Bühnenbilder zuständig.«

»Oh. Wow. Ich freue mich schon darauf, sie zu sehen.« Schuldbewusst glitt sein Blick zu Mason hinüber, der noch immer wartend an der Autotür stand. Und plötzlich kam ihm eine fantastische Idee. »Harlow, sei so lieb und führ Mason nach drinnen, okay?«, fragte er und sprach dabei laut genug, damit Mason alles mitbekam.

»Oh, ich muss noch …« Harlow hielt inne, als sie seinen bittenden Blick bemerkte. Sie sah zwischen ihm und Mason hin und her, dann nickte sie. »Klar.« Sie ging um den Wagen herum und streckte Mason ihre Hand entgegen. »Ich bin Harlow Emerson.«

»Jakes Tochter?«, fragte Mason nach und ignorierte dabei ihre Hand. Nicht weil er unhöflich war, sondern weil er sie schlichtweg nicht sah.

Harlow runzelte die Stirn und sah zu West hinüber. Er sah sie entschuldigend an und schloss für einen Moment die Augen. Er war erleichtert, dass Harlow seine Geste richtig verstanden hatte. Sie hängte sich bei Mason ein, so als ob sie sich schon ewig kennen würden, und zog ihn langsam mit sich. »Ich zeige dir, wo ihr beide sitzt.«

West atmete ganz leise tief durch. Nichts wäre auffälliger gewesen, als wenn er Mason auf diese Art, wie es jetzt Harlow tat, in die Schule geführt hätte. Es hätte Gerede gegeben. Wenn Harlow das tat, dann war das ganz normal. Niemand hinterfragte, ob Mason wohl nicht gut sah, oder ob sie beide sich irgendwie näher waren, als es sich schickte.

Er ging hinter Harlow und Mason her und sie betraten die großräumige Aula, in der das Krippenspiel aufgeführt wurde. West wurde beinahe von einer Horde wildgewordener Bäume über den Haufen gerannt. Er sah ihnen grinsend hinterher, und fing Harlows amüsierten Blick auf. Mason stand unbeweglich da, und hatte die Bäumchen nicht mal bemerkt.

Maria, eine Schar Engel, ein Esel, das farbenfrohe Bühnenbild, die Begeisterung und Aufregung, all das konnte er nicht sehen.

»Wo sind meine Bäume?«, rief Rose und lief durch die Aula. Sie bemerkte sie und hielt schweratmend an. »Oh. Ihr seid da! Ich freue mich so.« Sie gab Mason und West jeweils einen Kuss auf die Wange, während ihr Blick durch den Saal schweifte.

»Deine Bäume sind rausgerannt. Vielleicht brauchten sie frische Luft.«

»Oh nein! Wenn sie nass werden, werden sie absterben! Harlow, hilf mir!«

Harlow warf West einen amüsierten Blick zu und ließ Masons Arm los. »Diese Reihe ist eure. Setzt euch einfach irgendwo hin, okay?«

»Danke.« West umarmte Harlow kurz, als sie an ihm vorbeiging, dann legte er seine Hand, wie sonst auch immer auf Masons Schulter und führte ihn die paar Meter zu der Stuhlreihe.

»Was hat es mit den Bäumen auf sich?«

»Ich wünschte, du könntest das sehen«, erwiderte West grinsend. Er hatte in der Zwischenzeit auch noch ein paar Wolken und natürlich den Weihnachtsstern entdeckt. Es kam ihm vor, als wären alle kleinen Schauspieler völlig außer Rand und Band, und er hatte keine Ahnung, wie Rose sie wieder unter Kontrolle bekommen wollte.

»Ich auch«, sagte Mason leise, seine Miene ernst und angespannt. Sie wollte nicht recht zu der ausgelassenen Stimmung passen, die um sie herumtobte. West sah sich kurz um, ob irgendjemand sie beobachtete, dann griff er nach Masons Hand und drückte sie für einen Moment.

»Tut mir leid«, sagte er. »Wirklich.«

»Erzähl mir einfach alles, was so vor sich geht. Lass mich durch deine Augen daran teilhaben.«

»Okay.«

Rose schaffte es tatsächlich irgendwie, ihre Bäumchen wieder zusammenzusammeln. Auch die Wolken schoben sich an ihren Platz und dann begann das Krippenspiel. Der Esel fiel während der Aufführung zweimal auseinander und aus seinem Vorder- und seinem Hinterteil purzelten zwei Jungen. Die Lieder wurden mit den schrägsten Stimmchen gesungen, und Nora hinderte den Weihnachtsstern daran, das gesamte Bühnenbild abzureißen.

Während einer kurzen Pause erhob sich Mason und stand unschlüssig da. Die ersten neugierigen Blicke richteten sich auf Roses Sohn, den bekannten Chirurgen aus Chicago.

»Hey, Mason, ich zeige dir noch den Kunstraum«, sagte Harlow. Sie hatte sich gerade angeschickt, an ihnen vorbeizugehen, blieb jetzt aber neben Mason stehen.

Wests Blick verband sich mit ihrem und große Erleichterung durchflutete ihn, während er sich gleichzeitig für den furchtbarsten Menschen aller Zeiten hielt. Das war nicht fair. Er sollte derjenige sein, der ihn jetzt nach draußen führte und nicht Harlow. Sie könnten miteinander scherzen und sich einen Punsch holen.

Stattdessen wartete er die gesellschaftlich akzeptierten zwei Minuten, ehe er sich ebenfalls erhob, um sich auf die Suche nach Mason und Harlow zu begeben. Er war gerade dabei, den Raum zu verlassen, als Nora sich ihm von der Seite näherte. »Hey.«

»Oh. Hi.« Er spürte es. Er spürte, wie er errötete. Vermutlich würde er noch sehr oft erröten, wenn er an den gestrigen Abend dachte. Noch nie hatte sein Körper ihn auf diese Weise im Stich gelassen. Und auch für Nora war die Situation neu, was ihr unsicherer Blick verriet. »Meinst du … also … können wir kurz miteinander sprechen?«

»Also ich … äh … eigentlich wollte ich … also gut.« Sie verließen den Saal und gingen einen Gang hinunter, bis sie einen Trakt erreichten, der verlassen und dunkel vor ihnen lag. Nora umfasste seine Taille und schmiegte sich an ihn. »Geht es dir gut?«, fragte sie.

»Klar.«

»Sollten wir über das sprechen, was gestern Abend …«

»Nein«, sagte West schnell. Über Noras Kopf hinweg sah er in die Richtung, aus der sie gekommen waren. Er wollte nicht verpassen, wenn Mason in den Saal zurückkehrte. War Harlow noch bei ihm? Er sah im Moment kaum etwas, er wäre verloren, wenn sich niemand um ihn kümmerte.

»Hör mal, ich muss dringend kurz was erledigen«, sagte er.

»Aber ... West, gestern, da ist etwas schrecklich schiefgelaufen zwischen uns, und ich weiß nicht, was.« Nora sah bittend zu ihm auf.

»Nora! Die Bäume laufen schon wieder weg, und die Wolken sind im Begriff, ihnen zu folgen!«, rief Rose hektisch von der Tür des Saals her. Wenn es nicht gerade so komisch zwischen ihnen wäre, dann würde West jetzt lachen und Rose wegen der Bäume und Wolken aufziehen, aber alles, woran er denken konnte, war Mason.

»Ich muss gehen. Lass uns nachher noch darüber sprechen, okay?«

»Gut«, willigte West ein, mit den Gedanken längst bei dem Mann, an den er besser nicht denken sollte.

»Danke.« Nora reckte sich und gab ihm einen schnellen Kuss auf die Lippen, ehe sie sich auf die Jagd nach Bäumen und Wolken machte, und ihn sich selbst überließ. West eilte in Richtung der Herrentoiletten, denn dies war der einzige Ort, wo er Mason vermutete. Als er ihn dort jedoch nicht fand, machte er sich auf die Suche nach ihm. Er durchquerte die Gänge im Untergeschoss, die unwiderstehlich nach Keksen und Punsch dufteten. Erst als er sich sicher war, dass Mason hier nirgends war, ging er die Treppe nach oben und suchte weiter. Einen Raum nach dem anderen machte er auf, aber erst am Ende des Flurs, im Chemielabor, wurde er fündig. Er hätte ihn fast übersehen, aber im letzten Moment erfassten seine Augen Masons Schuhe, die hinter einem Pult hervorlugten.

West vergewisserte sich, dass ihm niemand gefolgt war, dann betrat er das Labor und schloss die Tür hinter sich. »Mason?«

»Die Vorstellung geht gleich weiter.« Masons Stimme klang seltsam kraftlos.

»Glaube ich nicht. Die Bäume und die Wolken sind verschwunden.«

»Mist.«

West lächelte, dann ging er um das Pult herum und erblickte Mason, der auf dem Boden saß und mit dem Rücken an der Seitenwand des Pults lehnte. »Was tust du hier?«

»Ich brauchte eine Pause.« Mason hielt seine Augen geschlossen, während er das sagte. Erst als West sich neben ihn setzte, und ihre Körper sich kurz berührten, da öffnete er sie. »Geh runter. Sieh dir die Vorstellung an.«

»Und du?«

»Ich bleibe hier.«

»Warum? Was ist passiert?«

Mason schwieg und West fragte sich wirklich, was geschehen war, in den paar Minuten, in denen er allein gewesen war.

»Ich sehe nichts. Ich habe vorhin gelogen, als du mich abgeholt hast. Ich habe dich nicht gesehen. Nur gerochen. Und … ich wusste einfach, dass du es bist.«

West wusste nicht, was er darauf sagen sollte, weshalb er schwieg. Er zog die Knie an und stützte seine Arme darauf.

»Es ist dunkel seit gestern Abend«, sagte Mason schließlich. »Vielleicht war's das jetzt.«

»Nein, es ist sicher nur …«

»Es ist zu schnell gegangen. Ich hatte nicht mal Zeit, mich richtig darauf vorzubereiten. Manche Patienten haben mehrere Jahre, bis sie auch nur eine kleine Verschlechterung bemerken. Und ich bin blind innerhalb eines Jahres?« Mason schlug die Faust auf den Boden neben sich. »Das ist einfach nicht fair.«

»Nein. Ist es nicht«, sagte West leise.

Mason gab einen unwilligen Laut von sich, dann erhob er sich. Die Hände von sich gestreckt, damit er Hindernisse rechtzeitig erkannte, bewegte er sich auf die Fensterwand zu. Seine Fingerspitzen berührten das Glas und er blieb stehen. »Ich komme nicht damit klar, okay? Das ist … zuviel für mich. Wie soll ich jemals damit leben?«

West erhob sich und machte zwei Schritte auf Mason zu, blieb dann aber ratlos stehen. »Du wirst es hinbekommen. Ich weiß es.«

»Ach ja? Indem ich mich von irgendwelchen Leuten herumführen lasse, nur damit du mir nicht zu nahe kommen musst?« Masons Stimme war lauter geworden. Er hatte sich vorgelehnt und stützte seine Hände nun auf dem Fenstersims ab. »Weil du dich mit mir schämst?«

»Mason, so ist es nicht …«, begann West, dann verstummte er, weil es ja doch so war. Weil er ein kleiner Feigling war. Weil ihm die Meinung der anderen wichtiger war, als das, was sein Leben wirklich gut und hell machte.

»Ich hätte nicht …«

Mason schüttelte den Kopf. »Es würde nichts ändern, verstehst du? Selbst wenn du den Mut hättest … ich wäre der Klotz am Bein. Ich bin mir selbst ein Klotz am Bein.«

West trat entschlossen vor. Er umfasste Masons Taille von hinten und bettete das Kinn auf seiner Schulter. »Du bist großartig. Du bist keine Last. Niemals.«

»Es macht mich fertig«, sagte Mason. Er ließ den Kopf hängen und West spürte, wie sein Körper hilflos zu beben anfing. Er versuchte seine Emotionen vergeblich unter Kontrolle zu bringen, doch er scheiterte mit jedem Atemzug und mit jeder Träne, die ihm über die Wange lief. »Es macht mich verdammt nochmal fertig«, wiederholte er. Ungestüm wischte er sich mit dem Ärmel seines dunkelblauen Wollpullovers über die Wange.

West sagte nichts. Er war nicht gerade ein Experte in solchen Dingen, aber wenn er in Masons Situation wäre, dann würde er nicht wollen, dass irgendjemand etwas sagte. Vielleicht brauchte Masons Traurigkeit einen Raum, der nicht durch sinnlose Worte und Phrasen verstellt wurde.

»Was mache ich denn, wenn ich von jetzt an blind bin? Wird immer irgendwo eine Harlow herumstehen, die darauf wartet, mich an der Hand herumzuführen? Oder du? Wirst du mich führen?« Seine Stimme wurde lauter und rauer. Er drehte sich zu ihm um. »Du willst mich nicht, und doch berührst du mich, als wäre das alles normal für dich.«

West hob hilflos die Schultern, obwohl Mason das nicht sehen konnte. »Es passiert einfach.«

»Es tut weh, West. Zu wissen, dass du Nora hast, dass ich nur ein Experiment bin, das ist scheiße.«

»So ist es nicht«, erwiderte West leise. »Ich wünschte, es wäre so. Das würde es sehr viel einfacher machen.«

»Wie ist es dann?«

»Ich will nicht darüber nachdenken.«

Mason stöhnte auf. »Habe ich schon erwähnt, dass ich es hasse, blind zu sein?«

West hob seine Hände und legte sie an Masons Wangen. »Es gelingt mir nicht, dich nicht zu wollen. Das ist die Wahrheit. *Das* ist scheiße.« Er beugte sich vor und legte seine Lippen auf Masons. Seine Augen schlossen sich flatternd, denn das Gefühl, dass die Berührung in ihm heraufbeschwor, war besser, als alles, was er je zuvor gefühlt hatte.

»Nein, West. Ich kann das nicht. Nicht, wenn Nora an deiner Seite ist und dich liebt. Ich will alles mit dir, obwohl es wehtut. Du hast mich verzaubert.« Diese Feststellung aus Masons Mund war wundervoll. Die schlichten Worte legten sich sanft wie fallender Schnee auf sein brennendes Herz.

Was hatten sie nur getan?

Vierzehn

West

Die Bäume und Wolken waren eingefangen worden, und das Krippenspiel war planmäßig über die Bühne gegangen. Wenn Wests Welt nicht so aus den Fugen geraten wäre, dann hätte er gestern einen wundervollen Abend verbracht. Aber so waren seine Gedanken immer wieder zu dem Mann neben sich geglitten.

Mason hatte während der gesamten Aufführung in Richtung Bühne gestarrt, ohne auch nur eine Bewegung wahrzunehmen. Er hatte einfach nur dagesessen, und eine tiefgreifende Sehnsucht in West hervorgerufen, der er nicht nachgeben konnte. Nicht schon wieder.

Später hatte West ihn zurück ins Poolhaus gefahren. Keiner von ihnen hatte auf dem Weg ein Wort gesagt, und West fühlte eine Distanz, die ganz sicher nicht am richtigen Ort war. Nicht zwischen ihnen.

Schlecht gelaunt hatte er heute früher als sonst die Praxis verlassen. Er würde mindestens einen halben Tag seines Urlaubs opfern müssen, um alles aufzuholen, was er heute und gestern nicht erledigt hatte.

Um auf andere Gedanken zu kommen, war er nach Lakeview gefahren, wo er von Daniel einen Christbaum gekauft hatte. Und jetzt wollte er nur noch nach Hause, ein Bier trinken und seine Ruhe haben. Dass die ersehnte

Ruhe aber noch in weiter Ferne lag, wurde ihm klar, als er auf seinen Hof fuhr.

Die Dämmerung war bereits hereingebrochen, aber trotzdem erkannte er sofort den Mann, der gerade über sein Dach kraxelte. West verließ hastig seinen Wagen, ignorierte Malloy, der mit heraushängender Zunge auf ihn zugerannt kam und sah nach oben.

»Was zum Teufel tust du da?«, rief West. Sein Herz klopfte wie verrückt, bei dem Gedanken, dass ein praktisch blinder Mann auf seinem Dach herumkletterte.

»Du hattest noch immer keine Weihnachtsdekoration!«, rief Mason zurück. »Nora wollte sie anbringen, aber … naja. Sie ist eine Frau.«

Nora kam aus dem Haus. Vor lauter Besorgnis über Mason hatte er nicht mal bemerkt, dass ihr Auto ebenfalls in der Einfahrt stand. »Das habe ich gehört, Mason!« Nora sah West an und lächelte. »Ich wollte dich überraschen, aber dann kam Mason, und hat die Sache kurzerhand übernommen. Freust du dich?« Ihr Blick glitt vorsichtig über ihn. Fragend. Unsicher. Er wusste, dass der verpatzte Abend in ihrem Schlafzimmer noch immer zwischen ihnen stand, aber jetzt musste er sich erstmal um Mason kümmern, und dass er heil wieder auf dem Boden ankam.

»Mason, ich dreh dir den Hals um! Komm sofort da runter!« Er war wütend und ängstlich zugleich. Und vielleicht auch ein bisschen berührt, weil Masons Geste wirklich süß war. Süß und brandgefährlich.

»Ich meine es Ernst! Komm runter.«

»Ich bin noch nicht fertig«, rief Mason zurück. Er kletterte noch ein bisschen höher und West verzog das Gesicht. Auf dem Dach befand sich Schnee, es war glatt und er konnte jederzeit ausrutschen und ungebremst herunterfallen.

»Mason. Wirklich. Komm runter.«

»Lass ihn doch machen. Es sieht toll aus, oder?«

»Ja West, es sieht doch toll aus, oder«, fragte Masons nach, ein Schmunzeln im Tonfall, das absolut unangebracht war. Er befestigte die letzten Lichter, um dann langsam und vorsichtig Richtung Leiter zu klettern und daran herunterzusteigen.

West hatte sich intensiv mit Masons Erkrankung auseinandergesetzt, seit sie von ihrem Hüttenausflug zurück waren. Er wusste, dass Nachtblindheit bereits ziemlich früh als Symptom einsetzte. Mason konnte in der Dunkelheit unmöglich besonders viel zu erkennen.

West trat vor und hielt die Leiter fest, während Mason herunterstieg und sich dann die Hände ausklopfte. »Puh. Geschafft. Wo ist die nächste Steckdose?« Mason grinste und sein Anblick ließ Wests Herz höher schlagen. Aber gleichzeitig schürte er auch seine Wut.

»Das war nicht deine Aufgabe!«, blaffte er. »Hast du eine Ahnung, was alles hätte passieren können? Wie bist du überhaupt hierhergekommen?«

»West …« Nora trat vor und schüttelte den Kopf.

»Rose hat mich hergefahren«, erwiderte Mason ungerührt. »Ist die Steckdose drinnen?«

»Herrgott, Mason! Ich will das nicht«, rief West aus. Seine Wut hatte die Überhand gewonnen und alle anderen Gefühle, die in ihm tobten, wurden von ihr übermalt. »Ich will nicht, dass du dich an meinem Haus zu schaffen machst und dich dabei in Lebensgefahr bringst! Und ich will auch nicht, dass du denkst, du könntest mir damit eine Freude machen!«

»Freust du dich denn nicht?« Masons Stimme klang verwirrt.

»Du gehst wirklich zu weit«, schaltete sich Nora erneut ein.

West atmete tief durch, dann wandte er sich zu Nora um. »Kannst du … nur einen Moment. Kannst du kurz drinnen warten?«

Nora sah zwischen ihnen beiden hin und her. Dann machte sie wortlos kehrt und ging ins Haus. Als sie die Tür öffnete, roch es nach Essen.

»Du freust dich also nicht?«, nahm Mason das Gespräch wieder auf.

»Doch. Ich … nein! Ich wollte das selbst machen. Das habe ich schon immer selbst gemacht und ich brauche niemanden, der das für mich übernimmt.«

»Ist das deine Art, danke zu sagen?«

»Es ist meine Art, dir zu sagen, dass ich nicht will, dass du dich meinetwegen in Gefahr bringst.«

»Sprechen wir hier von Santa, seinem Schlitten und den Lichtern, oder von was ganz anderem? Denn im Moment bin ich mir nicht sicher.«

»Wir sprechen von …« West schnaufte. »Von allem, verdammt! Wenn ich Lichter hätte haben wollen, dann hätte ich sie aufgehängt.«

»Ja, aber weil du dich in deiner Praxis in Arbeit vergräbst, hast du keine Zeit dafür, nicht wahr?«

»Was geht es dich eigentlich an? Du siehst die verdammte Dekoration ja nicht mal!«, fauchte West. Er hatte die Worte noch nicht mal ganz ausgesprochen, da wusste er bereits, dass er zu weit gegangen war.

Verdammt.

»Mason, ich …«, begann West und hob hilflos eine Hand. Mason winkte ab. »Ich habe schon verstanden. Du bist noch immer durcheinander und das macht dich wütend. Und anstatt mich an dich ranzulassen, stößt du mich von dir, indem du mich verletzt. Es ist einfacher, andere zu verletzen, bevor es einem selbst passiert, oder?« Mason nickte. »Großes Kino, West.« Er wandte sich ab und ging die Straße entlang, die zurück in die Stadt führe.

Das schlechte Gewissen ergriff natürlich Besitz von ihm. Er seufzte und fühlte sich wie der größte Idiot aller Zeiten.

»Mason. Mason, bleib hier.«

»Weißt du, West. Ich kann verstehen, dass das nicht einfach für dich ist«, gab Mason zurück und ging rückwärts weiter. »Wirklich. Das ist nicht leicht. Für mich auch nicht. Aber ich bin hier. Ich will, dass es dir gut geht und du benimmst dich einfach wie ein Arsch.«

West seufzte. »Ich weiß. Es tut mir leid.«

Mason hielt inne und sie standen sich, über die Entfernung hinweg, gegenüber.

»Kannst du bitte wieder herkommen?«, fragte West.

»Ich bin nicht der Sündenbock für deine Gefühle, okay?«

»Ich werde mir einen Boxsack zulegen. Versprochen.«

Mason lächelte zögerlich und näherte sich ihm wieder. Dabei visierte er ihn nicht direkt an, sondern machte einen kleinen Bogen, ohne es zu bemerken. West wusste daher, dass sein Sehvermögen in dem Moment nicht gerade gut war. Er wollte schon wieder wütend werden, weil Mason sich wirklich in Gefahr gebracht hatte, aber er unterdrückte das Gefühl. Stattdessen trat er auf Mason zu und griff kurz nach seiner Hand, nur um sie gleich darauf wieder loszulassen. Und obwohl er wusste, dass Mason höchstens den Unterschied zwischen Licht und Dunkelheit wahrnehmen können würde, sagte er: »Ich mache jetzt die Dekoration an.«

Fünfzehn

Mason

Wenn überhaupt, so erkannte er eine leichte Erhellung. Das war's aber auch schon. Am Nachmittag, als er hergekommen war, hatte er noch viel deutlicher gesehen, aber in der Dunkelheit, da gaben seine Augen inzwischen schnell auf. Er war ja schon froh gewesen, dass sein Augenlicht heute besser war, als gestern. Es hatte ihn regelrecht euphorisch gestimmt. Anders konnte er sich seinen spontanen Besuch bei West nicht erklären.

Jetzt sah er dorthin, wo er vermutete, dass sich die Lichterketten befanden, und lauschte auf Wests Reaktion.

»Es sieht sehr schön aus«, sagte er. Aber es hörte sich an wie: Warum hast du das getan?

Das alles machte Mason traurig. Wäre er irgendein anderer Kerl, den er attraktiv fand, ein gesunder Mensch, dann hätte West auch seine Probleme mit ihm. Aber so gab es da seine Behinderung, *und* er kam nicht mit der Beziehung zwischen ihnen beiden klar. Das waren zwei Hindernisse und mindestens eines davon konnte er nicht aus dem Weg räumen. Und dann war da ja auch noch Nora. Die Frau, die alles verkörperte, was aus Wests Sicht angemessen und erstrebenswert war. Sie war seine Bestätigung, dass er okay war. Mason fragte sich wirklich, warum er nicht schon längst abgereist war.

Die Antwort war sehr einfach: Er hatte sich Hals über Kopf in West verliebt. Aber das hieß noch lange nicht, dass West seine Gefühle auch erwiderte. Wollte er wirklich um einen Mann kämpfen, der mit seiner Lebensart so überhaupt nichts anfangen konnte? Die ganze Situation zwischen ihnen beiden strengte ihn an. Er hätte nicht herkommen sollen, aber es hatte sich wie die einzige Möglichkeit angefühlt, sich West noch einmal nahe zu fühlen. Er vermisste ihn. Nach dem intensiven Wochenende hatte es sich angefühlt, als wären sie aufeinander zugegangen. Aber seit sie zurück in Crystal Lake waren, hatten sie sich nur bei dem Krippenspiel »gesehen«. West hatte sich zurückgezogen, versteckte sich hinter Wut und Besorgnis, und Mason hatte keine Ahnung, was er tun konnte, um das zu ändern. Wollte er das überhaupt? Wollte er einen Mann, der sich sicher in seiner heterosexuellen Rolle fühlte, anders haben?

»Willst du noch mit reinkommen?«, fragte West und Mason hörte das Widerstreben in seiner Stimme. Das machte ihn noch trauriger. Er schüttelte den Kopf. »Heute nicht. Sag Nora bitte, dass ich ihre Einladung ein anderes Mal gerne annehme.«

»Oh.«

»Schon okay. Sie wird es verstehen.«

»Ich fahre dich nach Hause«, sagte West.

Mason ging in die Richtung, in der er Wests Wagen vermutete, dass er aber offensichtlich dabei war, daran vorbeizulaufen, merkte er erst, als West seine Hand wieder auf seine Schulter legte und ihn mit sanftem Druck in die richtige Richtung navigierte.

Er stieg ein und schnallte sich an, West startete den Motor. Sie schwiegen, während sie durch die nächtlichen Straßen von Crystal Lake fuhren. Mason wurde manchmal schwindelig während des Autofahrens, weil er sich nicht mehr visuell orientieren konnte, deshalb schloss er die Augen und lehnte den Kopf zurück.

Viel zu schnell war die Fahrt vorüber und West hielt an. Sie stiegen aus und schon lag Wests Hand wieder auf Masons Schulter. Die Luft schien stillzustehen, in Eis und Schnee erstarrt, war sie trotzdem klar und frisch. Sie erreichten den Eingang des Poolhauses und Mason drehte sich langsam um. »Danke.«

»Ich habe zu danken. Schlaf gut, Mason.«

Mason blieb stehen und lauschte dem Knirschen von Schritten, die sich entfernten. So sollte es nicht sein. Nicht zwischen ihnen. »Hey, West?«

»Ja?« Seine Schritte verklangen, er war stehengeblieben.

»Soll ich gehen. Ich meine … würde es dir besser gehen, wenn ich weg wäre? Würde das alle Probleme für dich lösen?«

West antwortete lange nicht. Mason hörte das Knirschen von Schnee unter seinen Schuhen. »Ich weiß es nicht«, sagte er dann. Er ging weiter, stieg in sein Auto ein und fuhr weg.

Mason atmete tief durch. Er blieb eine ganze Weile stehen, dann wandte er sich um und verbrachte eine grotesk lange Zeit damit, die Tür aufzuschließen. Als er eingetreten war, tastete er nach dem Lichtschalter. Die eintretende Helligkeit, verbesserte sein Sehvermögen nicht. Das würde einen Moment dauern. Es dauerte immer länger.

Die Dunkelheit machte ihn bewegungslos. Manchmal stand er minutenlang einfach da, weil jede noch so simple Bewegung so ein unglaublicher Kraftaufwand war. Es war schmerzhaft, wenn er mit dem Schienbein wieder mal irgendwo dagegen stieß. Es war nervenaufreibend, wenn er gefühlte drei Stunden benötigte, um ein Glas Wasser zu füllen. Und es war einsam, wenn nichts als das Ticken der Uhr seine Wahrnehmung beherrschte.

West

Die Weihnachtsbeleuchtung, die Mason angebracht hatte, gefiel ihm. Er nahm sich einen Moment Zeit – nachdem er nach Hause zurückgekehrt war –, um die Anordnung der Lichter zu betrachten. Er entdeckte Santa mit seinem Schlitten ganz oben auf dem Dachfirst und nein, er versuchte wirklich, sich nicht alle möglichen Szenarien vorzustellen, wie Mason sich hätte verletzen können. Aber er konnte nichts dagegen tun, dass sie trotzdem in seinem Kopf aufblitzten. Er sah Mason vor sich im Schnee liegen, mit verrenkten Gliedern, überall Blut, sein Gesicht schmerzverzerrt. Er schloss die Augen und versuchte die Vorstellung zu ignorieren. Es war nichts passiert. Ihm ging es gut.

»Willst du nicht reinkommen?«, fragte Nora. Sie lehnte im Türrahmen seiner Haustür und lächelte ihm entgegen.

Obwohl sie nicht zusammenwohnten, hatte Nora einen Schlüssel für sein Haus. Bisher hatte es ihn nie gestört, wenn sie ihn benutzt hatte, aber heute ertappte er sich bei dem Gedanken, dass er jetzt lieber allein wäre, mit all seinen Gefühlen, über die er schon längst keine Kontrolle mehr hatte.

Malloy tauchte neben Nora auf und winselte. West lud den Tannenbaum von der Ladefläche seines Trucks und trug ihn auf die Veranda, wo er ihn an die Wand lehnte. Er würde ihn irgendwann in den nächsten Tagen schmücken. Dann ging er hinter Nora ins Haus.

»Wo ist Mason?«

»Er lässt sich entschuldigen«, sagte West und hängte seine Jacke auf. Malloy leckte seine Hand ab und folgte ihm auf dem Fuße in die Küche.

Im Ofen befand sich eine Lasagne – Noras Spezialität. Sie hatte schon einen goldbraunen Belag und sah sehr appetitlich aus. Trotzdem trat West an den kleinen Barschrank, den er besaß, holte seinen Lieblings-Bourbon hervor und schenkte sich zwei Zentimeter in ein Glas ein. Er trank einen großen Schluck, dann wurde er sich Nora gewahr, die ihm in die Küche gefolgt war. Sie hatte jede seiner Bewegungen beobachtet und hob nun fragend eine Augenbraue. »Was ist passiert?«

»Gar nichts«, erwiderte West und trank einen neuerlichen Schluck.

»Warum bist du vorhin so ausgerastet, als du Mason auf dem Dach gesehen hast?«, fragte Nora nach. Sie kam etwas näher, warf einen Blick in den Backofen, dann wandte sie sich wieder zu ihm um. »So kenne ich dich gar nicht.«

»Mason ist fast blind«, erwiderte West.

Nora blinzelte. »Wie bitte?«

»Er hat eine Augenkrankheit und wird erblinden. Er sieht jetzt schon nicht mehr viel. Er sollte nicht auf Dächern herumklettern.«

»Aber … Er ist vor zwei Wochen noch mit dem Auto hierhergekommen.«

»Ja.«

Nora und West sahen einander an. Er leerte seinen Bourbon und schickte sich an, ein zweites Glas einzufüllen, als Nora ihre Hand auf seinen Arm legte. »Was ist los?«

West ließ seinen Arm sinken und entfernte sich zwei Schritte von ihr. »Hast du schon mal darüber nachgedacht, dass es nicht sehr klug ist, etwas mit seinem Chef anzufangen?«

Nora lachte auf. »Haben wir diese Diskussion denn nicht vor einem Jahr geführt, als wir das erste Mal miteinander im Bett gelandet sind?«

Oh doch. Hatten sie. Daran erinnerte er sich sehr gut. Aber alles, woran er damals gedacht hatte, war: Nora hat eine Vagina.

Weiter hatte sein Kopf nicht gedacht. Nora war hübsch und süß und klug und es machte ihm nicht viel aus, Zeit mit ihr zu verbringen. Es war einfach, sich in ihrer Nähe wohlzufühlen. Zumindest war es das gewesen, bis ein anderer Mensch in sein Leben zurückgekehrt war. Ein Mensch, der weit davon entfernt war, eine Vagina zu haben.

»West, was ist passiert? Du bist in einer merkwürdigen Stimmung. Erst das Dinner und danach das verpatzte …«

»Ich frage mich nur, ob alles so läuft, wie wir es uns erhofft haben«, erwiderte West schnell. Über seine *Unfähigkeit* wollte er wirklich nicht sprechen. Er wandte den Blick ab und schenkte sich ein weiteres Glas ein. »Bist du glücklich?«

»Natürlich bin ich das«, sagte Nora. »Aber es macht mir Angst, dass du mich das fragst.«

»Darüber muss man sprechen. Was sind unsere Pläne, was wollen wir erreichen? Gibt es Dinge, die wir in unserem Leben ändern müssen?«

Nora nickte langsam mit dem Kopf. »Gibt es die? Bei dir?«

»Ich habe keine Ahnung.« Er wollte nicht darüber sprechen. Er wollte, dass alles wieder so wurde, wie es bisher gewesen war. Er wollte wieder so zufrieden leben, wie vorher, bevor ein gewisser Mann in sein Leben getreten war, an den er einfach ständig denken musste.

»Willst du mir sagen, dass du dich von mir trennen willst? Ich weiß nämlich gerade nicht, was ich denken soll«, sagte Nora. West sah sie an, wollte widersprechen und ihr sagen, dass heute einfach nur ein ganz blöder Tag war. Aber dann …

»Ich habe dich betrogen.« *Das waren die Worte, die einfach so aus seinem Mund kamen?* West staunte über sich selbst und gleichzeitig verfluchte er sich.

Nora schnappte nach Luft und wich unwillkürlich ein paar Schritte von ihm zurück. Malloy, der auf dem Boden gelegen hatte, erhob sich nun und sah zwischen ihnen beiden hin und her.

»Ich wollte es nicht. Ich denke ... es ist einfach passiert.« Die lahmste aller Ausreden. Sehr intelligent, West.

»Einfach passiert?«, echote Nora. »Einfach ... wie kann so etwas einfach passieren?« Ihre Augen füllten sich mit Tränen, und West fühlte sich wie das größte Arschloch aller Zeiten.

»Ich ... ich habe keine Kontrolle darüber gehabt.«

»Das ist Blödsinn, West. Und das weißt du auch. Wer ist es?«

West starrte in seinen Bourbon und hoffte, dass er irgendwie wieder heil aus dem Schlamassel herauskam, den er hier gerade anrichtete. Bald war Weihnachten. Das Fest der Liebe. Er hatte es im Kreise seiner Familie feiern wollen, so wie jedes Jahr. Dieses Mal mit Nora an seiner Seite. Warum zur Hölle hatte er ihr das erzählt?

Das Pfeifen des Backofens zerriss die angespannte Atmosphäre zwischen ihnen für einen Moment. Nora griff nach den Topflappen und holte die heiße Form aus dem Ofen. West bemerkte, wie ihre Hände zitterten. Sie stellte die Form auf die Ablage, wobei ein Teil der heißen Mahlzeit über den Rand schwappte. Die Tomatensoße und heißer Käse tropften auf ihren Unterarm, sie fluchte.

West trat schnell zu ihr, griff nach ihrem Arm und hielt ihn unter den Wasserhahn. Er atmete ihren Geruch ein, den er immer so angenehm gefunden hatte. Er musterte ihre blonden Haare und ihre niedlichen kleinen Ohren.

»Lass mich«, bat sie und entzog ihm ihren Arm. Sie hielt die verbrannte Haut weiter unter das laufende Wasser und sah ihn währenddessen an. Sie hatte nicht geweint und trotzdem waren ihre Augen gerötet. »Sag es mir. Wer war es?«

West schluckte. Nora von seinem Vertrauensbruch zu erzählen, war das Eine. Aber ihr auch noch von Mason zu erzählen, das war das wirklich Schwierige an der ganzen Sache und er war sich nicht sicher, ob er dazu schon bereit war.

»Jemand, den du nicht kennst«, sagte er schließlich. Er war ja so ein Feigling.

»Und ist sie noch immer … seid ihr …«

»Nein.«

Nora senkte ihren Blick und betrachtete ihren Arm. Dann schaltete sie das Wasser aus. »Und jetzt?«

West zuckte mit den Schultern. »Wir trennen uns. Es ist mir klar, dass ich dich verletzt habe. Es tut mir leid. Ich wollte das nie, es ist nur …« West zuckte zusammen, als Nora nach seinen Händen griff. »Ich liebe dich. Vielleicht … wenn wir beide daran arbeiten, dann … vielleicht können wir unsere Beziehung retten. Wie wäre es, wenn wir einen Schritt weitergehen. Unsere Beziehung war bisher immer locker, ohne Erwartungen. Vielleicht müssen wir neue Regeln haben. Gemeinsame Ziele.«

»Gemeinsame Ziele?«

»Ich könnte hier einziehen. Wir könnten *zusammen* etwas aufbauen, verstehst du?«

West blinzelte. Hilflos entwand er ihr seine Hände, wusste nicht, wohin mit sich. Am Allerwenigsten hatte er damit gerechnet, dass Nora ihm eine zweite Chance geben würde, und es war verflucht verführerisch, sie anzunehmen. Sie konnten es schaffen. Sie mochten und respektierten einander. *Sie liebte ihn.* Und es war schon in vielen anderen Beziehungen vorgekommen, dass ein Partner den anderen betrog. Solche Dinge konnten gekittet werden.

Nora schmiegte sich an ihn und küsste ihn. Eine Mischung aus Verzweiflung, Wut und Verwirrung, und West verlor sich einen Moment in ihrem Kuss. Einen

Moment hatte er die Hoffnung, dass dieser Kuss und der schiere Wille alles bereinigen konnten.

Aber dann tauchte Mason vor seinem inneren Auge auf. Mason, der ihn anlächelte, Mason mit seinen blinden, suchenden Augen. Das Gefühl seiner Bartstoppeln unter Wests Fingerspitzen, wie es sich angefühlt hatte, als er in seinen Armen gelegen hatte.

Er wusste, dass sie es nicht kitten konnten. Sein Betrug war nicht nur auf den Kuss bezogen. All die Male, die er im Laufe des letzten Jahres an Mason gedacht hatte. Jedes einzelne Mal, an dem er sich einen runtergeholt hatte, während er an ihn dachte. Er hatte sie schon so oft mit Mason betrogen. Und sich selbst auch. Die Küsse, die er mit Mason ausgetauscht hatte, waren der kleinste Betrug. Im Grunde hatte es schon immer Mason in ihrer Beziehung gegeben, ohne, dass er es gewollt oder beabsichtigt hatte, aber so war es. Mason war schon immer dagewesen und West würde die Sache mit Nora nicht kitten können, weil er es im Grunde gar nicht wollte. Er wollte nicht mit ihr zusammenleben, oder sich irgendwann über ein Kind unterhalten. Er wollte keine gemeinsame Bettwäsche mit ihr aussuchen und ganz sicher auch keine Hochzeit planen, obwohl sie das perfekte Alibi wäre.

West verstärkte den Druck auf ihre Schultern und schob Nora sanft von sich. »Tu das nicht«, sagte er leise. »Das habe ich nicht verdient. Ich habe dich nicht verdient.«

»Ich bin bereit, dir zu verzeihen«, wisperte Nora und jetzt lief ihr wirklich eine Träne über die Wange. »Ich will das mit uns hinbekommen. Wenn wir es beide wollen, werden wir es hinbekommen. Liebst du mich?«

»Nein«, sagte er heiser. Es fiel ihm unglaublich schwer, dieses eine Wort auszusprechen. Zuzusehen, wie ihre Miene in sich zusammenfiel, wie sich die Hoffnung verlor und der Erkenntnis Platz machte, dass West sich gerade von ihr trennte. Sie wich zurück, ihre Fingerspitzen glitten über die Verbrennung auf ihrem Arm. »Dann ist es endgültig? Wann hast du das entschieden?«

»Ich … ich habe nichts geplant, wenn du das denkst. Ich will nur nicht …«

»Bist du weiter mit ihr zusammen?«

»Nora …«

»Schon gut«, zischte sie. West wusste nicht recht, ob er über den Zorn, der nun in ihren Augen aufglomm, erleichtert sein sollte. Er wollte sie nicht verletzen, obwohl er das mit Sicherheit schon getan hatte. Aber es war besser, wenn sie wütend aus dieser ganzen Geschichte hervorging, als gebrochen.

»Dann gehe ich jetzt!« Sie warf ihm einen tieftraurigen, aber auch verächtlichen Blick zu, machte kehrt und verschwand. Er hörte, wie sie sich in der Garderobe anzog und sein Haus verließ. Der Motor ihres Autos heulte auf, dann fuhr sie weg.

West trank einen großen Schluck und sah zu Malloy hinunter, der ihn fragend musterte.

»Verdammt«, murmelte er und leerte das Glas.

Sechzehn

Mason

Er hatte kein Zeitgefühl. Das war wirklich ein Problem. Seine Uhren sprachen nicht mit ihm und deshalb hatte er auch keine Ahnung, wie lange er schon auf dem Sofa saß und dem Sportkanal lauschte. Irgendwann kamen die Mitternachtsnachrichten, dann hätte er wieder einen Orientierungspunkt.

Blind zu sein war scheiße.

Er hatte aber auf jeden Fall das Gefühl, dass es zu spät für Besuch war, als es an der Tür klopfte. Trotzdem erhob er sich, stieß mit dem Schienbein gegen die Kante des Wohnzimmertischs, der nur darauf zu warten schien, dass er versuchte, sich im Raum zu bewegen. Mason hatte die Theorie, dass er laufen konnte, so wie der Tisch in *Die Schöne und das Biest*. Und er stellte sich immer absichtlich dorthin, wo Mason ganz sicher durchlaufen würde.

Er unterdrückte einen Fluch und humpelte zur Haustür. Als er sie öffnete, flutete eisige Kälte den Raum. Außerdem roch er Bourbon und West. Den Geruch dieses Mannes bekam er einfach nicht aus seinem Gedächtnis, was ziemlich gut war, wenn man nicht mehr sehen konnte.

»Kann ich reinkommen?«, fragte West.

»Sicher.« Er trat zur Seite und wartete ab, bis er Wests Schritte im Inneren des Poolhauses vernahm, dann schloss er die Tür. Er blieb an Ort und Stelle stehen. »Es ist spät«, sagte er, weil er nicht wusste, was er sonst sagen sollte. Er hatte nicht damit gerechnet, West heute nochmal zu sehen. Im übertragenen Sinne.

»Ja.«

»Ist etwas passiert? Funktioniert eine Lichterkette nicht? Tut mir leid, aber mir wurde sehr deutlich zu verstehen gegeben, dass ich auf deinem Dach nicht erwünscht bin.«

»Ha ha.« Wests Stimme klang seltsam. Als fehlte ihr jede Energie.

»Was ist passiert?«

»Nora und ich haben uns getrennt«, sagte er dann. »Und du bist schuld daran.«

»Ich …«

»Ich habe ihr gesagt, dass ich sie betrogen habe.«

»Oh …«

»Ich spreche dabei nicht von den Küssen. Nicht nur. Aber auch.«

»Wir haben nichts anderes getan, als uns zu küssen«, sagte Mason. Sein Herz pochte schnell und er wollte einfach nur erfahren, was in Wests Leben passiert war. Er hätte alles dafür gegeben, ihn jetzt sehen zu können. Er hätte mit Sicherheit viel besser herausfinden können, wie es ihm ging. So war er auf seinen Gehörsinn angewiesen, der zwar ein leichtes Zittern in Wests Stimme vernahm, aber das bedeutete gar nichts.

»Ich konnte dich nie vergessen, Mason. Ständig habe ich an dich gedacht, auch als ich schon längst mit Nora zusammen war. Du warst immer der kleine, perverse Traum für einsame Nächte und kalte Duschen.«

Mason grinste. Er lehnte sich mit dem Rücken an die Tür, weil er keine Ahnung hatte, was hier auf ihn zukam. »So ging es mir auch.«

»Ich betrüge Nora also schon, seit wir zusammen sind, verstehst du? Darauf bin ich nicht stolz.«

»Okay.«

»Nein. Es ist nicht okay. Wir haben uns getrennt. Eine Woche vor Weihnachten. Aus heiterem Himmel. So habe ich das nie geplant.«

»Wenn du sie liebst, dann solltest du dich nicht von ihr trennen«, sagte Mason.

West schnaubte. »Ich liebe sie nicht. Nicht auf die Art, auf die ein Mann sie lieben sollte. Du hattest recht. Sie war mein Alibi. Sie war die Traumvorstellung meines Lebens. Ein Mann, eine Frau, ein Hund. Irgendwann auch noch ein paar Kinder. Der Ritt in den Sonnenuntergang.«

»Das willst du?«

»Ich will das wollen. So in der Art war mein Leben geplant. Und was habe ich stattdessen bekommen? Einen Kerl, der mich in einen dauergeilen Idioten verwandelt.«

»Ich habe ja fast ein bisschen Mitleid mit dir. Woher kommt das nur, West?«, fragte Mason und lächelte. »Warum kannst du nicht damit leben, dass du mich magst und gern mit mir zusammen bist. Auf jede erdenkliche Art und Weise?«

West schnaubte wieder. Er klang näher. »Hat Rose dir nie erzählt, wie mein Vater über homosexuelle Männer denkt?«

»Nein. Wie denn?«

»Er mag sie nicht. Er kann vielleicht damit leben, dass du schwul bist. Du bist erwachsen und unabhängig. Damit kommt er irgendwie klar. Er kann auch mit Jake und Ethan leben. Solange die nicht seine Patienten werden und er nicht dabei zusehen muss, wie sie sich in der Öffentlichkeit küssen. Aber ich - ich bin sein Erbe. Sein Nachfolger. Ich trage unseren Familiennamen weiter. Wenn ich mich als schwul oute, dann ...«

»Dann?«

»Dann bin ich nicht mehr der, der ich bisher war.«

»Nur in seinen Augen, West. Du bist immer noch der gleiche Mann. Ein Sohn, ein Freund, ein Arzt. Lass dir von niemandem etwas anderes einreden.« Mason hielt überrascht die Luft an, als West ihn unwillkürlich umarmte. Er schlang seine Arme um seine Mitte und schmiegte sich an ihn. Mason zog ihn an sich und bettete sein Kinn auf seinem Kopf, den er an seine Brust gedrückt hielt. »West, du bist gut so, wie du bist. Hat dir das denn noch nie jemand gesagt?«

»Es war nie nötig, mir das zu sagen. Ich fühle mich wie eine Schlange, die sich gerade gehäutet hat. Ich habe keine Ahnung, was ich damit anfangen soll, was ich jetzt auf einmal bin. Aber ich kann auch nicht länger auf dich verzichten.«

Mason lächelte, weil seine Worte einfach nur gut taten. Er zog West noch näher an sich, und umfasste sein Gesicht mit seinen Händen. Vorsichtig hob er es an und auch wenn er nichts erkennen konnte, so wusste er doch, dass er Wests volle Aufmerksamkeit hatte. »Du hast dich von Nora getrennt. Du bist hierher gekommen. Das hat doch etwas zu bedeuten, oder?«

»Es bedeutet viel zu viel, Mason.« West küsste ihn und Mason nahm diesen Kuss voller Hingabe entgegen. Er verlor sich in Wests Liebkosungen, in seiner Nähe, in seinem Atem und der Tatsache, dass er sich heute für ihn entschieden hatte.

Mason ließ seine Hände unter Wests Jacke und Pullover gleiten. Er spürte seine erhitzte Haut und sofort fing sein Körper Feuer. Ihr Kuss wurde intensiver und West schmiegte sich noch enger an ihn, forderte einen weiteren Kuss ein und noch einen und dann zog er ihn über den Gang bis zu seinem Schlafzimmer.

Mason hörte ein leises Rascheln. »Was tust du?«

»Ich ziehe mich aus.«

»Vielleicht sollten wir die Sache langsam angehen. Ich will nicht, dass du irgendwas bereust.«

»Werde ich nicht.«

Mason lächelte. »Du willst rennen, bevor du überhaupt laufen kannst.«

»Ich will fliegen«, flüsterte West. Und dann umfassten seine Hände Masons Gürtel und zogen ihn wieder zu sich her. Was folgte, war ein Kuss, dann war Masons T-Shirt weg. Ein zweiter Kuss, dann öffnete sich seine Hose, und beim dritten Kuss lag er neben West auf dem Bett, spürte seinen nackten, warmen, erregten Körper an seinem und fühlte sich, als wäre er im Himmel.

Wests Hände fuhren unermüdlich über Masons Körper, als könne er nicht genug von ihm bekommen. Als müsse er alles nachholen, was sie zuvor nicht hatten tun dürfen.

West rollte sich über Mason und knabberte an seiner Lippe. »Ich kann dich nicht gehen lassen«, sagte er mit leiser, rauer Stimme, die Mason in einen Zustand absoluten Glücks versetzte.

»Ich dich auch nicht«, wisperte er zurück und zog Wests Mund zu seinem herab. Sie versanken in einen tiefen Kuss, West ganz nahe bei ihm, ihre Körper fest aneinander geschmiegt. Mason ließ seine Hand an Wests Körper entlang gleiten und umfasste seinen Schwanz, woraufhin er erstickt aufkeuchte. »Fuck, Mason.«

Siebzehn

West

Er hatte sich von seiner Freundin getrennt und das Erste, was er danach tat, war zu Mason zu fahren, um mit ihm Sex zu haben. Das sagte sehr viel über ihn aus. Über seine Wünsche und Erwartungen und Sehnsüchte. Sollten sie es langsamer angehen? Sollten sie lieber reden, anstatt sofort miteinander ins Bett zu hüpfen?

Aber die Sache war doch einfach die: Mason hielt seinen Schwanz in der Hand. Er war geil und er *konnte* keinen klaren Gedanken mehr fassen.

Also schob er seine Hüfte ein wenig vor, weil er wollte, dass Mason weiter damit machte. Mason schien ihn verstanden zu haben, denn er begann, seine Hand fest an seinem Schwanz auf und ab zu bewegen, als hätte er nie etwas anderes getan.

Wests Schwanz und Masons Hand passten verdammt gut zusammen. So gut, als wären sie aus einem einzigen Guss. Als wäre Masons Hand nur dafür gemacht worden, West Lust zu schenken.

West stöhnte so laut, dass Mason seine Hand auf seinen Mund legte. Er kicherte albern und knabberte gleichzeitig an Wests Kinn herum. »Sei leise. Du rufst noch unsere Eltern auf den Plan.«

West biss in Masons Handfläche, der sie daraufhin wegriss. »Das war gemein«, knurrte er, ehe er sich mit seinem Mund auf Wests schutzlosen Hals stürzte und ihn zurückbiss, bis West seine Lippen einfing, um sich selbst zu schützen.

Ein wirbelnder Taumel ergriff Besitz von ihnen. Masons Hand an Wests Schwanz, ihre Münder, die sich wild eroberten, in die Lippe bissen, ableckten, nur um sich wiederzufinden, für ein paar zärtliche Momente. Körper an Körper, Haut an Haut.

Sie zogen sich die Decke über den Kopf und tauchten ab, in ihre Höhle aus Wärme, Feuchtigkeit und leisem Lachen.

West dachte nicht weiter über all die Wenns nach, stattdessen genoss er jede von Masons stürmischen Berührungen. Er hieß seinen Mund willkommen, als er seinen Schwanz liebkoste und das erste Mal, seit sie sich kannten, traute auch West sich, Masons Körper zu erkunden.

Es war so fremd und gleichzeitig vertraut, die Muskeln eines männlichen Körpers unter seinen Händen zu spüren, die Körperbehaarung, die feste Haut, die sich glatt an seinen wundervollen Körper schmiegte. West mochte es, Frauen zu liebkosen, aber Masons Körper war perfekt.

West schob sich immer tiefer, verteilte Küsse auf Masons Brust, seinem Bauch, seinen Oberschenkeln, bis er seinen erigierten Schwanz erreichte.

»Was tust du?«, flüsterte Mason, seine Stimme klang fragend und entrückt. West lächelte, und erkundete mit seinen Lippen seine Erektion.

Er war wunderschön. Hart, heiß, von Adern übersät, die ihm sein einzigartiges Profil gaben. Als er seinen Mund öffnete und Mason in sich aufnahm, legte sich ein salziger Geschmack auf seine Knospen und ein Schauer durchfuhr ihn. Er hörte Mason leise fluchen, bevor er sich zusammenkrümmte und nochmal fluchte.

Mason schien eine Vorliebe für Flüche und Schimpfworte zu haben, denn er tat nichts anderes, während West seinen Schwanz verwöhnte.

Der erste Schwall von Masons Sperma in seinem Mund fühlte sich merkwürdig an. Warm und flüssig und irgendwie doch nicht. Aber als er merkte, wie erotisch es war, Masons Samen zu schlucken und danach seinen Schwanz sauberzulecken, da machte es ihm nichts mehr aus.

Mason überraschte ihn damit, dass er ihn an sich zog und ihn küsste, nachdem West mit seinem Schwanz fertig war. Er ließ sich neben Mason sinken. Seine Erektion war noch immer hart und bereit, das hieß aber nicht, dass nicht eine merkwürdige Zufriedenheit Besitz von ihm ergriffen hatte.

»Das war ziemlich wundervoll«, sagte Mason und küsste West wieder.

»Finde ich auch. Und ich bin ehrlich erstaunt, wie viele Flüche du kennst.«

Mason lachte leise und stahl sich noch einen Kuss. »Ich spreche auch verschiedene Sprachen. Wenn du willst, dann kannst du dir eine wünschen. Flüche auf französisch?«

»Oui«, murmelte West. Sein Atem beschleunigte sich, als Mason wieder seine Hand an seine Erektion legte. »Liebe mich. Jetzt. Richtig«, bat Mason ihn.

»Ich soll …«

»In meiner Nachttischschublade gibt es Gleitgel.«

»Ach ja? Wie kommt es dorthin?« West beugte sich zur Seite und fischte die kleine Flasche aus der Schublade.

»Keine Ahnung. Solche Sachen passieren mir ständig.« Mason hatte sich vorgebeugt und setzte kleine Küsse auf Wests Steißbein und seinen Rücken.

»Ich habe das erst einmal gemacht, Mason. Mit dir.«

»Das mag ich. Wirklich. Ich bin dein Erster.«

»Ja. Bist du.«

»Gib her.« Mason nahm West die Flasche mit dem Gleitgel aus der Hand und öffnete sie. Im Zimmer war es dunkel, nur das vom Schnee reflektierte Licht wurde auf das Bett projiziert, aber wirklich etwas erkennen konnte man nicht. Deshalb zuckte West auch zusammen, als Masons Hand, die nun mit dem Gleitgel benetzt war, sich wieder um seinen Schwanz legte. Mit lockenden, verführerischen Bewegungen strich er ihn damit ein, ehe er Wests Taille umfasste und ihn zwischen seine Beine zog. »Dieses Mal will ich dich ganz nahe bei mir haben«, wisperte Mason und suchte nach seinem Mund. West kam ihm entgegen und küsste ihn, während er seinen Schwanz an Masons Loch dirigierte.

Sein Herz klopfte wahnsinnig schnell bei dem Gedanken, dass er Mason gleich ganz nahe sein würde. Das hier war nicht Sex. Es war mehr, auch wenn er im Moment noch Angst davor hatte, es in Worte zu fassen. Es war schön. Es war knisternd. Es fühlte sich an, als hätte er nach langem Suchen endlich den richtigen Weg gefunden, obwohl der andere auch nicht schlecht gewesen war.

West presste gegen den Widerstand von Masons Muskelring und drang langsam, sehr langsam, in ihn ein. Mason nahm ihn in sich auf, als wäre sein Körper ein Gefäß, nur gemacht für ihn und seinen Schwanz.

West stöhnte auf, als er bis zum Anschlag in ihn eingedrungen war. Er beugte sich vor, hielt sein Gewicht mit seinen Armen von Masons Körper fern und trotzdem berührte er ihn beinahe auf der gesamten Länge. Es fühlte sich so unfassbar gut an, dass sich alle seine Gedanken, die er jemals gehabt hatte, in diesem Moment in Luft auflösten. Nichts konnte so schlimm sein, wenn er dafür Mason auf diese Art bekam.

Mason küsste ihn und umfasste mit seinen Händen seinen Hintern. Mit leichtem Druck signalisierte er ihm, dass er sich bewegen sollte. Sie fanden einen langsamen, tiefen Rhythmus, der sie vollkommen gefangen nahm, der sie in eine eigene kleine Welt aus Hingabe und Annahme entführte. Wests Herz wurde erfüllt von tiefer Zuneigung und er beschleunigte sein Tempo. Die Lösung war stets vor seinen Augen gewesen, aber er hatte sie nicht wahrnehmen wollen. Und dann erkannte er die Wahrheit: Er liebte Mason. Von ganzem Herzen.

West bewegte sich schneller und schneller, sein Stöhnen vermischte sich mit Masons und als er sich in ihm ergoss, sackte er kraftlos auf ihm zusammen. Das Schlagen ihrer Herzen war im Gleichtakt, wer wusste schon, wie lange das bereits der Fall war.

West küsste Masons Brust und seinen Hals, während er sich an ihn schmiegte, bevor ihn der Schlaf übermannte.

Achtzehn

West

Es war bereits hell, als er aufwachte, und trotzdem brauchte er einen Moment, bis er darauf kam, dass er sich im Poolhaus befand, seinem ehemaligen Zuhause.

Er richtete sich auf und sah zu der anderen Hälfte des Bettes hinüber, die zwar so aussah, als hätte dort jemand gelegen, nur dass sie jetzt leer war.

Er erhob sich und verließ das Schlafzimmer, folgte dem Klappern und weiteren Flüchen in die Küche, und erblickte Mason, der sich mit seinen Fingern über seine Augen fuhr, sie unermüdlich rieb und irgendetwas Unverständliches murmelte. Er wirkte so angespannt und verkrampft und wütend, dass West Mitleid mit ihm bekam. Er wartete ab, bis Mason sich wieder etwas gefangen hatte und suchend nach der Schüssel am Boden tastete, die ihm heruntergefallen war.

»Guten Morgen«, sagte er dann, gerade so, als stünde er nicht schon mehrere Minuten dort. Mason schoss in die Höhe und verlor dabei beinahe das Gleichgewicht.

»Oh. Hi!« Er blieb still und abwartend stehen und West wollte das Herz brechen. Gestern, in der Dunkelheit des Zimmers, da hatte Mason keinerlei Unsicherheit gezeigt. Aber jetzt, am Tag, wurde ihm sein schwindendes Sehvermögen deutlich und unbarmherzig vor Augen geführt.

»Hier ist sie«, sagte West und reichte ihm die Schüssel. Masons Wangen röteten sich. »Danke.«

Eine verlegene Stille machte sich zwischen ihnen breit. West wusste sehr genau, wie so ein Morgen ablief, nachdem man die Nacht damit verbracht hatte, sich wieder und wieder zu lieben – mit Frauen. Er hatte keine Ahnung, ob es zwischen Männern gleich war. Entschlossen, es herauszufinden, trat er vor, umfasste Masons Taille und drückte ihm einen Kuss auf den Mund. »Guten Morgen«, sagte er nochmal.

Masons Gesicht verzog sich zu einem breiten Grinsen, und der verlorene Ausdruck verschwand. »Der wurde jetzt gerade richtig gut.«

»Ach ja?«

»Absolut.« Mason umfasste sein Gesicht und zog ihn nochmals an sich. Sie küssten sich lang und intensiv und West stellte fest, dass es mit einem Mann nicht anders war als mit einer Frau. Es war vielleicht einfach etwas stacheliger. Als sie sich voneinander lösten, waren sie ein bisschen atemlos und nun war es West, der sich haltsuchend an der Arbeitsplatte festhielt.

»Wolltest du mir Frühstück machen?«

»Äh … ja. Es ist nur …«

»Gut, dass du noch nicht angefangen hast«, sagte West schnell. »Leider ist es nämlich so, dass ich die besten Pancakes der Welt mache. Du hättest dich also nur blamieren können, und das wollen wir ja nicht.«

»Nein, das wollen wir nicht«, erwiderte Mason schmunzelnd.

West begann damit, die einzelnen Zutaten in die Schüssel zu geben, während Mason es sich zur Aufgabe gemacht hatte, ihn immer wieder mit langen, sinnlichen Küssen von seiner Arbeit abzuhalten. West hätte nie im Leben erwartet, dass es so sein könnte, zwischen ihm und einem Mann. So lustig, so entspannt, so …

»West? Mason?«

Die entsetzte Stimme von der Tür her, ließ sie auseinanderfahren, und West erblickte seinen Vater und Rose, die dort standen und fassungslos zwischen ihnen hin und her sahen. Er hatte keine Ahnung, wie sie unbemerkt hatten eintreten können, aber an ihren Blicken erkannte er die Wahrheit. Zwei Männer, ihre Söhne, mit nichts als ihren Boxershorts bekleidet standen gemeinsam in der Küche, küssten sich, während sie sich ein Frühstück zubereiteten.

West wollte sich anziehen und weglaufen. Auf der Stelle. Er riskierte einen Seitenblick auf Mason, der mit unbeweglichen Augen in die Richtung starrte, in der ihre Eltern standen.

»Hallo Rose. Dad.«

»Was zur Hölle bedeutet das, Junge?«, donnerte sein Vater. Nichts war mehr übrig von seiner üblichen Contenance. Seine Nasenlöcher waren gebläht und seine Blicke wanderten zwischen Mason und ihm hin und her. Schließlich blieb er auf West liegen. »Was denkt ihr euch eigentlich dabei?«, donnerte er.

»Chandler, beruhige dich«, sagte Rose, aber sie wirkte nicht weniger schockiert. Ihre Stimme zitterte, als sie fragte: »Könnt ihr mir das erklären?«

»West hilft mir beim Frühstück machen, weil ich praktisch blind bin«, sagte Mason.

West fuhr zu ihm herum und starrte ihn nun auch an. Das konnte doch nicht sein verdammter Ernst sein. Jetzt nutzte er ausgerechnet diesen Moment, um seine Mutter und Wests Vater in sein kleines Geheimnis einzuweihen?

»Was soll das heißen?« Roses Stimme zitterte nun eindeutig. Ihre Lippen bebten.

»Das heißt, dass ich blind bin. Ein Gendefekt, den Dad mir vererbt hat.« Mason sagte es mit einer erschreckenden Ruhe und mit verdammt viel Würde, dafür, dass er praktisch halbnackt vor ihnen stand.

»Ich denke, deine Blindheit hat nicht viel mit dem Umstand zu tun, dass ihr beide in der Küche steht und euch küsst, oder?«, donnerte Wests Vater.

West schloss die Augen. Das hier war noch viel, viel schlimmer, als er es sich jemals ausgemalt hatte, und er fühlte sich nach dieser wunderbaren Nacht, als würde er den Boden unter den Füßen verlieren. So sollte es nicht sein.

»Nein. Hat er nicht. Dass wir halbnackt sind, liegt daran, dass West und ich die Nacht miteinander verbracht haben. Willst du auch noch wissen, welche Stellungen wir so ausprobiert haben?« Mason schob das Kinn vor und West schloss die Augen. Das hier glich einem Weltuntergang. *Seinem* Weltuntergang, denn im Gegensatz zu West hatte Mason nicht halb so viel zu verlieren. Er war nur einfach ein geouteter, schwuler Mann, der Sex mit einem anderen gehabt hatte.

Aber er, West, er war der Sohn seines Vaters und er wusste, was das bedeutete. Er wagte es, seinen Vater anzusehen und war erschreckt über die Abscheu, die er in seinen Augen entdeckte.

»Du schläfst mit Männern?«, fragte er nun mit ruhiger Stimme. So ruhig, dass sie nichts Gutes verheißen konnte.

»Ich …«

»Kaum taucht dieser Kerl hier auf, hast du nichts Besseres zu tun, als mit ihm ins Bett zu hüpfen? Was ist mit Nora?« Das Gesicht seines Vaters rötete sich und seine Stimme wurde immer lauter.

»Dad, ich …«

»Habe ich soviel Zeit und Geld in dich investiert, dass du letztendlich eine Schwuchtel wirst? Wie kannst du mir das antun?«

»Chandler«, sagte Rose leise. Sie hatte die Hand vor den Mund gelegt und sah aus, als wollte sie sich übergeben. West war erschüttert und fühlte sich bis ins Mark gedemütigt.

Mason stand noch immer aufrecht, mahlte mit den Kiefern und wirkte richtig wütend. »Bist du jetzt fertig?«

Chandler richtete seinen Blick auf Mason und zeigte mit dem Finger auf ihn. »Solange du denkst, du musst weiter mit *ihm* verkehren, wirst du keinen Schritt in meine Praxis setzen, hast du mich verstanden? Die Einwohner von Crystal Lake wollen einen vertrauenswürdigen Arzt und keinen … einen … so jemanden wie dich. Komm zur Vernunft!«

»Die Praxis gehört mir«, knurrte West. »Und es geht dich einen verdammten Scheiß an, mit wem ich ficke.«

Rose wimmerte auf und Chandler warf ihm einen angeekelten Blick zu. »Du hast mich gehört«, sagte er nur, dann drehte er sich um und verließ das Poolhaus. Rose blieb einen Moment länger stehen, sah aus, als wollte sie etwas sagen.

»Die Leute werden reden, West. Du weißt doch, wie das abläuft. Ihr seid sowas wie Brüder. Das geht nicht«, sagte sie dann leise und schüttelte den Kopf.

»Wir sind erwachsen, Mom«, schaltete Mason sich ein. »Das kannst du uns unmöglich vorwerfen.«

»Bitte rede mit ihm«, bat West sie inständig. »Er kann mir die Praxis nicht nehmen.«

»Ich liebe euch. Jeden einzelnen von euch beiden. Aber ich kann nicht akzeptieren, dass ihr … das ist zu viel.« Sie drehte sich um und eilte hinter ihrem Mann her, weg von ihren Söhnen, die zurückblieben in einer Welt, die nur noch aus Scherben, Scham und Kälte bestand.

West ging langsam zur Tür und schloss sie, dann starrte er das weiße Holz an. Sein Hals war wie zugeschnürt. Es schien, als hätten sich alle seine Vorhersagen auf einen Schlag bewahrheitet, und sie taten noch viel mehr weh, als er jemals geahnt hatte.

»Siehst du? Habe ich es nicht immer und immer wieder gesagt?«, fragte West und fuhr zu Mason herum. »Wir hätten das nie tun dürfen!«

»Beruhige dich«, sagte Mason und wirkte viel zu stoisch für die Ausweglosigkeit ihrer Situation. West fühlte sich plötzlich furchtbar dumm. Hatte er wirklich gedacht, das zwischen ihnen könnte gut enden? Für sie gab es kein gutes Ende. Für sie gab es nicht mal einen guten Hauptteil. Viel zu viel sprach dagegen

West ging ins Schlafzimmer, klaubte seine Klamotten zusammen und zog sich an. Mason tauchte irgendwann im Türrahmen auf und beobachtete ihn mit blinden Augen.

»Was tust du?«

»Das einzig Vernünftige.«

»Und das wäre? Deinem Vater den Mittelfinger zeigen, und einfach weitermachen?«

»Ich gehe, Mason. *Das* ist nämlich das Richtige. Ob du es glaubst oder nicht: Ich bin gern Arzt und ich werde mir das nicht kaputtmachen lassen. Nicht für den besten Fick der Welt.«

Er ging um Mason herum und verließ auf direktem Weg das Poolhaus. Aber anstatt zu seinem Vater zu gehen und ihn davon zu überzeugen, dass er einen Fehler gemacht hatte, ging er um seinen Wagen herum und verließ das Grundstück seiner Eltern.

Er lief aus Crystal Lake heraus, betrat den verschneiten Wald und kämpfte sich über Berge und Hügel, um Seen herum und durchs Unterholz, denn Bewegung war das Einzige, was seine Wut jetzt noch im Zaum halten konnte.

Neunzehn

West

Den ganzen Tag lang war er unterwegs gewesen, ohne dass seine Füße müde geworden wären, oder sein Körper Hunger, Durst oder Erschöpfung verspürt hätte. Er hatte sich allein genährt durch seine Wut und Verwirrung, und den Ärger auf sich selbst, dass er sich in die Sache mit Mason gestürzt hatte, ohne wirklich an die Folgen zu denken.

Alles, was er gestern Nacht gefühlt hatte, war auf einen Schlag unwichtig geworden. Er konnte Mason nicht lieben. Nicht, wenn sein Vater ihn nicht akzeptierte, nicht wenn er ihm die Praxis wegnahm, nicht wenn sein Leben sich zerstreute wie Sand im Wind.

Er ging die Auffahrt zu seinem Haus hinauf, sein Wagen stand noch immer vor der Haustür des Poolhauses, wo er ihn gestern geparkt hatte. Die Person, die auf den Treppen der Veranda seines Hauses saß, entdeckte er erst spät.

»West?«

»Ja. Ich bin es«, sagte er, blieb kurz stehen, nahm Masons Anblick in sich auf, und weigerte sich, die Liebe und Zärtlichkeit zuzulassen, die er unweigerlich verspürte, wenn er ihn betrachtete. Er ging um ihn herum und schloss seine Haustür auf. Mason erhob sich und hielt sich am Geländer fest. West drehte sich zu ihm um. Er seufzte leise. »Wie lange bist du schon hier?«

»Keine Ahnung. Es war hell, als ich herkam.«

»Jetzt ist es dunkel.«

»Dann warte ich schon eine Weile.« Mason zuckte mit den Schultern.

»Komm rein«, sagte West, obwohl er Mason nicht wieder zu nahe kommen wollte. Er wollte ihn weit von sich fernhalten, weil er ihm ja doch nicht widerstehen konnte. Weil alles an ihm ihn anzog. Seine Unsicherheit, gepaart mit seinem Selbstbewusstsein, das so ein großer Teil seiner Persönlichkeit war, dass er es nie ganz verlieren würde, dessen war sich West sicher.

»Ich habe Hunger«, sagte er. »Willst du auch etwas essen?«

»Nein. Danke.«

»Hast du heute schon etwas gegessen?«

»Ich hatte keinen Appetit. Und du?«

»Auch nicht. Ich musste laufen.« West betrat die Küche. Als Mason ihm nicht folgte, ging er zurück und umfasste seine Hand. Er führte ihn schweigend in die Küche zu einem der Barhocker, auf dem er Platz nahm.

»Ich habe Makkaroni mit Käse für die Mikrowelle.«

»Klingt großartig«, sagte Mason.

Keiner von ihnen beiden sagte ein Wort, während West die beiden Mahlzeiten aufwärmte. Er stellte Mason seinen Teller hin und gab ihm die Gabel direkt in die Hand. Dann nahm er seinen Teller und setzte sich neben Mason.

Sie aßen schweigend und hungrig. Nach wenigen Minuten hatten sie ihr Mahl beendet. West räumte alles auf, dann drehte er sich zu Mason um. »Soll ich dich nach Hause bringen?«

»Können wir nicht lieber reden?«

»Ich glaube nicht, dass wir noch viel zu reden haben«, sagte West. Er wollte sich in Masons Arme flüchten, ihn spüren, von ihm die Versicherung hören, dass alles gut werden würde, auch wenn er wusste, dass dies nicht passieren würde.

»Ich glaube, wir müssen noch sehr viel reden«, sagte Mason ernst. Er erhob sich von seinem Barhocker und tastete sich an der Theke entlang, bis sie endete. »Wo stehst du?«, fragte er.

»Hier«, sagte West und griff nach seiner Hand, die er suchend ausgestreckt hatte, und die nur wenige Zentimeter von ihm entfernt war. »Hier bin ich.«

Mason trat näher, er berührte ihn nirgends, nur ihre Hände waren ineinander verschränkt. Aber das reichte, um sein aufgewühltes Inneres zu beruhigen.

»Ich habe mir Sorgen um dich gemacht«, sagte Mason. »Darf ich dich küssen?«

»Das ist keine gute Idee.«

»Weil wir Geschwister sind?« Sein Lächeln war spöttisch. »Hör nicht auf die beiden«, wisperte Mason. Er kam näher und nun berührten sich ihre Körper und es war wie Ahornsirup und Honig und flüssiger Karamell, die sich vereinigten. Unendlich süß.

Mason neigte seinen Kopf und berührte mit seinen Lippen Wests. Er hauchte winzige, tröstliche Küsse auf seine Lippen und nahm West die nächste Schicht der Besorgnis. Er küsste sie einfach weg.

West seufzte leise und erwiderte Masons Kuss. Er konnte nichts dagegen tun. Mason war seine Droge und er war der Junkie, auf der Suche nach dem nächsten Schuss.

Er presste sich an Mason, der ihn in Empfang nahm und ihn an sich drückte. »Ich habe mir Sorgen um dich gemacht«, wiederholte Mason. »So sehr. Ich wusste nicht, wo du bist, wie es dir geht, was du denkst.«

»Tut mir leid. Ich konnte keine Minute stillsitzen. Es hat sich angefühlt, als ob alles zusammenbrechen würde. Alle meine Ängste wurden wahr.«

»Ich kann dir nicht folgen, West. Wenn du wütend bist und weggehst, dann kann ich nicht einfach hinterherkommen. Mach das nicht nochmal.«

West betrachtete Masons Gesichtszüge. Er entdeckte Tränen, die in seinen Augen schimmerten, und hatte plötzlich ein schlechtes Gewissen. Mason war eingesperrt in seiner dunklen Welt und er hatte ihn einfach verlassen, hatte jede Verbindung zu ihm gekappt.

West umfasste Masons Gesicht und rieb seine Nase an seiner. »Es tut mir leid. Ich wollte nicht, dass du dich sorgst.«

»Wenn dir etwas passieren sollte …«

»Mir wird nichts passieren. Es ist alles okay mit mir. Ich bin nur … ein bisschen ausgeflippt.« West küsste Mason, der seinen Kuss hungrig erwiderte, weil er alles war, was er jetzt brauchte.

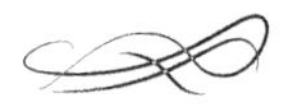

Draußen schneite es wieder. Dicke Flocken fielen vom Himmel und sammelten sich in noch mehr Schnee auf den Straßen. Eine entzückende Zufriedenheit, hielt ihn umfangen, wie eine weiche, sehr kuschelige Decke direkt vor einem Kaminfeuer.

Vielleicht fühlte sie sich auch so gut an, weil er tatsächlich eingehüllt vor einem Kaminfeuer lag. Eingehüllt in Masons Gliedmaßen, in seine erhitzte Haut und eine Decke, die eigentlich nur als Dekoration ihrer nackten Körper diente, denn ihm war heiß genug. Er drehte seinen Kopf und sah zu Mason hinauf, der seinen Blick erwiderte. Seine blinden Augen trafen jedoch nicht ganz sein Gesicht, aber das war West egal. Er legte seine Hand um Masons Hinterkopf und zog ihn zu sich herunter.

Sofort glitt Masons Zunge in Wests Mund, den einzigen Ort, wo sie sein sollte. Sie schmiegten sich aneinander, und ihm entschlüpfte ein leises Stöhnen, das sich auf seinen gesamten Körper ausbreitete und auf Masons überging.

Sie hatten sich erst gerade geliebt, aber West hatte das Gefühl, er wollte sich in Mason vergraben, ihm auch den letzten Rest seiner selbst schenken, weil er nur so glücklich werden konnte.

Jetzt und in diesem Moment würde er an nichts anderes denken. Weder an das Geschlecht, noch an Vorurteile oder das wahre Leben. Er wollte sich einfach nur fühlen, wie er sich bei Mason eben fühlte. Angenommen, frei und vollständig. Gefühle, die er nie vermisst hatte, die sich aber jetzt richtig anfühlten. Etwas war die letzten Wochen mit ihm geschehen. Er hatte einen neuen Teil seiner selbst entdeckt und dabei den alten West ein Stück weit verloren.

Er wandte sich um, sodass sie einander gegenüber lagen. Sie hatten beide eine Erektion, waren aber zu träge und befriedigt, als dass sie etwas anderes tun wollten, als sich zu küssen und einfach die Nähe des anderen zu spüren. Hier ging es nicht darum, einem Höhepunkt nachzujagen. Hier ging es um Nähe und Zweisamkeit, die sie viel zu lange verleugnet hatten, und die die Worte seines Vaters beinahe zerstört hatte.

»Du fühlst dich so gut an«, murmelte Mason. »Ich wünschte, ich könnte dich jetzt sehen.«

»Verstrubbelt, mit roten Wangen und einem fetten Grinsen im Gesicht?«

»Verdammt, jetzt will ich dich noch mehr sehen. Hör auf damit«, brummte Mason und suchte nach Wests Mund um ihm einen weiteren tiefen Kuss zu geben.

»Darf ich anmerken, dass du auch ganz wunderbar aussiehst.«

»Du darfst.« Mason schmunzelte und fuhr mit seiner Nasenspitze über Wests Wange. »Du riechst gut.«

»Und du schmeckst gut.« West war in diesem Moment froh, dass Mason ihn nicht sehen konnte, denn er errötete bis unter die Stirn. Er hatte nicht mal ansatzweise geahnt, wie heiß es war, einem Mann einen Blowjob zu schenken. Vielleicht war es auch nur mit Mason heiß. So oder so: Sie waren beide ein bisschen explodiert und anschließend kichernd übereinander hergefallen.

Mason schob sich über West und ihre Schwänze rieben aneinander. West keuchte leise auf und umfasste Masons Hüften, die sich auf und ab bewegten und West reizten.

»Wenn du damit weitermachst, dann …«

»Okay.«

West musste lachen. Mason ließ sich auf ihn sinken und gab ihm viele kleine Küsse auf das Kinn und die Mundwinkel, während West seinen Arm um Masons Körper schlang, und sich den wundervollen Gefühlen hingab, die Mason in ihm auslöste. Masons Muskeln spannten sich an, als er mit der Reibung fortfuhr. Nur ihre Münder und ihre Schwänze berührten sich. Und vielleicht auch noch ihre Seelen, hier an diesem Kaminfeuer, auf dem Boden, wo es nur sie zwei gab.

West zitterte vor Anstrengung, als er sich ein weiteres Mal seinem Orgasmus hingab und Mason folgte ihm mit einem tiefen Stöhnen, dann begrub er ihn unter sich. »Ich werde dich nachher sauberlecken«, versprach er und küsste West direkt unter dem Ohr. West liebte es, dort geküsst zu werden, Mason hatte intuitiv die richtige Stelle gefunden.

Sie erholten sich von ihrem letzten Höhepunkt, und reinigten sich sogar notdürftig, ehe West für jeden von ihnen eine Flasche Bier holte und sie es sich nackt vor dem Kamin gemütlich machten. West mochte es, dass Mason seinen Arm um seine Schultern legte, und ihn mit den Fingerspitzen sanft streichelte.

»Kann ich dich was fragen?«, fragte Mason.

»Natürlich.«

»Ich weiß, wir hatten gerade weltverändernden Sex und davor auch und mehr eigentlich nicht, aber … kann ich mir Hoffnungen machen?«

West schluckte das Bier herunter, das er gerade im Mund gehabt hatte, und starrte in die flackernden Flammen. Glut knackte und das Holz hatte sich bereits rot verfärbt.

»Welche Antwort treibt dich am wenigsten weg von mir?«, fragte er dann zurück.

»Eine ehrliche.«

»Okay. Heute Morgen, da wollte ich alles beenden. Sofort und auf der Stelle. Die Realität hat sich in meinen Traum gedrängt und ich hatte das Gefühl, mit dir, das kann nichts werden. Aber dann bin ich gelaufen und habe nachgedacht, und habe mich gefragt, was ich mache, wenn du wirklich nicht mehr bei mir bist. Und da wurde ich traurig. Ich will nicht länger davon träumen, dass du bei mir bist. Ich will es mir nicht *vorstellen.* Ich will dich bei mir haben. Aber ich kann dir nicht versprechen, dass ich immer so gradlinig und standfest sein kann wie du. Dafür bin ich noch zu neu in diesem Männerdings. Was ist, wenn ich eines Tages aufwache und mich frage, was mich wohl geritten hat, mit einem Mann ins Bett zu gehen?«

»Ich hoffe, dass ich dich geritten habe«, sagte Mason lachend. West gab ihm einen liebevollen Schlag auf die Schulter, woraufhin Mason sein Handgelenk packte und seinen Arm an seine Brust zog. Er küsste ihn kurz, dann legte er sein Kinn auf seiner Schulter ab.

»Wie war das bei dir? Hast du dich nie gefragt, wann es wohl damit vorbei ist, dass du Männer attraktiv findest?«

»Ich habe immer nur Männer attraktiv gefunden. Nein. Mir hat sich die Frage nie gestellt. Aber das heißt nicht, dass es bei dir gleich sein muss. Du hast eben erst spät herausgefunden, dass du Männer attraktiv findest. Sowas passiert.« Mason zuckte mit den Schultern und West liebte ihn dafür noch ein kleines bisschen mehr. An diesem

Gefühl hatten nicht mal die Worte seines Vaters etwas ändern können.

Liebe suchte nicht, Liebe fand. Und seine Liebe hatte zu Mason gefunden. Es war erschreckend und beängstigend und absolut wunderbar.

»Okay, also ich muss mich erst noch daran gewöhnen. An das alles. Dass du hier bist, dass ich dich mag und dass ich meine Freundin für dich verlassen habe. Ich will es richtig machen. Ich will dich nicht verletzen, aber ganz ehrlich: Keine Ahnung, wieviel Courage ich wirklich habe. Daran hat sich nichts geändert. Ich kann es mir nur schwer vorstellen, dass die Menschen mich hier als homosexuellen Mann akzeptieren werden. Und du hast meinen Vater gehört. Von ihm können wir keine Unterstützung erwarten.«

»Und das macht dir etwas aus.«

»Es macht mir viel aus«, gab West zu. »Natürlich. Ich mag es, wenn ich akzeptiert und respektiert werde. Ich musste mich noch nie in meinem Leben damit auseinandersetzen, dass es Menschen gibt, die mich nicht mögen. Vor allem habe ich nie die Liebe meines Vaters in Frage gestellt.«

Mason verzog das Gesicht. »Ich weiß, er ist dein Vater, aber er ist trotzdem ein homophobes Arschloch.«

»Ich schätze, er ist ziemlich schockiert, was ich mit dir tue. Ich bin nie aus der Reihe getanzt, habe immer das getan, was von mir verlangt wurde, und ich war gut darin. Ich bin Arzt geworden und letztendlich in seine Fußstapfen getreten. Es war immer einfach mit mir.«

»Die Frage ist nur, was dir wichtiger ist. Glücklich zu sein oder akzeptiert zu werden von Menschen, die dich zwar kennen und schätzen, die aber nicht damit klarkommen, wie du leben willst. Was zählt mehr?«

»Ich habe keine Ahnung. Aber mein Vater ist mir wichtig«, sagte West seufzend. »Und du bist mir auch wichtig.«

»Oh. Danke.« Mason beugte sich vor und West fing seinen Mund ein, sie küssten sich und für einen Moment stand die Zeit still, mit all ihren Fragen und Sorgen.

»Du bist mir auch wichtig. Und deshalb werde ich warten. Egal, wie du dich entscheidest. Ich möchte dich nur um eines bitten.«

»Um was?«

»Ich will nichts beschönigen, denn es wird bestimmt schwierig werden. Ein Outing ist immer schwer und ein spätes Outing noch mehr. Du wirst dich schlecht fühlen und alles in Frage stellen. Ich bitte dich darum, *uns* nicht in Frage zu stellen. Wir sind gut. Wir beide, das ist etwas, was sich lohnen könnte. Es sind die Umstände, die schwierig und kompliziert und nervenraubend sind, aber wir, wir sind okay.«

West schluckte. Er stellte seine Flasche neben sich auf den Boden, dann ließ er seine Hand in Masons Haar gleiten und zog seinen Kopf zu sich herunter. »Ich schätze, wenn du so verständnisvoll bist, dann muss ich es auch bei dir sein.«

Mason lächelte und ein kurzer Schmerz stahl sich über seine Züge. Ihn konnten nur diejenigen sehen, die richtig hinsahen. »Du meinst, wenn ich mal ein richtiges Tief habe?«

»Zum Beispiel.«

Mason seufzte. »Ich kann es nicht mehr ignorieren, das ist es, was es so schwer macht. Vorher konnte ich an manchen Tagen noch so tun, als würde schon alles wieder gut werden. Aber jetzt wird es zu meiner neuen Wirklichkeit und ich kann sie noch nicht willkommen heißen. Dafür bin ich nicht stark genug.«

»Ich glaube, ich werde sehr viel Verständnis für dich übrig haben. Und wenn es besonders schlimm ist, dann schließe ich meine Augen und stürze mich mit dir in deine neue Wirklichkeit.«

Mason küsste West und vergrub seine Nase an seinem Hals. »Das klingt nach einem wirklich guten Plan.«

Zwanzig

West

Ein ganzes Wochenende hatten Mason und er sich in seinem Haus verkrochen. Sie waren nur rausgegangen, um lange Spaziergänge in der Umgebung mit Malloy zu unternehmen, ansonsten waren sie mit sich, ihren Körpern und diversen Orgasmen beschäftigt gewesen. Und den Baum hatten sie geschmückt. Das war ein magisches Erlebnis gewesen, denn er hatte noch nie mit einem Mann den Baum geschmückt, den er anschließend direkt auf dem Sofa vernascht hatte.

Aber heute hatte ihn die Realität wieder und West war fest entschlossen, das Gespräch mit seinem Vater zu suchen. Die erste böse Überraschung erwartete ihn, als er feststellen musste, dass der Schlüssel zu seiner Praxis nicht mehr passte. Da die Praxis für Patienten noch geschlossen war, er aber vermutete, dass zumindest Nora bereits da war, um alles vorzubereiten, klingelte er, und wartete darauf, dass die Tür aufging.

Tatsächlich öffnete Nora die Tür und blieb abwartend im Türrahmen stehen, ihre Miene war neutral. Das war mehr, als er erwartet hatte.

»Kann ich reinkommen?«, fragte West und trat vor.

»Dein Vater hat gesagt, dass du hier nicht willkommen bist.« Dann kam sie aus der Praxis und zog die Tür hinter sich zu. »Was ist passiert? Warum ist dein Vater plötzlich wieder hier als Arzt?«

West seufzte. »Das ist eine lange Geschichte.« Er wollte Nora nicht in die Geschehnisse hineinziehen. Sie würde dabei Dinge erfahren, die er jetzt nicht mit ihr teilen wollte. »Lass mich bitte zu ihm. Ich muss mit ihm sprechen.«

Nora betrachtete West einen Moment lang, dann trat sie seufzend zur Seite und stieß die Tür auf. »Er wird mich umbringen«, sagte sie. West fand, dass sie sich unnötigerweise Sorgen machte, denn wenn jemand um sein Leben fürchten musste, dann war das definitiv er selbst.

Er klopfte kurz an die Tür des Behandlungszimmers, dann stieß er sie auf. Er wollte seine Zeit nicht mit Höflichkeiten verschwenden, denn im Grunde war er ziemlich verärgert.

»Du lässt die Schlösser auswechseln?«, blaffte er ohne Begrüßung. »Von *meiner* Praxis? Das ist illegal und das weißt du auch.«

Sein Vater, der eine Akte studiert hatte, sah auf. Er zog sich seine Brille von der Nase und drehte sich zu ihm herum, wie tausende Male vorher auch schon. Nur dass er jetzt in Wests Behandlungszimmer auf seinem Bürostuhl saß und West damit furchtbar wütend machte.

»Ich dachte, ich hätte mich klar ausgedrückt.« Auch sein Vater schien nichts von Höflichkeitsfloskeln zu halten. Er tat nicht mal so, als verstünde er nicht, was West meinte.

»Du weißt, dass das Recht auf meiner Seite ist.«

Sein Vater erhob sich, ging um ihn herum und schloss die Tür mit einem Knall. »Hast du diese unselige Sache beendet? Wenn ja, dann händige ich dir hier und jetzt den neuen Schlüssel aus und werde gehen.«

West biss die Zähne aufeinander und schwieg. So wie sein Vater ihn behandelte, konnte man meinen, er habe ein

Verbrechen begangen und nicht einfach nur Sex mit einem Mann gehabt.

»Und? Hast du?«

»Nein«, erwiderte West. »Es gibt nichts zu beenden. Was ich in meinem Privatleben tue, geht dich nichts an. Und vor allem steht es nicht im Zusammenhang mit meiner Arbeit als Arzt.« West schluckte. Mason wäre jetzt vermutlich stolz auf ihn. An ihn zu denken gab ihm Kraft und Mut.

»Nora hat mir erzählt, dass ihr euch getrennt habt. Du hast sie verlassen für ihn?«

»Ja«, sagte West schlicht.

»Ich erkenne dich nicht wieder.« Sein Vater trat an eines der Fenster des Behandlungsraumes und sah hinaus, ehe er sich wieder zu ihm umdrehte. »Die Menschen hier werden dich nicht akzeptieren. Sie werden sich einen anderen Arzt suchen, wenn herauskommt, was du tust.«

»Herrgott, Dad. Ich habe Sex mit einem Mann. Daran ist nichts falsch!«

»Es ist abnorm.«

»Du bist Arzt! Wie kannst du so etwas sagen?«

Nun war es sein Vater, der die Zähne aufeinanderbiss. Er versenkte die Hände tief in den Hosentaschen seiner alten Cordhose, und begann auf und ab zu wandern. »Ich habe dir doch immer alles gegeben, was du gebraucht hast, oder? Warum tust du mir das an? Du wirst mein Lebenswerk ruinieren.«

»Ich bin einfach nur ein Mann, der sich in einen anderen Mann verliebt hat. Dafür solltest du mich nicht verurteilen. Du solltest mir Mut zusprechen, denn das alles ist nicht leicht für mich«, sagte West leise.

»Er ist dein Bruder.«

»Er ist nur der Sohn deiner Frau. Er war und ist kein Bruder für mich.«

»Du warst immer so ein guter Junge. Ich war sehr stolz auf dich, aber …«

»Jetzt nicht mehr?«, unterbrach West seinen Vater. »Ändert meine Sexualität meine Persönlichkeit? Alles was ich war und bin und jemals erreicht habe?«

»Es ändert, wer du sein wirst. Damit kann ich nicht leben. Ich werde nicht mitansehen, wie Crystal Lake dich ächtet und ignoriert.«

»Was ist mit Jake und Ethan? Die beiden werden weder geächtet noch ignoriert.«

»Dann siehst du nicht genau genug hin.« Sein Vater holte tief Luft. »Ich habe das erlebt, West«, sagte Chandler leise. Seine Stimme war plötzlich rau und schwer verständlich. »Ich war wie du.«

»Was?« West blinzelte.

Sein Vater fuhr fort, als hätte er seine Nachfrage nicht gehört. »Es war neu und aufregend und ich dachte wirklich, ich hätte die Wahl, aber …«

West blinzelte, als ihm klar wurde, was sein Vater ihm gerade gestand. Sein Vater! Der Mann, der nicht nur seine erste Frau zu Grabe getragen hatte, sondern jetzt auch mit Rose verheiratet war.

»Dad, ich …«

»Ich habe mir auch Verständnis gewünscht. Die Möglichkeit, eigene Entscheidungen zu treffen. Aber ich wäre nicht hier, wo ich jetzt bin, wenn ich mich damals falsch entschieden hätte.«

»Willst du mir sagen …«

Sein Vater holte Luft und richtete sich wieder auf. »Ich sage dir nur, dass es Entscheidungen gibt, die wir nicht unabhängig der Gesellschaft treffen können, auch wenn wir denken, dass es möglich sein sollte. Manche Entscheidungen fordern große Opfer.«

»Hast du …«

»Ich habe mich entschieden, dass ich für eine kurze Zeit mein Ziel aus den Augen verloren habe. Deshalb bin ich umgekehrt. Weg von den falschen Entscheidungen, hin zu dem Leben, wie ich es mir vorgestellt habe.« Sein Vater räusperte sich und jetzt sah er ihm fest in die Augen. »Ich bin glücklich damit geworden. Und du wirst es auch werden. Es ist nur eine Frage des Willens.«

West fühlte sich noch viel verletzlicher und ratloser als vor dem Gespräch. Die Worte seines Vaters hatten ihn schockiert und aufgewühlt. Er hatte ihn noch so viel fragen wollen, aber sein Vater hatte jeden Versuch in diese Richtung abgeblockt. Er hatte ihn höflich der Praxis verwiesen, mit dem Hinweis, dass er sich klug entscheiden solle.

Und jetzt stand West vor *seiner* Praxis, die nicht länger ihm gehörte und starrte auf die Trümmer seines Lebens. Seine Befürchtungen waren eingetreten und die Worte seines Vaters hallten in ihm nach.

Sein erster Impuls war es, zu Mason zu fahren. Ihm alles zu erzählen, ihn um Rat zu fragen. Aber es fühlte sich falsch an. Weil er in Masons Gegenwart nicht klar denken konnte, und weil er jetzt schon wusste, wie Masons Ratschlag lauten würde.

Also entschied er sich, Jake und Ethan zu besuchen.

Die Scheune war leer, weshalb er zur Tür ging und anklopfte. Jake trug zwar seine Werkstattklamotten, nahm aber offenbar gerade ein verspätetes Frühstück zu sich.

»Hey, komm rein«, sagte er gutgelaunt. Er hielt die Fliegengittertür auf und ließ West eintreten. Die Wärme des Hauses umhüllte West wie ein Mantel und er wollte sich in ihm vergraben.

»Willst du einen Kaffee?«

»Gern.«

Jake ging in die Küche und West ließ sich auf einem der Stühle am Esstisch nieder. Er hatte Jakes und Ethans Haus schon immer gemocht. Es war auf eine besondere Art aufgeräumt und strahlte trotzdem Geborgenheit und Liebe aus. Sie hatten Fotos von sich und ihren beiden Ziehkindern Leo und Harlow an den Wänden hängen. Auf dem Wohnzimmertisch lagen ein paar Zeitschriften und Bücher, neben dem Schwedenofen stapelten sich die Holzscheite.

»Du siehst nicht gut aus«, unterbrach Jake seine Überlegungen.

»Es wird nicht besser, wenn du mir das immer wieder sagst«, murmelte West und sah ihn an.

»Hey«, begrüßte Ethan West, als er in den Raum kam. »Ich dachte doch, ich hätte deine Stimme gehört. Solltest du nicht in der Praxis sein?«

»Sollte ich«, seufzte West. »Aber ich wurde gefeuert.«

»Gefeuert?« Ethan runzelte die Stirn. »Die Praxis gehört dir. Hast du dich selbst gefeuert?«

»Mein Dad hat mich gefeuert.«

Ethan kniff die Augen zusammen. Er setzte an, etwas zu sagen, als Jake zu ihnen an den Tisch trat und jeweils eine Tasse Kaffee vor Ethan und ihm abstellte.

Nachdem er sich selbst auch noch eine Tasse geholt hatte, setzte er sich auf einen der anderen Stühle. Er legte seine Hand um die Tasse und schwieg. West bemerkte, wie Ethan und er einen Blick miteinander tauschten, dann aber wortlos an ihren Tassen nippten.

»Mason und ich hatten Sex«, sagte er dann, weil er es einfach nur noch hinter sich bringen wollte.

Jake verschluckte sich an seinem Kaffee und hustete wild los. Er stellte hastig seine Tasse auf den Tisch und hörte die nächsten drei Minuten nicht mehr auf zu husten. Ethan reagierte wesentlich milder. Er hatte ja ohnehin schon geahnt, dass etwas zwischen ihnen lief, weshalb ihn sein Geständnis nicht sonderlich aus der Bahn warf.

Jake funkelte Ethan an. »Sag nicht, du wusstest davon.«

»Gott, jeder der ein bisschen genauer hingesehen hat, wusste davon«, erwiderte Ethan und schmunzelte. Er schien sehr zufrieden mit seiner phänomenalen Beobachtungsgabe zu sein. »War es gut?«

West räusperte sich. Scheinbar war das Ende dieses Jahres dafür vorgesehen, all seine kleinen und großen Geheimnisse zu lüften. »Ja«, sagte er schlicht.

»Und Nora? Hat sie euch dabei zugesehen?« Ethan grinste und Jake verschluckte sich schon wieder.

»Ich habe mich von ihr getrennt.«

»Ernsthaft, Alter, das hört sich an, als hättest du echt Probleme.«

»Halt die Klappe«, gab West zurück.

Jake, der sich von seinem zweiten Hustenanfall erholt hatte, starrte ihn nur kopfschüttelnd an. »Gibt es vielleicht auch noch irgendwo ein Kind von dir, von dem wir noch nichts wissen?«

»Wenn, dann weiß ich auch noch nichts davon«, gab West zurück.

»Das bedeutet also, du hast Nora mit Mason betrogen?«

»Ich habe mich vorher von ihr getrennt. Also bevor …«

Ethan lachte auf und Jake schlug ihm gegen die Schulter.

»Erzähl nur weiter. Ich glaube, das wird noch richtig interessant«, sagte Ethan schmunzelnd. Ganz im Gegensatz zu West schien ihm die Situation sehr zu gefallen.

»Du hast dich also von ihr getrennt, weil du Sex mit Mason haben wolltest? Mann, West, das ist sogar für jemanden wie dich ziemlich arschig.«

»Das ist genau das, was ich hören wollte«, fauchte West zurück.

»Was wolltest du denn hören? Dass wir gut finden, was du tust?«

West seufzte. »Ich habe keine Ahnung.« Er erhob sich, weil er nicht länger sitzen konnte, und tigerte im Raum auf und ab. »Das mit Mason und mir ist mehr. Viel mehr, als ich jemals erwartet hätte.«

»Du meinst, es ist ernst zwischen euch?« Ethan sah West fassungslos an. »Du bist jetzt schwul?«

»Himmel, Ethan. Sei ein bisschen diskret, ja?«, mahnte Jake.

»Warum? Er ist hergekommen. Er wollte darüber sprechen, oder? Scheiß auf Diskretion.«

»Ich weiß nicht mehr, was ich will. Ich bin total verwirrt. Mein Dad ... er ... er will mir die Praxis wegnehmen, wenn ich mich nicht gegen Mason entscheide. Dabei weiß ich nicht mal, ob ich mich *für* ihn entschieden habe. Ich weiß nur, dass ich ihn mag. Sehr. Und ich kann ihn nicht einfach aufgeben. Aber ...«

»Hol mal Luft«, unterbrach Jake seine wirren Gedanken. »Setz dich hin. Trink einen Schluck Kaffee.«

West ließ sich wieder auf dem Stuhl nieder und tat, was Jake ihm gesagt hatte. Nach einer kleinen Pause hatte er sich so weit wieder gefangen, dass er das fragen konnte, was ihm auf dem Herzen lag. »Ist es schwer? Ist es wirklich so schwer, wie ich befürchte? Sich zu outen?«

Er bemerkte, wie Jake und Ethan sich ansahen. Nur kurz, aber das reichte. »Es ist nicht immer leicht«, gestand Jake dann. »Es gibt überall Idioten, die denken, dass sie dich dafür verurteilen können, wie du lebst und mit wem.«

»Und das stört euch nicht?«

Ethan zuckte mit der Schulter. »Wir haben uns füreinander entschieden. Uns zu verleugnen, wäre schlimmer, als hin und wieder ausgeschlossen zu werden.«

»Wovon?«

»Freunde, die sich nicht mehr melden, Hochzeiten, die ohne uns stattfinden, Ehemaligentreffen der Seattle Pirates.« Bei diesen Worten flackerte Schmerz in Ethans Augen auf. Nur kurz, aber es reichte, dass Jake nach seiner Hand griff und sie drückte.

»Es ist nicht leicht, offen homosexuell zu leben. Nicht immer. Und es ist auf jeden Fall schwerer, wenn man noch ganz am Anfang steht, wie ihr und wenn es noch einige … Unklarheiten gibt.«

West presste die Lippen aufeinander und wich den Blicken seiner Freunde aus. Jake ergriff das Wort: »Seid ihr … seid ihr zusammen, oder so?«

»Ich habe keine Ahnung. Mason geht lockerer mit der Sache um. Aber ich … ich schätze, ich bin der Feigling von uns beiden«, gestand West.

»Ein bisschen Angst zu haben ist ganz normal«, sagte Ethan. Seine Stimme war weich geworden. »Ich hatte eine Heidenangst, als ich mich für Jake entschieden habe. Plötzlich hat keine Regel aus meinem früheren Leben mehr eine Geltung gehabt. Mit Jake war alles neu.«

Wests Herz zog sich zusammen, bei dem Gedanken, dass er Mason seit gestern Abend nicht mehr gesehen hatte und eigentlich nichts anderes wollte, als sich mit ihm zu unterhalten. Er wollte ihm von dem Gespräch mit seinem Dad erzählen, er wollte nach seiner Hand greifen und er wollte sich wieder in seine Arme schmiegen und einfach nichts bereuen.

»Kann ich dich was fragen?« Jake unterbrach seine Gedanken.

»Von mir aus.«

»Wie hat das alles mit euch angefangen? Ich meine, Mason ist seit knapp zwei Wochen hier, aber für mich hört es sich an, als würde die Sache schon viel länger laufen.«

»Wir kennen uns seit zwei Jahren«, gestand West. Und dann erzählte er stockend die Geschichte von ihrem ersten verrückten Treffen und von der Begegnung im Wald. Er erzählte alles, wobei er die intimen Details wegließ. Er hegte keinen Zweifel daran, dass Jake und Ethan sich all das denken konnten.

»Aber du … ich dachte immer, du hättest mit unserer Homosexualität Probleme. Warst du denn nicht immer ein bisschen homophob?« Jake hob hilflos die Schultern.

»Ich habe nie auch nur einen Gedanken an einen Mann verschwendet. Nie. Bis Mason kam. Ich weiß nicht, was an ihm anders ist, oder wie er das macht. Er bringt mich einfach dazu … mehr zu wollen.«

Ethan lächelte und warf Jake einen liebevollen Blick zu. »Das kommt mir sehr bekannt vor.«

»Er ist blind«, sagte West dann. Jake und Ethan runzelten die Stirn. »Wie bitte?«

»Er hat eine Augenkrankheit und wird in nicht allzuferner Zukunft vollständig blind sein. Deshalb auch der Autounfall und die Sache mit dem Schneemobil. Er sieht nur noch wenig. Deshalb ist er hergekommen.«

»Weil er wenig sieht?«

»Weil er mich nochmal sehen wollte.« West schluckte und verfiel in Schweigen. Es verging eine Weile, bis Ethan sagte: »Das ist ziemlich süß von ihm, oder?«

West stöhnte auf. »Es soll nicht süß sein.«

»Wenn er gesund wäre, dann wäre er vielleicht nicht hergekommen. Aber jetzt, wo er dabei ist, sein Augenlicht zu verlieren, war es sein einziger Wunsch, dich nochmal zu sehen? Das ist ganz schön süß, West.«

»ja. Und es jagt mir eine ziemliche Angst ein. Ich fühle mich, als müsste ich mich zwischen ihm und meinem Vater entscheiden. Als müsste ich *jetzt* eine Entscheidung treffen, die mein gesamtes Leben verändern wird. Aber ich glaube nicht, dass ich dazu bereit bin.«

»Und wer sagt, dass du dich jetzt entscheiden musst? Warum kannst du dir nicht noch mehr Zeit nehmen und alles langsam angehen. Du, wie auch Mason, ihr seid gerade an einem schwierigen Punkt in eurem Leben. Es ist okay, wenn ihr euch Zeit nehmt.«

»Ich will meine Praxis zurück. Mein Leben, alle Sicherheiten«, murmelte West.

»Die Sache ist doch die: Du sitzt hier. Bei deinen beiden schwulen Freunden. Du siehst traurig und angespannt aus, aber wann immer du über Mason sprichst, bekommt dein Gesicht einen vollkommen anderen Ausdruck. Für mich ist der Fall klar. Du empfindest etwas für Mason, aber es gibt vieles, was dich daran hindert, dir deine Gefühle einzugestehen. Das ist okay, denn es ist nicht leicht, festzustellen, dass man anders ist, als man es sich immer vorgestellt hat.

Letzten Endes musst du dich für das entscheiden, was dich glücklich macht. Und zwar auf eine ehrliche Art und Weise. Ich sprech nicht von dem Glück, wie es die meisten Menschen für sich definieren. Ich spreche davon, dass du deinen eigenen Weg finden und damit rechnen musst, dass er nicht jedem gefällt.

Wir sind bei dir, West. Als Freunde, als Ratgeber, aber die richtigen Schritte musst du selbst gehen.«

Einundzwanzig

Mason

Mason war West dankbar, dass der ihm eine App installiert hatte, die ihm die Zeit vorlas. So hatte dieses schreckliche Gefühl von Zeitlosigkeit endlich ein Ende. Aber ständig danach zu fragen, wie spät es war, machte es auch nicht besser.

Er hatte seit gestern Abend nichts mehr von West gehört. Er wusste, dass er geplant hatte, heute Morgen in die Praxis zu gehen und mit seinem Vater zu sprechen, aber Mason wusste nicht, wie es ausgegangen war. Auf Telefonanrufe hatte West nicht reagiert, weshalb er sich schließlich entschieden hatte, abzuwarten.

So schnell es ihm möglich war, wanderte er durch das Poolhaus, von der Küchentheke bis zum Sofa und zurück. Er zuckte zusammen, als es an der Tür klopfte.

»Herein!« Mason hielt inne und wartete ab.

»Hallo Mason«, sagte seine Mutter und er kämpfte gegen die Enttäuschung an, dass es nicht West war. Er war der Einzige, um den seine Gedanken in diesem Moment kreisten und er konnte sich nur schwer auf etwas anderes fokussieren.

»Hallo Mom«, sagte er trotzdem. Er griff nach dem Stuhl, um Halt zu finden, und wartete ab. Sein Sehvermögen hatte sich weiter und weiter verschlechtert. Inzwischen erkannte er kaum noch einen Schatten. Es schien, als habe die Krankheit nur darauf gewartet, endlich vollständig auszubrechen und ihm sein Augenlicht zu rauben.

»Ich wollte nachsehen, wie es dir geht.« Die Stimme seiner Mutter klang unsicher und nicht sehr zuversichtlich. Sie klang nicht nach seiner Mutter.

»In Bezug auf West?«

»In Bezug auf deine Augen.«

»Oh. Äh … na ja. Ich bin praktisch blind«, sagte er dann. Er hörte, wie seine Mutter schwer schluckte. Sie schien nähergekommen zu sein, als sie das nächste Mal sprach. »Warum hast du mir nie etwas davon erzählt?«

»Weil ich nicht darüber sprechen wollte«, sagte er. Schonungslos ehrlich. »Weil ich es nicht wahrhaben wollte.«

»Ich habe mit deinem Vater telefoniert und er hat mir alles erklärt.«

»Toll.« Mason tastete sich zur Lehne des Sofas vor, ging um es herum und setzte sich darauf. Wenn er sich nicht mehr auf das Stehen konzentrieren musste, brauchte er weniger Energie, und er hatte den Verdacht, dass dieses Gespräch sehr viel seiner Energie fressen würde.

»Bist du hergekommen, weil du mir von deiner Erkrankung erzählen wolltest?« Rose war wieder nähergekommen. Vielleicht hatte sie sich auf das andere Sofa gesetzt.

»Ich wollte West nochmals sehen. Und dich natürlich auch.«

»Was ist das mit dir und West?«

Was sollte er darauf antworten? Sie hatten ihre Beziehung noch nicht definiert. Für ihn war es ganz klar mehr als nur Sex. Andererseits war er sich ziemlich sicher, dass West viel mehr Zeit brauchte, um sich an den Gedanken zu gewöhnen. Wenn sie es jetzt überstürzten, dann würde womöglich alles in die Brüche gehen.

»Wir mögen uns«, sagte er daher nur ausweichend. »Ich mag ihn sehr.«

»Warum ausgerechnet er?« Seine Mutter klang traurig.

»Ich habe mir das nicht ausgesucht. Wir kannten uns sogar schon, bevor wir uns auf eurer Hochzeit kennengelernt haben.«

»Wirklich?«

Mason nickte. »Wir hatten uns schon ein Jahr vorher kennengelernt.«

»Das ist verrückt.«

»Es war ein reiner Zufall. Wir haben es nie darauf angelegt, aber es kommt auch nicht in Frage, dass wir einfach alles hinschmeißen, nur weil ihr nicht mit der Sache klarkommt.«

»Mason, ist dir klar, wie merkwürdig das für alle anderen aussehen wird?«

Mason rutschte bis zur Sofakante vor und atmete tief durch. »Du ahnst nicht, wie gleichgültig mir das ist. West und ich könnten nicht weniger Geschwister sein. Wir haben uns als erwachsene Männer kennengelernt und wir wollen zusammen sein. Ob für immer oder nur für eine bestimmte Zeit, das wissen wir noch nicht. Aber ich hätte mir mehr Unterstützung gewünscht. Vor allem von dir. Seit wann hast du ein Problem mit meiner Homosexualität?«

»Habe ich nicht, es ist nur …«

»Dann ist es Chandler?«

»Ich will mich nicht zwischen euch entscheiden müssen. Chandler ist mein Mann und ich liebe ihn. Und du weißt, dass ich immer hinter dir gestanden habe, aber bei diesem einen Punkt, den kann ich nicht akzeptieren.«

»Du nimmst also in Kauf, dass ich unglücklich werde?«

Seine Mutter seufzte. Er spürte, wie sie nach seiner Hand griff, aber er entzog sie ihr. Er war wütend und enttäuscht und fühlte sich hilflos ausgeliefert.

»Ich habe über deine Erkrankung recherchiert. Und über Blindheit. Es gibt Trainer, die dir das Leben als Blinder beibringen können, wusstest du das?«

Natürlich wusste er das! Aber er würde niemals so einen Menschen engagieren. Er kam prima allein zurecht!

»Es gibt auch verschiedene Berufe, die du ausüben kannst. Du könntest nochmal aufs College gehen und …«

»Hör auf!«

»In Crystal Lake gibt es nicht viele Möglichkeiten für einen Menschen wie dich.«

»Einen Menschen wie mich?«, echote Mason. »Ist das dein Ernst?«

»Du brauchst eine neue Perspektive, oder willst du für immer an Wests Bein hängen? Was machst du den ganzen Tag, während er in der Praxis arbeitet?«

»Meinst du die Praxis, die ihm sein Vater weggenommen hat?«, fragte Mason mit ätzender Stimme nach. Er wollte nur sichergehen, dass sie vom Gleichen sprachen.

»Ich möchte, dass es euch gut geht. Wirklich. Aber ihr habt hier keine Perspektive. West ist ein sehr unabhängiger Mensch. Er ist lebenslustig, geht gern aus, unternimmt Sachen. Das wird dir nicht mehr möglich sein. Nicht uneingeschränkt. West ist ein toller Mann, er wird dich nicht im Stich lassen. Aber du verwehrst es ihm, eine Entscheidung zu treffen.«

Die Worte seiner Mutter schnitten ihm tief ins Herz. Aber sie taten besonders weh, weil er ja eigentlich wusste, dass sie recht hatte. Wer war er eigentlich, dass er von West erwartete, dass er einfach so alles aufgab, was ihm im Leben wichtig gewesen war? Wer war er, dass er erwartete, West würde sich für ihn entscheiden, wenn er selbst nur noch eine Hülle seiner selbst war. Er war dabei, zu verschwinden. Stück für Stück wurde seine Welt kleiner. Wie sollte West da noch einen Platz finden?

»Du sagst das alles, weil du nicht willst, dass wir zusammen sind«, presste er hervor, verzweifelt bemüht, die Kontrolle über die Situation und seine Gedanken zu bewahren. Er durfte nicht zu sorgfältig darüber nachdenken. Er musste einfach abwarten. Die Zeit würde zeigen, was sie für West und ihn bereithielt.

Andererseits würde sich nichts daran ändern, wenn er weiterhin hilflos wie ein kleines Baby war.

»Ich möchte nur, dass ihr realistisch über alles nachdenkt. Wenn ihr einfach drauflosgeht, ohne alle Blickwinkel zu betrachten, werdet ihr beide enttäuscht werden. Ich liebe euch beide, und ich will, dass ihr glücklich werdet. Aber ihr zusammen … das ist keine gute Kombination.«

»Danke für deine Weisheit, Mom«, stieß Mason hervor. Er fühlte sich verletzt, als hätte jemand mit einem stumpfen Messer Dutzende Male auf ihn eingestochen.

»Mason …«

»Du solltest jetzt besser gehen«, beschied er und erhob sich. Er lauschte auf die Geräusche, die seine Mutter machte, als sie ums Sofa herumging, auf die Tür zu. »Denk darüber nach«, sagte sie nochmal. Dieses Mal eindringlich.

»Werde ich«, erwiderte er und biss die Zähne aufeinander.

Sie ging raus und schloss die Tür hinter sich und Mason plumpste zurück aufs Sofa. Er fühlte sich wie durch den Fleischwolf gedreht. Seit so vielen Jahren lebte er als geouteter, schwuler Mann, und ausgerechnet seine Mutter fiel ihm jetzt in den Rücken.

Er sah sich selbst einer völlig neuen Situation gegenüber und darauf souverän zu reagieren war ihm praktisch völlig unmöglich. Hatte sie recht? Würde er West mit in seine Welt der Dunkelheit reißen? Würden sie sich gegenseitig verletzen und am Schluss einsehen, dass sie nicht für ein gemeinsames Leben geschaffen waren?

Dachte West überhaupt ernsthaft darüber nach, ein Leben mit ihm zu führen? Trotz der Worte seines Vaters, trotz seiner Behinderung?

Die Kälte des Winters, die Kälte seiner Umgebung, seiner eigenen Mutter und seiner Gedanken breitete sich langsam in seinem Innern aus und drohte, ihn erstarren zu lassen.

»Was zum Teufel glaubst du, was du hier tust?«, fragte West und ließ ihn zusammenzucken. Mason stieß trotzdem den Queue nach vorne, gegen die Kugel, hörte aber nicht, wie sie die andere Kugel traf.

Wie ärgerlich.

»Nach was sieht es denn aus?«

»Du spielst Billard, obwohl du nichts siehst«, stellte West trocken fest. Er war nähergekommen, stand nun neben ihm. »Und du trinkst.«

»Ich schule mein Gehör«, erwiderte Mason. »Es klappt besser, wenn ich getrunken habe.«

»Blödsinn«, erwiderte West und entnahm ihm das Glas, aus dem er gerade trinken wollte. »Ich versuche dich seit gestern zu erreichen. Du gehst nichts ans Telefon und du machst die Tür nicht auf.«

»Ach ja?«

»Ja! Verdammt, was ist los mit dir?«, fragte West. Seine Stimme zitterte vor Wut und er entriss ihm den Queue mit einer schnellen Bewegung.

»Vielleicht brauchte ich einfach meine Ruhe«, knurrte Mason. Er hasste es, dass er nichts sehen und seine Wut nicht auf die gleiche Art loswerden konnte wie West. Stattdessen lehnte er weiter am Billardtisch, um nicht die Orientierung zu verlieren, und täuschte dabei eine Ruhe vor, die er bei Weitem nicht empfand.

»Vor mir? Seit wann?« West Stimme vibrierte vor Ärger. »Ich dachte, wir stehen das gemeinsam durch!«

»Ach. Was hast du denn durchzustehen? Abgesehen vom Offensichtlichen.«

»Vom Offensichtlichen?«

»Dass du gerne Männer fickst«, erwiderte Mason. Die Worte schmeckten bitter auf seiner Zunge. Aber sie gaben der Wut und Hilflosigkeit in seinem Innern ein Ventil.

»Du bist betrunken«, knurrte West. »Komm mit. Ich bring dich nach Hause.« Er griff nach seinem Ärmel und wollte ihn mit sich ziehen, aber Mason riss sich los. »Ich bleibe hier. Mein Spiel ist noch nicht zu Ende.«

»Du spielst mit der schwarzen Kugel«, klärte West ihn auf.

»Das ist mir scheißegal! Fang nicht an, mich so zu behandeln!«

»Wie denn? Vielleicht wie einen betrunkenen Idioten, der mich hängenlässt?«

Mason lachte leise auf. »Du brauchst mich gar nicht, West.«

West schwieg einen Moment, dann war er ganz nahe bei ihm. Er roch so verdammt gut, dass Mason den überwältigenden Drang verspürte, sich an ihn zu schmiegen. Aber das wagte er nicht.

»Wer sagt das?«

»Ich sage das. Was kam bei dem Gespräch mit deinem Vater heraus?« Mason lenkte absichtlich ab. Dabei entfernte er sich ein paar Schritte entlang des Billardtisches von West.

»Es hat sich nichts an seiner Einstellung geändert. Er hat die Schlösser der Praxis ausgewechselt.«

»Du solltest auf ihn hören«, sagte Mason leise. Gleichzeitig wollte er weinen, weil er sich an den Gedanken gewöhnt hatte, dass West tatsächlich ein Teil seiner Zukunft sein könnte. Nein, er hatte sich regelrecht in diesen Gedanken verliebt, so wie er in West verliebt war.

Aber seine Mutter hatte recht. Was hatte er einem Mann wie West schon zu bieten? Gar nichts. Früher war das anders gewesen, aber die Zeiten waren vorbei, und sie würden nie wieder zurückkehren. Er hatte seine Augen vor der Wahrheit verschlossen. Jetzt war er aufgewacht. Und wach zu sein tat so unglaublich weh.

»Was meinst du damit?« Wests Stimme war kalt.

»Das, was ich gesagt habe. Du solltest auf ihn hören.« Mason holte tief Luft. »Ich meine … hast du wirklich erwartet, dass das mit uns klappt. Du bist dir nicht mal sicher, was du mit der ganzen Homo-Sache anfangen sollst, und ich habe wirklich andere Dinge zu tun, als mich um dein Seelenheil zu kümmern. Wenn ich eines nicht in meinem Leben brauche, dann ist es ein Mann, der sich seiner Identität nicht sicher ist.«

West schwieg so lange, dass Mason schon befürchtete, er hätte den Raum verlassen. Er befürchtete es und gleichzeitig wünschte er es sich. Von ganzem Herzen.

»Ich habe keine Ahnung, was mit dir los ist, aber ich werde nicht mit dir streiten. Wir gehen jetzt nach Hause.« Mason spürte, wie er wieder nach seinem Ärmel griff und wieder riss er sich von ihm los.

»Wenn du denkst, ich scherze, dann wirst du enttäuscht werden. Das mit uns war nett. Eine kleine Ablenkung. Aber ich werde demnächst abreisen.«

Mason wurde rückwärts gegen den Billardtisch gedrängt. West packte ihn am Kragen und sein Gesicht war plötzlich so nahe an seinem, dass er seinen Atem spüren konnte. »Ich habe alles für dich riskiert, Mason. Ich habe den Zorn meines Vaters auf mich gezogen, ich habe mich von meiner Freundin getrennt, Rose ist schockiert, meine Praxis ist weg. Und jetzt sagst du mir, dass du mich nicht mehr willst? Wirklich?«

Mason löste Wests Hand von seinem Hemd und schob ihn von sich. »Sobald ich weg bin, wird sich alles wieder einrenken«, sagte er. Das Krächzen in seiner Stimme konnte er kaum verbergen. Der Druck auf seiner Brust war unglaublich schmerzhaft und seine Augen wollten überlaufen.

»Du bist ein riesiges Arschloch, Mason. Hätte ich gewusst, dass du den Schwanz einziehst, ich hätte keine Minute mit dir verschwendet! Komm jetzt mit!«

Dieses Mal ließ Mason sich mitziehen. West knallte ihm die Jacke vor den Latz und gleich darauf traten sie in die Kälte hinaus. Mason wünschte sich, er wäre betrunkener, dann würde der Schmerz nicht so hell und lodernd durch ihn ziehen. Dann wäre es vielleicht ein gemächliches Pochen, mit dem er ganz gut leben konnte.

»Wie bist du hierhergekommen?«

»Taxi«, brummte Mason und schlüpfte in seine Jacke. Seine Beine waren ein bisschen wacklig vom Alkohol und West ging so schnell, dass er mehrmals fast das Gleichgewicht verlor.

Er spürte auf seinem Gesicht die Schneeflocken. Seit gestern Abend schneite es wieder unglaublich stark, als bereite sich der Winter auf die kommenden Feiertage vor. Die Feiertage, die er nicht mit West verbringen würde. Nie wieder.

Ihm wurde klar, dass dies ihr letztes Treffen sein würde. Gleich morgen würde er seine Mutter bitten, ihn zum Flughafen zu bringen, damit er so schnell wie möglich so viel wie möglich Abstand zwischen West und sich bringen konnte.

»Kannst du dich anschnallen?«, fragte West, als Mason in seinen Wagen kletterte.

»Ja, Mom«, murmelte er. West fluchte leise und schlug die Tür hinter ihm zu. Er stieg ebenfalls ein, startete den Wagen und fuhr schneller an, als seine Räder Halt fanden auf dem Boden, der mit dem frischgefallenen Schnee bedeckt war. Der Wagen schleuderte kurz hin und her, ehe die Reifen wieder Grip fanden und sich auf der Straße hielten.

»War irgendwas von dem ernst gemeint, was du zu mir sagtest, oder wolltest du mich nur rumkriegen?«, fragte West plötzlich in die Stille hinein. Seine Stimme klang angestrengt und Mason hätte sehr viel dafür gegeben, sein Gesicht ansehen zu können. Sehr viel. Alles.

»Es ist müßig, darüber zu sprechen.«

»Verdammt, Mason!« West schlug mit der Hand vermutlich auf sein Lenkrad. »Was hat sich geändert seit dem Wochenende?«

»Lass mich in Ruhe«, brummte Mason. Er hatte keine Ahnung, was er noch sagen konnte, um sich West vom Hals zu halten. Er wollte nur einigermaßen unbeschadet aus der Sache rauskommen. Sein Herz war ohnehin schon zerfetzt.

»Du gehst also weg, nachdem du mein komplettes Leben durcheinandergebracht hast? Ist dir schon mal in den Sinn gekommen, dass ich Gefühle für dich entwickelt haben könnte?«

Nein, scheinbar war sein Herz noch nicht zerfetzt gewesen. Sonst könnte es jetzt nicht so wild schlagen. »Das bildest du dir ein«, brummte er und spürte, wie sein Herz brach. In winzige kleine Stücke, jedes einzelne schrie nach Erbarmen.

»Weißt du was? Ich wünschte, das würde ich. Aber Tatsache ist: Du hast etwas von mir bekommen, was du nicht verdient hast. Also setz dich in deinen Flieger und flieg weg.«

»Ist gut.«

»Ich … oh … fuck!«

Mason richtete sich auf. Die Wut in Wests Stimme hatte sich vermischt mit einem anderen Klang. Schrecken, Überraschung. Erstaunen? Er merkte, dass der Wagen anders fuhr als sonst, er wurde zur einen Seite geschleudert, dann zur anderen.

»West!«

»Ich kann nicht … halt dich fest! Fuck!« Wests Stimme war angsterfüllt. Mason spürte, wie Wests Hand sich in seinen Ärmel krallte, und dann stürzten sie einen Hang hinab. Er hörte das unheilvolle Krachen von Metall, Äste schabten an seinem Fenster entlang und immer wieder drangen Wests angstvolle Schreie und Flüche in sein Ohr. Er wurde in die Höhe gehoben und nach vorne geschleudert, und dann spürte er auch schon den Airbag, der seinen Aufprall abmilderte, deshalb aber nicht weniger wehtat. Und plötzlich bewegte sich das Auto nicht mehr. Er brauchte sein Augenlicht nicht, um zu wissen, dass sie gerade einen Unfall gehabt hatten.

Die Stille, die jetzt herrschte, war lähmender, als es jeder Schrei hätte sein können. Eine warme Flüssigkeit lief über seine Stirn und sein Schädel dröhnte schmerzhaft. Mason blieb einige lange Augenblicke bewegungslos sitzen, weil er sich vor den Schmerzen fürchtete, die seinen Körper umklammern würden, sobald er sich bewegte. Erst ein Stöhnen auf seiner Seite ließ ihn sich aufrichten.

»West?«

Er hörte wieder ein Stöhnen, dass ihm durch Mark und Bein ging.

»West, bist du okay?«, fragte Mason. Er streckte seine Hand nach ihm aus, tastete sich seinen Arm entlang zu seiner Schulter bis zu seinem Kopf. Er richtete sich gerade auf. Auch Wests Airbag hatte ausgelöst und hing nun schlaff herunter.

»West, geht es dir gut?«, fragte Mason nach. Er hörte, wie sich seine Autotür öffnete und im nächsten Moment war West verschwunden.

Mason brauchte eine schiere Unendlichkeit, bis es ihm gelang, sich von seinem Gurt zu befreien, dann kletterte er aus dem Auto. Die Tür war verbogen und ließ sich nur schwer öffnen, aber schließlich purzelte er in den Schnee hinaus und nun war er derjenige, der stöhnte, als ein scharfer Schmerz durch seinen Körper fegte, ohne wirklich einen Anfang oder Ende zu haben. Einfach alles tat ihm weh.

Er streckte seine Hände nach der Karosserie aus und taste sich an der verbeulten Motorhaube entlang, an dem Baumstamm vorbei, der offensichtlich ihren Fall gebremst hatte.

»West!«, rief Mason. Er hatte Angst. Angst, weil West noch kein Wort gesagt hatte. Angst, dass er orientierungslos durchs Unterholz irren könnte, weil er sich bei dem Unfall verletzt hatte, Angst, allein zurückzubleiben.

»West!«, rief er nochmal, dann stolperte er über ein Hindernis auf dem Boden. Er fiel in den weichen Schnee und seine Hände tasteten sich durch die kalte Masse, bis sie einen warmen Körper erfühlten. West lag dort!

Er robbte zu ihm und tastete sich zu seinem Gesicht vor. Seinen eigenen Schmerz vergaß er in dem Moment, in dem er merkte, wie schnell sich Wests Brustkorb hob und senkte. Sanft umfasste er mit seinen Händen Wests Gesicht.

»Hilf mir«, bat er und eine Träne lief ihm ungehindert über die Wange. »Sag mir, was dir fehlt. Bitte!« Mit seinen Fingern tastete er über Wests Gesicht, seine Finger wurden in Blut getaucht, aber die Wunde kam ihm nicht sehr tief vor. Eine andere Wunde hatte er nicht am Kopf.

Zu Wests schnellen Atemzügen gesellte sich nun ein alarmierendes Pfeifen und Mason öffnete hastig seine Jacke und schob den Pullover nach oben, damit er seinen Brustkorb abtasten konnte. Er erstarrte, als er eine Vertiefung an Wests linkem Rippenbogen wahrnahm.

»West, sag mir, was dir fehlt«, bat er leise ohne große Hoffnung.

»Luft«, keuchte West atemlos. Nur dieses eine Wort.

»Du bekommst keine Luft?«

Ein Stöhnen war seine Antwort. Er dachte nach. Er tippte darauf, dass West sich durch das Auslösen des Airbags eine Rippe gebrochen hatte, die in der Folge seine

Lunge oder den Pleuraspalt verletzt hatte. Er tippte auf Letzteres und das bedeutete, dass West in größter Lebensgefahr schwebte.

»Scheiße«, stieß er hervor. »Hilf mir, West. Sag mir, was dir fehlt. Du weißt es. Sag es mir, nur dann kann ich dir helfen!«

»Luft …« sagte West abgehackt und dann hörte seine keuchende Atmung plötzlich auf. Es herrschte alarmierende Stille. Der Schnee fiel beinahe lautlos durch die Luft zu Boden, benetzte sein Gesicht und seine Hände, und alles wurde kalt und still in ihm.

Er beugte sich vor und tastete nach Wests Puls am Hals, den er aber nicht finden konnte, schluchzte auf und kramte nach seinem Handy. Seine zitternden Finger ließen es fallen, und er musste im Schnee danach suchen.

Seine Welt wurde dunkel, schwarz, kalt. West durfte nicht sterben. Nicht so. Nicht jetzt. Er durfte ihn nicht verlassen!

Er brauchte eine Ewigkeit, um den Notruf zu verständigen. Während er sprach, begann er mit der Reanimation. Er beantwortete die Fragen des Sanitäters am anderen Ende der Leitung, er weinte und er versuchte Wests Herz und seine Organe so gut wie möglich mit Sauerstoff zu versorgen.

Zweiundzwanzig

Mason

»Es geht mir gut«, sagte Mason. Er wehrte die Hand der Krankenschwester ab, zog seinen Pullover herunter und erhob sich von der Liege. Er wusste nicht, wo er hin sollte, und wollte vor lauter Frustration aufschreien. Aber sein Kopf schmerzte zu sehr, und er fühlte sich schwach und erschöpft und wollte nur noch nach West sehen. Aber das ging nicht, denn der wurde gerade operiert.

Er hatte es tatsächlich geschafft. Mason hatte West reanimiert, bis die Rettungskräfte eingetroffen waren. Ein Spannungspneumothorax hatte einen Kreislaufstillstand herbeigeführt und West fast das Leben gekostet.

Alles, was seine Mutter prophezeit hatte, hatte sich bewahrheitet. Durch diesen dummen Streit war West abgelenkt gewesen. Nur deshalb war der Unfall passiert. Und er hatte nichts tun können, außer ihn zu reanimieren. Herrgott! Er war Mediziner. Eine simple Entlastungspunktion hätte er locker hingekriegt, wenn er nur etwas hätte sehen können!

Er wollte sich ohrfeigen und gleichzeitig in ein Eckchen verkriechen und einfach nur noch weinen. Sein gesamter Körper zitterte wie Espenlaub und er hatte keine Kontrolle mehr über seine Gliedmaßen.

»Schon gut, wir nehmen ihn mit«, sagte Ethan sehr nahe bei ihm. Dann wurde er sanft aber bestimmt irgendwohin geführt und gleich darauf auf einen Stuhl gedrückt.

»Willst du etwas trinken?«

»Habt ihr schon Neuigkeiten aus dem OP?«, fragte Mason. Die Schwester hatte ihm nichts erzählen wollen und er hatte so langsam das Gefühl, er würde noch durchdrehen, wenn er nicht bald wüsste, wie es West ging.

»Er ist im Aufwachraum. Sie haben ihm eine Thoraxdrainage gelegt. Es geht ihm soweit gut.«

Mason sackte in sich zusammen und ein Teil des Adrenalins, das durch seinen Körper jagte, verpuffte wie eine Staubwolke.

»Ich hole ihm eine heiße Schokolade«, sagte Harlow plötzlich neben ihm. Wo kam sie denn her?

»Und ich gehe nochmal nach vorne und flirte mit der Schwester. Vielleicht hat sie Neuigkeiten.« Das war eine männliche Stimme, die er noch nie gehört hatte.

»Du musst dich beruhigen, Mason. Wenn du zusammenklappst, dann hilfst du West kein Stück.«

»Es war meine Schuld.«

»Dass er lebt? Oh ja. Dafür bist tatsächlich du verantwortlich. Ohne dich wäre er gestorben. Du bist ein Held.« Ethan drückte seine Schulter.

»Nein, ich … wir haben uns gestritten und …«

»Dort draußen wütet ein Schneesturm, Mason. Die Straßen sind spiegelglatt. Ihr hättet ein Liedchen zusammen singen können, und trotzdem wärt ihr abgestürzt. Daran ist niemand schuld. Wichtig ist doch nur, dass ihr wieder gesund werdet.«

Mason schüttelte den Kopf. Er war schuld daran. Er hatte West wütend gemacht. Er hätte ihn fast sterben lassen, weil er verdammt nochmal nichts sah.

Für sie gab es keine Zukunft. Es wäre immer so. West müsste sich um Mason kümmern, während er selbst nichts davon zurückgeben könnte, weil er hilflos war. Das zwischen ihnen wäre keine gleichberechtigte Partnerschaft. Es wäre ein schlechtbezahlter Babysitterjob für West.

»Okay. Du kannst zu ihm.« Da war wieder die Männerstimme. Er klang jung. Mason hasste die Blindheit.

»Gut, bist du bereit?«

Mason nickte wie hypnotisiert und erhob sich. Ethan führte ihn, die Hand auf seiner Schulter, eine Weile durch irgendwelche Gänge, sie fuhren mit dem Fahrstuhl, dann hörte er, wie eine Tür geöffnet wurde.

Das gleichmäßige Piepen des Monitors rief eine verrückte Sehnsucht in ihm hervor. Er war schon viel zu lange nicht mehr in einem Krankenhaus gewesen. Der Geruch nach Desinfektionsmittel, die Geräusche, die die Schwestern und Pfleger bei der Arbeit machten, das Klappern der Tastaturen und eben das Pfeifen des Monitors. Es klang alles so vertraut, dass er sich gleich noch trauriger fühlte.

»Er liegt im Bett und schläft«, sagte Ethan. »Auf seiner rechten Seite steht ein Stuhl, dort kannst du dich hinsetzen. Okay so weit?«

»Ja. Danke.« Mason setzte sich und lauschte, wie Ethans Schritte sich entfernten, dann waren sie allein. Zumindest vermutete er das. Mason streckte seine Hand aus, seine Fingerspitzen stießen gegen eine Decke oder sonst etwas Weiches. Er tastete sich weiter, bis er Wests Hand berührte.

Ein Sättigungsgerät war an seinem Zeigefinger befestigt, und er bewegte sich nicht, als Mason ihn berührte. Er streichelte sanft über Wests Handrücken, der sich warm anfühlte. Er ertastete die Härchen darauf, dann schlang er seine Hand in Wests. Er beugte sich vor und setzte einige Küsse auf seine Haut.

»Hörst du mich, West?« Mason wartete mit angehaltenem Atem ab, ob West ihm antwortete, aber er rührte sich nicht.

»Es tut mir leid. Es tut mir so unglaublich leid, was ich gesagt und getan habe. Nichts davon war wahr. Ich liebe dich so sehr, aber gleichzeitig weiß ich, dass wir keine Zukunft miteinander haben. Du bist wundervoll und es ist kein Problem, dass die Situation neu für dich ist und unbequem und unvorhersehbar. Ich war ein Arsch, als ich das gesagt habe. Ich wollte mich selbst schützen.«

Mason küsste wieder Wests Hand. »Ich würde ewig auf dich warten, West. Aber die Wahrheit ist: In meinem Leben gibt es keinen Platz für dich. Ich habe so viel mit mir selbst zu tun, dass du untergehen würdest. Und dann würdest du wirklich denken, dass dieses Männerdings nichts für dich ist. Aber ich glaube, das ist es sehr wohl. Wir sprachen doch über das Gehen und Laufen. Du wolltest fliegen. Mit mir wirst du immer tastend herumschleichen. Ich hoffe, dass du irgendwann jemanden findest, der dich das Fliegen lehrt.«

Eine Träne stahl sich über seine Wange, weil er Abschiede hasste und diesen hier ganz besonders. »Ich liebe dich«, flüsterte er leise. Er erhob sich und ertastete mit seinen Fingern Wests Gesicht. Er beugte sich zu ihm hinab und gab ihm einen sanften Kuss auf seine Lippen.

Und dann ging er weg. Langsam. Tastend. Niemals fliegend.

12 Monate später

Boston

Dreiundzwanzig

Mason

Sein Blindenstock war ihm eine große Hilfe geworden. Mühelos bahnte er sich seinen Weg durch die dicht an dicht gedrängten Menschen auf den Straßen Bostons. Es herrschte der übliche Stress vor den Feiertagen, die Menschen waren noch auf der Suche nach ein paar letzten Geschenken. Nach *der* Idee, wie sie ihre Liebsten glücklich machen konnten.

Aus den Türen der Läden drang die warme Luft heraus, während Schneeflocken durch die Luft tanzten. Sie benetzten sein Gesicht und Mason musste lächeln. Er hatte ab heute Urlaub, und er freute sich darauf, seine Tage so gestalten zu können, wie er Lust hatte.

Sein Vater verweilte in London und kam dieses Jahr nicht nach Amerika und seine Mutter konnte er ja auch nicht besuchen, weshalb er Weihnachten allein feiern würde. Aber das war in Ordnung für ihn.

Sein Leben hatte sich in den vergangenen zwölf Monaten geändert. Ob es so positiv war, wusste er nicht. Die Anzahl der guten und schlechten Tage hielt sich inzwischen in etwa die Waage, weshalb er jetzt behaupten würde, sein Leben war okay. Die Blindheit war sein Begleiter geworden. Manchmal wurde sie übermütig, dann ließ sie ihn stolpern und straucheln. Aber meistens war sie eine gute und geduldige Freundin, die nicht von seiner Seite wich.

Mason hatte eine Blindentrainerin engagiert, auch wenn er das nie gewollt hatte. Trotzdem hatte sich jeder endlose, kraftraubende Trainingstag mit Stella gelohnt. Er kam inzwischen gut mit dem Stock zurecht und konnte sich im Alltag ziemlich selbständig und schneller als eine Schnecke fortbewegen.

Er war dabei, die Braille-Schrift zu lernen, was ihm Spaß machte. Und das Lehren an der Universität war auch möglich, nachdem er seinen Computer aufgerüstet hatte. Entgegen seiner Erwartungen, hatte er es tatsächlich geschafft, sich ein Leben aufzubauen. Er ging einem sinnvollen Beruf nach, er konnte ein weitgehend selbständiges Leben führen, und er hatte sogar Pläne. Das erste Mal, seit er die Diagnose vor zwei Jahren bekommen hatte, machte er wieder Pläne. Und das war vermutlich das Beste von allem, denn es hieß, dass seine neue Wirklichkeit ihn willkommen hieß.

Mason bog ab und ging die Treppenstufen zu seinem Haus hinauf. Er hatte es vor einigen Monaten gekauft und stellte sich vor, dass es ziemlich hübsch war. Zumindest hatten ihm das seine Arbeitskollegen gesagt.

»Erschreck dich nicht«, sagte eine Stimme neben ihm und er zuckte so sehr zusammen, dass sein Stock klappernd zu Boden fiel.

»Jetzt hast du dich doch erschreckt«, sagte West.

Mason stand stocksteif da, nahm den Stock entgegen, den West ihm reichte und blinzelte.

»Ich bin's. West.«

»Das weiß ich«, sagte Mason. Er hatte Mühe, die richtigen Worte zu finden, denn Wests überraschendes Auftauchen warf ihn in ein Meer aus Erinnerungen und schäumender Sehnsucht. Meistens gelang es ihm, seine Gefühle für West unter Verschluss zu halten. Manchmal schaffte er es sogar, sich einzureden, dass er über West hinweg war. Dass die Trennung richtig und gut gewesen war.

Aber allzu oft verlor er den Kampf. Dann versank er in Erinnerungen an West. Das ging so weit, dass er auch heute noch seinen Geruch in der Nase hatte.

»Tut mir leid. Ich wollte dich nicht erschrecken.«

»Schon gut. Das ist ziemlich leicht bei einem Blinden.« Mason tastete nach seinem Hausschlüssel in seiner Jackentasche. »Woher weißt du, wo ich wohne?«

»Rose. Und Google. Es ist nicht schwer. Du hast ein hübsches Haus.«

»Danke.« *Viel zu leer ohne dich*, dachte er. »Was tust du hier?«

»Ich hatte geschäftliche Dinge zu erledigen, und da dachte ich mir, ich könnte dir frohe Weihnachten wünschen.«

Mason hielt inne. Der Schlüssel erstarrte in seiner Hand. »Aha.« Er schloss auf und öffnete die Tür. Dann drehte er sich im Türrahmen um. Er sah zu der Stelle hin, wo er West vermutete. »Ich wünsche dir auch frohe Weihnachten.«

»Danke.«

Sie schwiegen beide. Viel zu lange. So war es nie zwischen ihnen gewesen. Sie hätten noch so viel miteinander zu reden gehabt. Mason schloss die Tür schweren Herzens, doch er kam nicht weit, denn West drückte sie auf. »Kann ich reinkommen?«

»Warum?«

»Weil ich dich länger als nur zwei Minuten sehen will.«

Seine Ehrlichkeit war entwaffnend. Und Mason konnte nicht bestreiten, dass es ihm gleich ging.

»Wie du willst.« Mason trat zur Seite und hörte, wie West eintrat und die Haustür hinter sich schloss.

Obwohl seine Hände bebten, zog Mason seine Jacke und seinen Schal aus und stellte den Blindenstock an den dafür vorgesehenen Platz. Im Haus konnte er sich inzwischen sehr gut orientieren. Er ging voraus in die Küche und schaltete dieses Mal das Licht ein.

»Willst du etwas trinken?«

»Nein, danke.«

Mason würde sehr gern etwas trinken, etwas äußerst Hochprozentiges. Aber er unterließ es.

»Wie geht es dir?«, fragte Mason West. Er fühlte sich total gehemmt und hatte keine Ahnung, was er sagen sollte. War eine Entschuldigung fällig, weil er gegangen war? Erwartete West irgendetwas von ihm?

»Meinst du das auf den Unfall bezogen?«

»Auch.«

»Mir geht es gut. Ich habe keine Folgeschäden oder so erlitten. Es war eine Weile ziemlich schmerzhaft. Die Lungengeschichte und die Herzgeschichte.«

Mason runzelte die Stirn. »Was war mit deinem Herzen?« Als er ging, hatte niemand von Problemen mit Wests Herzen gesprochen. Jetzt fühlte er sich noch schlechter.

»Naja. Da war so ein Kerl, der ist einfach verschwunden. Er hat mir mein Herz gebrochen. Daran hatte ich lange zu knabbern.«

Erleichterung und Ärger durchrieselten ihn. »Du bist so ein Arsch«, brummte Mason. Und dann ging er zu dem Schrank, in dem er den Bourbon aufbewahrte, den er hin und wieder trank, wenn er sich an Crystal Lake zurückerinnern wollte. Er schenkte sich in etwa zwei fingerbreit ein und trat zurück an den Tresen.

»Ein Jahr, Mason. Ein Jahr ist es her, dass wir uns zuletzt gesehen haben.«

»Ja.«

»Bin ich der Einzige, der noch immer leidet?« Wests Stimme war leise geworden. Mason schluckte schwer. Dann trank er den Bourbon leer. »Nein«, sagte er dann.

»Gut.«

»So würde ich es nicht unbedingt nennen. Es ist mehr … ein unangenehmes Gefühl, an das man sich mit der Zeit gewöhnt.«

»Ja. So würde ich es auch beschreiben. Nur, dass ich mich nicht daran gewöhnt habe. Keinen Tag lang.«

»Oh.«

West lachte leise. »Ich habe dich damals gehört, weißt du? Du hast mich nur nicht zu Wort kommen lassen. Ich hatte solche Schmerzen und bevor ich auch nur ein Wort rausgebracht habe, warst du schon weg. Für einen ungeschickten Blinden hast du dich echt schnell bewegt.«

Mason grinste. »Ich bin nicht mehr so ungeschickt wie damals. Ich schätze, jetzt bin ich noch schneller.«

»Das freut mich, Mason. Ich habe dich beobachtet. Du kommst gut mit der Blindheit klar, oder?«

Mason runzelte die Stirn. »Du hast mich beobachtet?«

»Zufällig«, sagte West schnell.

»Das ist unheimlich.«

»Stimmt.« West atmete tief durch. »Hör mal … du solltest mitkommen. Nach Crystal Lake. Rose würde sich freuen und …«

»Und?«

»Ethan und Jake heiraten übermorgen und ich werde sie trauen. Ich würde es schön finden, wenn du auch dabei wärst.«

»Sie heiraten? Warum haben sie das nicht längst getan? Sie haben sich vor einem Jahr verlobt.«

West ließ sich Zeit mit seiner Antwort. Eine kleine Ewigkeit lang. Dann sagte er: »Sie haben wegen mir gewartet.«

»Wegen dir?«

»Wegen mir und wegen dir.«

»Aber …«

»Die beiden wollten einfach nicht akzeptieren, dass aus uns nichts geworden ist. Ich schätze, sie haben immer gedacht, dass wir doch noch die Kurve kriegen.«

»Das ist verrückt.«

»Ist es das?«

»West …«

»Alles, was du damals im Krankenhaus zu mir gesagt hast, war Blödsinn. Richtig großer Blödsinn. Aber während ich mich erholt habe, habe ich über dich nachgedacht. Sehr lange. Und auch wenn es das Schwerste war, was ich jemals tun musste, so habe ich mich entschieden, dich gehen zu lassen.«

»Ja.«

»Für ein Jahr«, fügte West hinzu. »Ich habe einen Pakt mit mir selbst geschlossen und mir geschworen, dass ich uns ein Jahr Zeit gebe. Dir, damit du vielleicht zur Vernunft kommen kannst, und mir, damit ich mir ganz in Ruhe Gedanken machen kann, wie mein Leben weiterhin aussehen wird.«

Mason biss sich auf die Lippe. Was bitte sollte er dazu sagen, ohne West zu viel von sich mitzuteilen? Er konnte nur hoffen, dass er nicht sein wild schlagendes Herz hörte, denn sonst wäre er geliefert.

»Willst du wissen, für was ich mich entschieden habe?«

»Ich kann es kaum erwarten.« Mason lächelte.

»Gut. Ich habe heute meinen Arbeitsvertrag im *Boston Memorial* unterschrieben, um mich zum Kinderarzt ausbilden zu lassen, so wie ich es schon immer wollte.«

»Wow. West, das ist wirklich großartig!«, sagte Mason. Er freute sich aufrichtig für ihn. »Aber was ist mit deiner Praxis?«

»Ich habe nicht wieder in der Praxis gearbeitet. Mein Vater hat sie wieder übernommen. Er ist nicht länger im Ruhestand.«

Mason verzog das Gesicht. Obwohl er regelmäßigen telefonischen Kontakt mit seiner Mutter hatte, hatte sie ihm nie davon erzählt. Chandler Cunningham war ein Thema, das sie sorgfältig mieden. »Das ist irgendwie traurig.«

»Ich schätze, meinem Vater gefällt es, wieder als Arzt praktizieren zu können. Ich habe keinen Kontakt mehr mit ihm. Ich konnte es nicht. Er vertritt seine Meinung nach wie vor. Aber mit Rose habe ich gesprochen.«

Mason schluckte. »Worüber?«

»Über uns, über meine Gefühle zu dir. Sie hat mir erzählt, was sie damals zu dir gesagt hat. Da ergab plötzlich alles einen Sinn. Warum du weggelaufen bist.«

Mason schenkte sich nochmals einen Bourbon ein, trank aber nicht davon, sondern hielt nur das Glas in der Hand. »Sie hatte recht.«

»Das denke ich auch.«

Mason leerte den Bourbon, denn Wests Worte schmerzten.

»Ich denke, dass es wichtig war, dass du ein Jahr lang Zeit hattest, mit deiner Blindheit leben zu lernen. Wäre ich an deiner Seite gewesen ... ich hätte versucht, dir alles zu erleichtern. Das mit uns hätte nicht gut geendet. Aber jetzt ... jetzt sind wir irgendwie auf der gleichen Stufe.«

»Das stimmt nicht wirklich, und das weißt du auch«, sagte Mason sanft.

»Ich weiß sehr viele Dinge.« In Wests Stimme lag ein unerklärlicher Stolz.

»Ach ja? Was denn?«

»Dass ich dich immer noch liebe. Auch wenn du mir mein Herz gebrochen und mich hängengelassen hast. Du hattest deine Gründe dafür, ich bin also bereit, dir zu verzeihen.«

»Ach ja?«

»Ja.« West lachte. »Und ich bin bereit, dich zurückzunehmen.«

Masons Kehle wurde ihm eng. Alles, was er wollte, war sich in Wests Arme zu stürzen, sich zu entschuldigen und das Happy End zu erleben, nach dem er sich so sehr sehnte.

»Und jetzt guckst du, als hättest du in eine Zitrone gebissen.« Wests Stimme hatte einen vorwurfsvollen Unterton angenommen. »Liebst du mich nicht mehr?«

Mason seufzte. »Natürlich liebe ich dich. Ich habe nie damit aufgehört.«

»Das sind wirklich gute Nachrichten.«

»Aber wie kannst du … warum willst du mich haben? Ausgerechnet mich? Ist dir bewusst, dass ein Leben mit mir immer gewisse Einschränkungen beinhalten wird? Egal wie gut ich mit der Blindheit zurechtkomme, ich werde nie alles machen können. Wenn wir in den Urlaub fahren, kann ich dich nie am Steuer ablösen. Ich hasse es, ins Kino zu gehen, weil mich das Popcorn-Geknabbere wahnsinnig macht, und ich mich nicht mehr auf den Film konzentrieren kann. Das Einzige, was ich anbieten könnte, wären Fummeleien.« Mason wollte weitersprechen, aber West war zu ihm getreten. Ohne Scheu hatte er seine Hand unter seinen Pullover geschoben und fuhr nun über seine Haut.

Himmel!

»Gott, ich habe dich so sehr vermisst«, murmelte West. Er beugte sich vor und setzte ein paar zarte Küsse auf Masons Hals, die ihn schaudern ließen. »Ich habe nichts dagegen, wenn ich uns beide in den Urlaub fahren muss. Und gegen Fummeleien im Kino habe ich auch absolut nichts einzuwenden.«

Mason lachte leise. Er zog West an sich und seine Augen schlossen sich flatternd. Ihn zu fühlen tat so unheimlich gut. Er hatte West immer vermisst, aber wie sehr, das merkte er erst jetzt. Jetzt, wo ihn sein Geruch umhüllte, und er die Stärke seines Körpers an seinem spürte.

»Du stehst also wirklich auf Kerle?«, fragte Mason nach.

»Ich stehe absolut auf Kerle. Besonders auf dich.«

Mason lachte. Und dann trafen sich ihre Lippen und sie versanken in dem einen Kuss, der nie enden sollte.

Für immer und ewig

Crystal Lake

Vierundzwanzig

West

»Hiermit erkläre ich euch zu Mann und Mann. Ihr dürft euch jetzt küssen.«

Die wenigen Gäste, die zu Jakes und Ethans Hochzeit eingeladen waren, jubelten jetzt und klatschten, während die beiden ihr Ehegelübde mit einem zärtlichen Kuss besiegelten. West sah nicht weg. Er betrachtete sie. Stolz. Glücklich. Zuversichtlich.

Jake und Ethan lösten sich voneinander und durch den entstandenen Spalt konnte er Mason sehen. Er saß in der vordersten Reihe und ein zufriedenes Lächeln ließ sein Gesicht leuchten.

Mason war nach Crystal Lake zurückgekehrt. Mit ihm. Dieses Jahr würden sie Weihnachten zusammen feiern. Jake und Ethan hatten sie eingeladen. Zusammen mit Harlow und Leo, Donna und Lionel und ihren Kindern zu feiern. West freute sich darauf.

Und irgendwann später würden sie vielleicht sogar noch Rose besuchen. Zusammen. West hoffte immer noch, dass sein Vater sich irgendwann daran gewöhnen würde, dass er jetzt mit Mason zusammen war. Seine Tür wäre immer offen für seinen Vater, aber bis dahin würde er sich ein Leben mit Mason an seiner Seite aufbauen. Er durfte sein Glück nicht länger von den Meinungen anderer abhängig machen. Er hatte gelernt, zu sich zu stehen. Er stand auf Männer. Aber er mochte auch Frauen. Das hieß wohl, dass er bisexuell war. Aber wenn er ehrlich war, wollte er nicht in eine Schublade gesteckt werden. Er wollte einfach frei leben und lieben. Er wollte *Mason* lieben. Das Jahr der Trennung war hart und gleichzeitig nötig gewesen. Auf der Herfahrt von Boston hatten sie sich über alles Mögliche unterhalten.

Etwa alle zwei Minuten dachte West, wie sehr er Mason vermisst hatte und wie traurig es war, dass er alles allein durchstehen hatte müssen. Aber wenn er Masons zufriedenen Gesichtsausdruck sah, dann war vielleicht dieses Alleinsein genau das gewesen, was Mason gebraucht hatte.

Er hatte sich aufgerappelt und sein Leben in die Hand genommen. Genauso, wie West es getan hatte.

Vielleicht hatte es vier Weihnachten, allerlei Komplikationen und jede Menge Mut gebraucht, bis Mason und er ihren Weg gefunden hatten. Ihre Zeit war jetzt gekommen.

West ging um Jake und Ethan herum und griff nach Masons Hand. Er zog ihn auf die Beine und schlang seine Arme um seinen Hals.

»Willkommen, in unserer neuen Wirklichkeit«, flüsterte er und dann küsste er Mason.

Danksagung

Ich danke all jenen, die die Touchdown-Reihe so geliebt haben, und Jake und Ethan immer weiterleben lassen. Ich hoffe, ich konnte euch auch mit Mason und West glücklich machen!

Ein ganz besonderer Dank geht natürlich an meine Patrons:
Christin, Saskia, Denise, Silke und Caro. Ich danke euch für eure Unterstützung!

Für Informationen zu meinen Veröffentlichungen, besuche mich auf:

https://www.instagram.com/daniels.tc/
https://www.patreon.com/tcdaniels

Weitere Bücher des Autors

Sie sind beste Freunde. Aber Gefühle halten sich an keine Regel ...

Ethan Leland und Jake Emerson sind beste Freunde und leidenschaftliche Footballspieler. Hartnäckig verfolgen sie einen Traum: in einem Profiteam zu spielen.
Die Chancen stehen nicht schlecht, immerhin sind sie schon jetzt die Superstars der College League. Bevor sie jedoch ihr letztes Collegejahr beginnen, kehren sie in ihre Heimatstadt Crystal Lake zurück, um dort den Sommer miteinander zu verbringen. Während Ethan unter der ablehnenden Haltung seiner Eltern leidet, die nicht akzeptieren wollen, dass ihr Sohn nur Footballprofi werden will, hat Jake ein ganz anderes Problem: Er ist verliebt in seinen besten Freund und kann seine Gefühle kaum noch verheimlichen. Nach einem versehentlichen Outing gerät die Situation auf einer ausgelassenen Party vollkommen außer Kontrolle und Jake und Ethan kommen sich unerwartet näher.
Doch ihre Gefühle füreinander werden immer wieder auf die Probe gestellt, bis Jake und Ethan sich endgültig entscheiden müssen: Football oder Liebe?

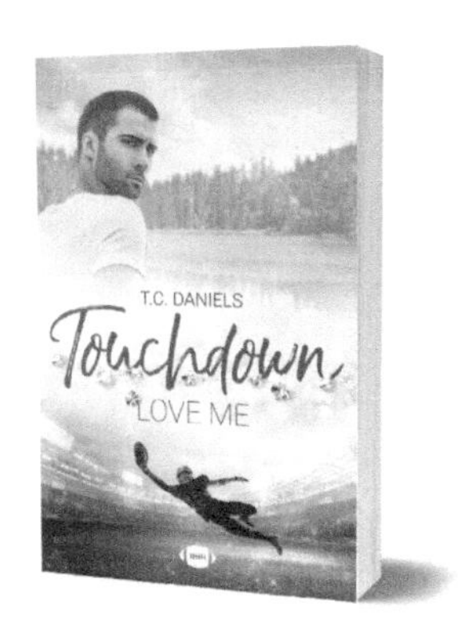

Wenn du schweigst,
kann ich dich noch immer fühlen ...

Zwölf Jahre und etliche Missverständnisse liegen zwischen ihrem letzten Wiedersehen und Heute. Während Ethans Traum in Erfüllung ging und er ein professioneller Footballspieler wurde, blieb Jake in Crystal Lake und arrangierte sich mit seinem Schicksal.
Zur Beerdigung seines Vaters kehrt Ethan jetzt nach Hause zurück und die beiden Männer treffen wieder aufeinander. Entschlossen hält Jake Ethan auf Abstand, denn jetzt gilt es nicht nur sein Herz, sondern auch seine Familie zu schützen. Doch gegen die Anziehung und Leidenschaft zwischen ihnen ist er machtlos und so stürzen sie sich in eine heimliche Affäre. Zu spät bemerkt Jake, was Ethan verzweifelt zu verbergen versucht: Er hat die Kontrolle über sein Leben längst verloren und droht alles zu verlieren. Auch sich selbst.
Wird Jake an seiner Seite bleiben? Und können beide Männer endlich zu ihren Gefühlen stehen?

Wo sind deine Grenzen?

Gideon McDermott ist attraktiv, reich und eiskalt, und er ist es gewohnt, zu bekommen, was er will. Als er auf einer Vernissage dem Fotografen Royal Wright begegnet, hat er nur einen Gedanken:
Er muss ihn haben. In seinem Bett. Zu seinen Bedingungen.

Das Problem ist nur: Royal steht nicht auf Männer und weist Gideon zurück. Doch es gelingt ihm nicht, den dominanten Mann zu vergessen, und er stellt überrascht fest, dass er sich zu Gideon hingezogen gefühlt. In einem Spiel aus Nähe und Distanz kommen sie sich immer näher und Royal gerät in Gideons dunkle Welt aus Grenzen, Regeln und Lust.

Wozu Gideon aber wirklich in der Lage ist, erkennt Royal erst, als es schon fast zu spät ist.

Printed in France by Amazon
Brétigny-sur-Orge, FR